한국 근대소설의 낭만성과 '죽음'

한국 근대소설의 낭만성과 '죽음'

신영미 지음

역락

이 책의 1부 '한국 근대소설에 나타난 자살과 낭만성의 관련 양상'은 박사학위 논문을, 2부 '희생제의 실현으로서의 죽음'은 1부와 연관된 내용의 소논문을 담고 있다.

논문 완성을 위해 노고를 아끼지 않으셨던 김명인 선생님께 다시 한번 깊은 감사의 마음을 전한다. 더불어 성실한 토론자 홍남의, 홍정연에게도 무한한 사랑과 신뢰를 보내며 이 책을 바친다.

2010년 여름에

신 영 미

1부 한국 근대소설에 나타난 자살과 낭만성의 관련양상

한국 근대소설에 나타난
자살과 낭만성의 관련양상

제1장 근대와 자살의 문제

제2장 한국 근대소설에서의 낭만성과 자살

제3장 낭만적 죽음과 자살의 두 양상

제4장 결론

　근대와 자살의 문제

1. 비극적 세계관과 낭만성

　본 논문은 한국 근대소설에 나타난 '자살'에 관한 고찰을 목적으로 한다. 문학에서의 죽음, 그것도 주인공의 죽음이 갖는 의미는 문제적이다. 주인공의 죽음은 문학작품에서 비극성을 두드러지게 하는 모티브가 되고 작품의 미적 효과를 극대화시키며 서사적 절정이나 전환점을 이루는 경우가 많다. 하지만 그것은 무엇보다도 근대소설의 역사철학적 운명을 가장 상징적으로 드러내주는 장치가 된다. 이른바 "길은 시작되었는데 여행은 완결된"[1] 근대소설의 아이러니는 주인공의 죽음이라는 사건을 통해 가장 극명하게 웅변되는 것이다. 근대소설을 문제적 주인공이 행하는 탐색이나 모험의 기록이라 볼 때 주인공의 죽음은 그 탐색담의 극적인, 그리고 역설적인 완성을 뜻하게 된다.

　주인공의 죽음 중에서도 자살이 갖는 의미는 매우 강력하다. 자신의 의지를 적극적으로 드러내는 것은 물론 저항성을 띤다는 점이 그러하

---

[1] 게오르그 루카치, 반성완 역, 『소설의 이론』, 심설당, 1998, 79면.

다. 자살은 성격과 환경이 충돌할 때 성격이 환경에 완강히 저항하는 방식으로 그 내면에 강력한 낭만성이 깃들어 있다. 따라서 적대적 환경에 대해 절망하고 저항하는 정신은 낭만주의 소설에서 가장 두드러진 현상이 되며 이 정신을 궁극적으로 드러내는 행동이 자살이다.

한국 근대소설은 봉건체제와 식민지체제의 틈에서 좌절한 토착 시민계급에 의해 시작되었다. 따라서 한국 근대소설의 정신사적 기초는 이 계급의, 봉건체제를 극복하고자 하는 주체적 욕망과 식민지 체제를 감수해야 하는 데서 오는 절망감의 사이에 그 뿌리를 두고 있다고 할 수 있다. 이렇듯 불가피하게 싹튼 비극적 세계관은 그들이 지향하던 서구 근대와는 다른 양상으로 소설 안에 담기게 된다. 서구 18세기 낭만주의가 지닌 적극적이고도 폭발적인 특성이 한국 근대소설에서는 불가피하게 굴절되어 드러나게 된 것이다. 상승하는 시민계급의 낙관적인 정서로 표출된 서구의 낭만성이 한국에서는 식민지라는 경로를 통과함으로써 부정적인 형태로 나타난다. 겉으로 표출되지 못하고 억압되고 내면화된 낭만성은 한국 근대소설의 특질로 자리잡으면서 퇴영적이고도 소극적인 모습을 띠게 된 것이다.

하지만 이러한 한국 근대소설의 모습이 퇴영적이고 소극적인 데에만 머문 것은 아니다. 한국 근대 낭만주의 소설에 대한 기존의 연구는 봉건적 인습이나 식민지적 억압에 기인한 부정적 측면에만 주목하여 왔다. 그러나 한국 근대소설의 특질을 식민지시대가 지닌 부정적 성격의 영향으로만 본다면 1920년대 중반 이후의 카프문학을 비롯한 한국소설 전반에 나타나는 적극적 저항성을 설명할 수 없다. 식민지시대가 오직 소극적이고 퇴영적인 기운만이 지배하던 시기라면 카프문학의 투쟁성을 비롯한 식민지 전반을 통해 보여준 문학적 저항성은 존재할 수 없기 때문이다. 따라서 한국 근대소설은 절망 상황에서도 발아한 낭만적 저항의지를 주요한 동력으로 삼아 왔다고 할 수 있다. 식민지시대 한국 근대소설 속의 주인공의 죽음, 특히 자살에 대한 고찰은 이런 의미에서 매우 중요하다. 자살은 좌절의 결과물이기도 한 동시에 좌절을 승인하지 않는 주체의 강력한 저항과 투쟁의지의 산물이기 때문이다.

식민지시대 소설에는 자살을 모티브로 한 소설이 적지 않다. 이는 봉건적 구습이나 식민지적 상황의 폭력성에 대한 저항으로 드러난다. 가장 먼저 나타난 것은 전근대적 성의식으로 인한 자살로 여성이 자살 주체로 등장하여 전제적 봉건제의 희생자가 된다. 또 여성을 욕망의 주체로 간주하여 사랑을 추구하게 만드나 식민지시대는 사랑도 실현될 수 없는 암담한 시대라는 사실만을 보여 준다. 극단적 빈궁에서 비롯된 자살은 타락한 세계와 통합될 수 없는 주체의 절망을 담고 있으며 식민지 지식인은 세계와의 투쟁의 수단으로 자살을 감행하기도 한다. 이외에도 인생에 대한 허무적 관조나 자기정체성 실현을 위해 자살하는 경우와 온전한 주체확립을 위한 자살도 나타난다.

이처럼 봉건적 인습에 대한 저항과 근대적이고도 적극적인 전망의 상실로 인한 절망은 주인공을 자살로 이끌었다. 하지만 식민지시대 소설에 나타난 자살을 봉건적 인습, 가난, 정치적 억압, 우울 등 부정적 자질의 병리적 표현이자 주체의 적대적 환경에 의한 소외의 결과로 보는 것은 자살의 외재적 요인만을 강조하는 것이다. 이러한 해석은 작가가 지닌 능동적이고도 내재적인 요인을 간과할 수 있기에 새로운 틀이 필요하다. 이 틀은 미약한 주체가 식민지하에서 적대적이고도 강고한 세계에 대해 수행할 수 있는 가장 적극적인 저항인 자살을 어떻게 선택하는가를 밝히는 방식이어야 한다. 그리하여 자살이 미약한 피식민주체가 식민지적 근대를 넘어 근대를 선취하는 하나의 방식이라는 점을 규명해야 할 것이다.

식민지시대 자살 모티브 소설은 자아와 세계와의 투쟁을 근간으로 한다. 인물의 자아와 객관적 세계가 죽음을 매개항으로 끊임없이 갈등하는 것이다. 이 갈등은 자아가 하나의 주체로 형성되어 확대되는 경우와 폭력적인 세계에 저항하는 경우로 나타난다. 식민지시대는 억압된 환경 아래 기존의 것을 전복하고자 하는 낭만성이 지배하는 시대이다. 식민지시대에 공존하던 봉건적 유제와 식민지적 근대성은 작가에게 하나의 거대한 모순덩어리였다. 불완전한 근대의 한 가운데서 그들은 이 모순을 감당해야 했기에 굴절된 형태의 대응을 낳을 수밖에 없었다. 자아를 일깨워 완성에 이르게 하기 위해서 식민지하에서 할 수 있는 선택은 자아의 주관적 확대였으며 그 결말의 하나가 죽음이었다. 그것은 어쩌면 근대에 저항 혹은 적응하는 또 하나의 방법일 수도 있다. 결국 식민지적 특수성은 자아를 죽음으로 귀결시키는 절대 조건이었다. 자살은 자아가 세계와 당당히 맞서거나 세계에 강력히 저항하기 위해 주체성의 최고조에 이르는 방식이다. 근대적 인간이 자신의 죽음을 '자발성' 아래 두어 주체성을 실현하려는 것은 '개성확립'의 또 다른 방식으로서 근대성의 표지라 할 만하다.

본고는 이러한 판단을 가설로 삼아 식민지시대 소설에 담긴 '자살'이 낭만성과 어떠한 연관을 맺는가를 살피고자 한다. 이러한 관점은 식민지시대 우리 문학을 단지 식민지－탈식민지라는 틀에 의해서가 아니라 '근대적 개인의 완성'이라는, 보다 근본적인 틀 위에 놓고 볼 수도 있다는 가능성을 말해 준다. 또한 그렇게 볼 때 더욱 풍부하고도 생산적인 연구가 가능하리라 기대해 본다.

2. 소설 속 죽음의 읽기방식

소설 속 죽음에 대한 연구자들의 관심은 오래 전부터 있어 왔다. 그러나 자살만을 다룬 논문은 다섯 편 정도에 불과하며 방향도 본고와는 다르다. 따라서 죽음 전반에 관한 선행 연구를 바탕으로 서술하되 자살 관련 논문은 마지막에 따로 논의하고자 한다.

죽음에 관한 선행연구의 방향은 크게 넷으로 나눌 수 있는데 보편적 죽음에 관한 것과 사회적 조건을 중시한 것, 그리고 구조주의에 입각한 것과 낭만성의 구현으로 보는 연구가 있다. 그 중 네 번째 연구 방향은 본고가 지향하는 바와 연관이 깊다.

첫째 유형은 죽음을 보편적 현상으로 전제하고 한국인의 전통적 생사관에 주목한 것으로 이인복의 연구가 대표적이다.[2] 그의 연구는 소설은 물론 시와 더불어 고대에서 현대를 망라한 것으로 죽음에 대한 거시적 안목으로 작가와 작품의 개별적 특성을 규정하며 정신사적 토대 위에서 죽음을 바라보고 있다.

이인복은 1920년대 작가로 죽음에 대한 불교적 관점을 드러낸 한용운과 기독교적 죽음관을 암시한 전영택을 꼽고 1930년대 작가로는『화사집』의 서정주와「무녀도」의 김동리를 들고 있다. 또 서정주와 김동리가 한국인의 의식 속에 죽음을 토착화시킨 이후 1940년대에는 윤동주와 황순원이 기독교적 죽음관을 형상화하였다고 평가한다. 이어 1950년대는 김현승과 구상이 기독교의 의상에 허무와 적멸의 불교적 취향을 숨기고 김성한과 장용학이 실존주의적 죽음관을 피력했다고

---

2) 이인복,『한국문학에 나타난 죽음의식의 사적 연구』, 열화당, 1979. 그는 1978년, 죽음에 관한 최초의 박사학위 논문「한국문학에 나타난 죽음의식 연구 — 소월과 만해를 중심으로」에서 두 시인의 종교적 심성에 따른 죽음관의 차이를 대비하여 고찰한 바 있다.

본다. 1960년대에는 기독교와 불교가 한국의 정신을 지배하는 쌍벽으로 주목받아 두 종교가 가르치는 죽음관은 상호 보완의 형태로 드러나 서정주의 「동천」, 김동리의 「등신불」로 표현된 것으로 보고 이에 연구자 자신도 죽음의 문제를 더 이상 형이상학적 관심만이 아닌 현실적 인간 생명에 관여하는 문제로 인식하기에 이른다.

이인복의 연구는 스스로 밝힌 바와 같이 죽음의식이라는 제한된 틀 안에서 의식사의 관점으로 논의될 만한 작품을 위주로 하였기에 그 대상이 제한적일 수밖에 없다. 또한 죽음을 초극하기 위한 노력으로서 종교에 주로 초점을 맞추었다. 그러나 죽음의식은 그 시대의 종교에 따라 규정되기도 하나 더 크게는 그 종교가 유입될 수밖에 없는 사회 상황에 의해 결정된다고 할 수 있다. 기독교 사상의 영향력이 부정될 수는 없지만 죽음과 관련된 모든 현상을 인도주의나 부활신앙만으로 풀어낼 수는 없는 것이다. 특히 한국의 근대문학 시기는 정신사의 측면으로 대단한 격동기라 할 수 있으며 기존의 사상과 정서가 와해되고 새로운 것과 중첩을 이루는 매우 혼란스러운 상황이었다. 이 시기 한국인의 의식은 모든 측면에서 불안정의 극한에 처해 있었다는 점을 고려할 때 이 연구는 당시의 사회 상황과 죽음의식이 만나는 지점에서 통합적인 연구로 나아가지는 못했다고 볼 수 있다.

한용환은 낭만적 죽음과 실존적 죽음을 대비시켜 고찰하였다.[3] 그는 우리 소설에서 절망과 도피로서의 낭만적 죽음이 흔히 발견되는 이유로 삶과 죽음의 실존성을 인식하지 못한 점을 들고 있다. 인간은 좌절을 그의 실존성을 성취하는 계기로 삼아야 하며 만일 그것을 실

---

3) 한용환, 「한국소설에 표현된 죽음의 사상」, 『국어국문학』, 1977. 이 논문은 연구자가 1972년에 이미 발표한 죽음에 관한 최초의 학위논문 「한국소설에 나타난 죽음의 문제」(동국대 석사논문)에 기초하고 있다.

존성 획득의 계기로 끌어올리지 못하면 이는 죽음의 낭만주의에 일방적으로 봉사하는 것이라는 주장이다. 그는 죽음에 대한 실존적 인식이 나타난 작품으로 김동리의 「등신불」과 김성한의 「바비도」를 들었으나 한국 소설에 나타난 대부분의 죽음은 압도적으로 절망과 신비주의적 경향이 짙은 낭만적 죽음이 차지한다고 결론 내린다.

한용환은 이 논문에서 보다 고차원적인 죽음관은 삶과 죽음에 대한 인식론적 바탕이 있어야 한다고 보고 있다. 죽음을 낯선 것으로 보거나 죽음으로부터 도피하려는 태도를 죽음에 대한 존재론적 이해의 결핍으로 간주하는 것도 그 때문이다. 현존재가 죽음을 통해 실존적 삶을 실현한다고 보기에 전후(戰後)소설에 빈번히 나오는 자살도 존재론적 인식이 희박하다고 평가한다. 그러나 낭만적 죽음이 압도적 비중을 차지한다는 점은 뒤집어 보면 이것이 한국인의 보편적이고도 일반적인 죽음관임을 보여준다고 할 수 있다. 한국 사회를 반영하는 한국 소설 속 죽음이 대부분 낭만적 죽음에 기울어져 있다면 이것이 바로 우리 문학에 나타난 죽음의 대표적 성격이라 할 수 있을 것이다. 그러하기에 이러한 주조를 인식론적 결핍의 차원으로 취급하는 것은 우리 문학의 본 모습을 외면하는 결과를 낳는다.

두 번째 유형은 식민지라는 사회·역사적 조건을 중시한 것이다. 이의 대표적인 연구는 이재선에 의해 이루어졌다. 그는 한국문학에서의 죽음 모티브에 관한 최초의 본격적인 연구자로서 「현대소설과 타나톱시스Thanatopsis의 문제」[4)에서 현대소설에 나타난 죽음에 대해 탐색한 바 있다. 그는 주로 1920년대 소설에 나타난 죽음의 현저성을 지적하고 그 요인으로 식민지 사회제도와 이에 따른 억압, 정신적인

---

4) 이재선, 「현대소설과 타나톱시스Thanatopsis의 문제」, 『한국단편소설 연구』, 일조각, 1975.

불안과 허무를 들고 있다. 아울러 당시 서구 근대문학의 퇴영적인 성격도 이러한 주조에 영향을 미쳤다고 본다. 그러나 작품 안에 죽음 자체에 대한 철학적 인식이 희박하며 죽음으로 결말을 맺는 폐쇄적 구조성에 대하여는 비판하고 있다. 그는 죽음의 양상을 낭만적·심미적인 미화 측면과 계층적 대립에 의한 이데올로기 구현 측면으로 나누어 초기에는 에로스가 강하게 나타났지만 점차 감퇴되어 후기로 갈수록 타나토스의 자력이 증대했다고 평가한다.

이러한 그의 의견은 한국 근대문학에서의 죽음에 대한 최초의 역사주의적 연구라는 의의는 있지만, 죽음의 현저성의 원인과 개별 작품에 대한 분석이 서로 유기적이지 못하다는 한계가 있다. 죽음이 식민지성과 서구 문학의 영향하에 빈번하게 등장한다면 1920년대의 죽음은 당대성을 중시하여야 분석이 가능할 것이다. 물론 이 연구가 식민지의 억압이나 사회 정세를 바탕에 깔고 고찰하고 있으나 말 그대로 '현저함'을 해석하기 위해서는 식민지시대의 죽음과 사회상의 직접적인 연관관계를 도출해 낼 필요가 있다. 개별 작품에서 죽음의 요인으로 치정, 관능, 연민, 해방, 빈궁 등을 이끌어 내 인물의 최후를 규명하려는 시도는 타당하지만 그것을 하나로 엮는 요소로서 식민지와 근대의 비중은 훨씬 더 커져야 한다고 본다. 그래야만 당시의 죽음을 '빈번하게 등장하'는 '낭비'로 귀결시키지 않고 당대성이 가져다 준 필연적인 결과로 인식할 수 있을 것이다.

채훈은 김동인, 전영택, 현진건, 염상섭, 나도향에 대해 역사전기적 비평을 기반으로 각 작품들을 고찰하였는데5) 이는 최초의 1920년대 주요작가의 작가론이라는 의의를 지닌다. 그는 김동인에 관하여 그가 '살아가는 고통을 그리는' 정도에 만족하지 않고 그 극단적인 구경(究

---

5) 채훈, 『1920년대 한국작가 연구』, 일지사, 1976.

竟)인 '죽음'의 문제와 부딪치려 했다고 판단하고 작품 속 죽음을 김동인의 성품과 주변상황을 매개항으로 하여 분석하였다. 같은 맥락으로 전영택의 경우도 1920년대 전반의 경향보다 후반의 인도주의적 경향에 주목하였으며 현진건의 경우에도 그의 가계 특성을 들어 그가 죽음을 통해 처절한 생활상을 드러내고 잠자는 민족혼을 일깨우려 한 것으로 해석하고 있다. 그러나 김동인이 죽음 문제를 자신만이 다룰 수 있는 제재로 인식하였다고 보는 견해는 동시대 죽음 관련 작품목록을 보아 무리가 있다. 죽음은 이미 전영택도 관심을 표명한 바 있고 1930년대 김동리에 이르러서도 발견되는 공통항목이다. 역사전기적 관점이 작품 분석의 중요한 참조항이 되는 것은 사실이나 주로 이에 의거할 경우에는 작품 자체의 충실한 해석에 방해를 받는다는 문제점이 있다.

홍현희는 1920년대 동인지에 게재된 소설을 중심으로 그 현실인식을 살폈다.[6] 1920년대 죽음이 1910년대나 1930년대에 비해 격렬하게 나타나는 이유를 당시 작가들의 현실에 대한 태도에서 찾고 죽음에 이르는 갈등 대립을 원·구심력의 역학관계로 검토하였다. 또 죽음의 요인 중 가치관의 차이는 자살을 낳고 빈부차이나 애증은 피살을 낳으며 이들을 모두 낭만적 죽음으로 보고 이해하였다. 다양한 자료 해석에 가치를 부여할 수는 있지만 지나치게 대립적인 시각을 드러낸다든지 자연과학적 방식을 동원한 분석은 작품 자체의 미적 구조를 깨뜨리는 결과를 낳기 쉽다는 인상을 준다.

이유식은 죽음의 결말이 1920년대 소설의 구조적 특징임을 밝히고 그 원인 및 양상에 대해 고찰하였다.[7] 그는 1920년대의 시대적 특성

---

6) 홍현희, 「1920년대 한국단편소설에 나타난 죽음과 그 현실의식」, 영남대 석사 논문, 1977.

에서 죽음이 나타나는 원인을 찾았으며 갈등과 대립의 해결 방식으로 죽음이 공식처럼 사용됨을 지적하였다. 그리고 죽음이 결말 처리의 편리한 방식이 됨으로써 작가와 작품의 상상적 공간을 폐쇄하는 역효과를 낳았다고 주장하였다. 이유식이 이루어 낸 1920년대 죽음의 종말 연구는 일목요연한 정리 차원에서 볼 때 의미가 있다. 그러나 작품 요약이나 해석에서 나아가 일정한 원인으로 인한 죽음이 어떠한 의의를 지니는지를 밝히지는 못했다. 여기에는 사회적 상황으로 인해 불가피하게 죽음을 선택한 인물들의 심리나 주요한 전개상황도 포함된다. 인물과 사회를 중심으로 죽음을 보다 더 풍부하게 읽었을 때 죽음이 나타나는 원인도 좀더 심도 있게 규명할 수 있을 것이다.

김춘기도 김동인의 20년대 작품 속의 자살이 패배의식의 산물이라는 것과 시대성과 작가적 특색이 타살을 낳은 요인이라고 분석한다.[8] 박태상은 이유식의 연구를 바탕으로 구체화된 연구를 수행하였다.[9] 그러나 죽음의 등장 요인과 죽음의 제양상에 대해 세분하여 설명하고 있음에도 불구하고 작품을 해석하는 깊이에 있어서는 소략한 느낌을 준다. 김영옥은 이태준 단편소설에서의 죽음이 상징하는 것은 암울한 시대나 상황 속에서도 좌절하지 않는 희망과 새로운 의지의 발현으로 보았다.[10]

선행연구의 세 번째 유형은 구조주의에 입각한 연구이다.

명형대는 소설의 단위요소가 정점 또는 결말의 죽음에 어느 정도

---

7) 이유식, 「1920년대 한국소설의 죽음의 종말 연구」, 한양대 석사논문, 1983.
8) 김춘기, 「동인 소설에 나타난 죽음의 의미」, 고려대 석사논문, 1983.
9) 박태상, 「1920년대 소설문학에 나타난 죽음의 제양상 연구」, 『한국문학과 죽음』, 문학과지성사, 1993.
10) 김영옥, 「이태준 단편소설연구―죽음의 의식을 중심으로」, 단국대 석사논문, 1996.

이바지하는가에 주목하였다.[11] 그리하여 인과적 계기로 소설의 내면적 필연성을 이루는 경우와 단순히 주제표현의 수단인 경우로 분류하였다. 내용면에서도 죽음을 상승(질서의 회복, 부활 등의 긍정적 의미)과 하강(패배, 타락, 금기의 파괴 등의 부정적 의미)의 양면성을 지닌 것으로 파악하였다. 그의 연구에 따르면 김동인의 초기작에 분명히 드러나 있는 선악 개념의 이원성은 1920년을 넘어서면서부터 점차 소설 구조의 상징성과 화합하고 있다. 그러나 이 연구에서 상승적 흐름과 하강적 흐름을 각각 선과 악의 상태에 도달하는 일련의 과정으로 파악하는 것은 무리가 있어 보인다. 겉으로 패배로 보이는 죽음이더라도 그것이 꼭 악으로 이행되는 과정의 산물은 아니기 때문이다. 이전의 선악 개념이 상승과 하강의 흐름으로 전환되었다는 것은 인정하더라도 이러한 전환을 선악의 분리로 인해 드러난 모순을 해결하려는 노력으로 본다면 선과 악을 상승과 하강에 바로 연결시키는 것은 온당치 않아 보인다. 이는 그의 결론대로 김동인 소설의 죽음을 죽음 자체보다 형식적, 구조적 측면에서 살피려 했다는 데 연유한 것으로서 재고를 요한다.

유금호는 많은 부분 이인복을 참조항으로 작품 해석을 한 바, 1920년대와 1930년대의 중요작가를 선정하여 70여 편의 소설에 드러난 죽음을 다루고 있다.[12] 그 결과 대다수의 죽음이 현실소거의 기능으로 쓰였으며 특히 자살의 원인으로 생사 순환이 전제된 미분화된 죽음관을 들고 있다. 또한 죽음이 소설의 결말구조로 처리된 사실과 결말의 세 가지 유형도 제시하면서 작가들이 종교적 내세관을 거의 표출하고 있지 않다는 점에 주목하여 기존의 무속신앙에 근거한 죽음이 주류를

---

11) 명형대, 「김동인 소설에 나타난 죽음에 대한 고찰」, 부산대 석사논문, 1977.
12) 유금호, 『한국현대소설에 나타난 죽음의 연구』, 동천사, 1988.

이루고 있다고 본다.

그러나 이 연구는 죽음이라는 강력한 도구를 사용하여 현실을 소거하는 것에만 주목했기에 죽음을 불러온 사회적이고도 부정적인 요소에는 큰 의미를 두지 않았다. 연구자의 말대로 모든 작품을 등가물로 볼 수 없기에, 모든 작품을 상승·순환·하강 구조 중 하나에 귀속시키는 것이 어떤 의미가 있을지 의문이다. 또한 고대문학에 나타나는 생사관의 미분화가 식민지시대의 죽음에도 같은 맥락으로 작용한다는 주장은 다소 무리라고 생각된다. 오히려 이는 식민지라는 환경에서 초래된 '최후의 선택'이라고 보아야 할 것이다.

한편 근래 1920년대 소설에 나타난 죽음을 낭만성의 구현으로 바라보는 시각이 등장하고 있다. 낭만주의 문학의 '미적 근대성'에 대한 연구는 '죽음' 관련 여부를 떠나 직관이나 상상력을 강조하면서 고유의 형식과 아름다움을 산출해 내려는 노력에 관심을 기울이고 있다. 먼저 소영현은 낭만주의를 문예사조가 아닌 시대정신으로 파악하고, 새로운 문화를 건설하려는 충동을 시대정신으로서의 낭만적 정신으로 규정한다. 그리하여 신문화 건설 주체는 예술을 통해 창조충동을 실현하고자 했으며 낭만적 주체도 예술과 삶이 합일 혹은 통합됨에 따라 지향과 파괴로 드러난다고 보았다. 그는 근대소설 작가들이 고독한 낭만적 주체를 통해 창조충동으로서의 신문화 건설 욕망을 표현하였다고 평가하여 이광수의 『무정』은 예술과 삶의 합일충동이 완전 세계에의 지향으로 드러났고 나도향의 『환희』는 예술과 삶의 통합이 파괴충동으로 드러난 경우라 보았다. 그리고 이러한 이중화의 논리를 조선적 의미의 낭만적 정신 특질로 규정하고 두 충동이 만나는 지점에 『만세전』의 이인화가 있다고 결론내렸다.13) 한편 이미경은 낭만주

---

13) 소영현, 「근대소설과 낭만주의」, 『상허학보』, 상허학회, 2003. 2, 61~87면.

의 문학담론을 문학 영역의 근대성과 연결시켜 1920년대－1930년대 시가 예술의 자율성과 감정의 진실성을 추구하는 점에서 서구 낭만주의와 차별된다고 하였다.[14)]

같은 맥락에서 김진수의 논문에 주목할 필요가 있다. 그는 「유럽 낭만주의 문학의 한국적 수용」[15)]에서 1920년대 한국 근대문학 형성기에 백조파를 중심으로 한 한국 낭만주의 문학이 종래의 평가와는 달리 독일의 초기 낭만주의에 영향을 받았다고 주장하였다. 그는 백조시대의 낭만주의를 독일 낭만파 슐레겔이나 노발리스 등의 병적 낭만주의 계통으로 본 백철의 의견[16)]에는 동의하나 내용 층위의 파악만으로는 문학적 표현 층위와 미학적 의미는 물론 '미적 근대성'을 확보하고자 한 낭만주의 운동의 미적, 형식적 특성이 누락된다는 점을 들어 이의를 제기한 바 있다. 즉 '개체의 확립이나 자유를 추구하고 나선' 백조파는 초기 독일 낭만주의의 보편적, 진보적, 개인적인 문학 운동에 영향을 받은 것이며 백철이 주장한 낭만주의는 후기 낭만주의의 병적, 염세적 성격에 가깝다고 설명하였다. 백조파가 보여 준 언어의 미적 선택과 치밀한 감정의 표현 등은 문학적 자율성을 알리는 지표가 되어 초기 낭만주의의 특성을 띠고 있다고 본 것이다. 또 백조파들은 이광수 등의 선례를 통해 자유 추구가 쉽게 달성되지 못하리라는 것을 알았지만 동시에 선택할 수 있는 것도 그것뿐이라는 사실을 인식했기에 이율배반의 상황에서 눈물과 탄식이 깃든 시를 쓸 수밖에

---

14) 이미경, 「한국 근대 시문학에서의 낭만주의 문학 담론의 미적 근대성 연구」, 『한국문화』, 서울대학교 한국문화연구소, 2003. 6, 109~144면.

15) 김진수, 「유럽 낭만주의 문학의 한국적 수용」, 『미학예술학연구』, 한국미학예술학회, 2005, 215~240면. ― 백조파가 지닌 '개체의 확립이나 자유추구의 정신'에 관한 내용은 김용직의 저술(『한국근대시사』상, 학연사, 2002, 217~ 218면.)을 참고할 필요가 있다.

16) 백철, 『신문학사조사』, 신구문화사, 1982, 186면.

없었다고 진단하였다.

이와 같이 낭만주의와 관련한 일련의 성과는 본 논문이 추구하고자 하는 지향과 연관이 있어 주목할 만한 것이다. 이러한 논의들은 죽음관이나 사회병리현상에 근거한 평면적인 관점이 아니라 세계와 융합하려는 자아의 활동을 중시하는 입체적인 관점을 지닌다. 따라서 식민지시대 죽음을 낭만주의의 자질인 '자기완성에의 열망'으로 해석한다는 점에서 의미가 있다. 앞의 논의 이외에도 황종연은 「낭만적 주체성의 소설」(『김동인문학의 재조명』, 새미, 2001)에서 김동인이 동경의 삶을 작품화한 사실과 낭만적 개인주의에 기인한 예술가소설 창조 등 낭만주의에 근거한 신적 주체의 성립과정을 연구한 바 있다. 아울러 조영복(「동인지시대의 담론과 '내면-예술'의 계단」, 『한국문학과 계몽담론』, 새미, 1999), 차승기(「폐허의시간」, 『1920년대 동인지 문학과 근대성 연구』, 깊은물, 2000), 오문석 (「1920년대 초반 동인지에 나타난 예술 이론 연구」, 『1920년대 동인지 문학과 근대성 연구』, 깊은물, 2000), 구인모(「'학지광' 문학론의 미학주의」, 『한국근대문학연구』, 2000) 등도 근대문학 초기의 낭만적, 미학적 의식에 대한 연구 성과를 낸 바 있다.

마지막으로, 자살만을 다룬 5편의 논문을 살펴보겠다. 이 중 자살이론을 다룬 것[17]을 제외하면 순수하게 한국 소설과 연계한 것은 4편에 불과하다. 최초의 것은 이인복의 연구이다.[18] 그는 한국문학에 나타난 총 18건(남성9, 여성9)의 자살을 분석하였는데 자살요인이 여성은

---

17) 김종두는 「자살에 대한 이론적 접근」(『서원대 교육논총』, 1998, 307~332면.)에서 학자들의 다양한 이론을 바탕으로 자살의 동기와 유형에 대해 정리하였다. 자살의 동기는 개인적 상황과 사회적 환경에 원인이 있으며 자살의 유형은 사회적, 심리적, 통합적 접근에 따라 분류하였다.

18) 이인복, 「한국문학에 나타난 여성자살의식에 관한 연구」, 『아세아여성연구』24, 1985, 201~220면. 이듬해 발표한 「한국문학에 나타난 자살의식에 관한 연구」(『정신건강연구』 4, 1986)는 이 논문의 수정본이다.

사랑이나 순결을 증거하는 등 남자와의 애정문제로 인한 것이 100% 인 반면, 남성은 심리적 갈등이나 이념적 갈등, 살신성인, 창작혼 등 이라고 보았다. 그는 자살을 사회심리학적으로 해석하려는 당시 경향에 발맞추어 한국 여성의 과거와 현재를 진단하고 미래사회의 방향 정립에 도움을 준다는 목적으로 연구를 수행하였다. 그 결과 여성의 자살은 남성과의 통합일치가 불가능해졌을 경우에 발생되는 것으로 이는 여성이 지극히 비사회적이고 남성에 종속된 존재라는 사회적 인식이 그 바탕에 있다는 사실을 밝혀냈다. 따라서 여성의 자살은 진실한 의미의 자살로 간주될 일이 아니라 사회적 병폐가 몰고 온 강요이자 타살이라 지적한다. 여성의 자살이 미화되는 사회는 비윤리적이고 비인도적이며 생명 존중의 차원에서도 정당하지 않다는 것이다. 이러한 그의 연구는 생명과 윤리를 존중하는 교화적인 것으로 자살에 대한 철학적인 접근이라는 점에 의의가 있다. 그러나 작품 자체에 대한 본격적인 분석이나 여성인물의 내면과 자살행동에 대한 고찰은 이루어지지 않았다는 한계가 있다.

　박태근은 1920년대 소설에 나타난 자살에 대해 연구하였다.[19] 그는 주인공의 자살을 다룬 7편과 작중인물의 자살을 다룬 2편을 대상으로 자살의 조건과 유형을 고찰하였다. 7건의 자살이 여성에 의한 것이며 전통적 성의식과 관련한 자살이 나타난 작품으로 전영택의 「혜선의 사」와 김동인의 「전제자」, 「배짜락이」, 「거츠른 터」, 「딸의 업을 니으려고」, 염상섭의 「제야」를 들었고 사랑의 추구와 실패에 의한 자살로는 현진건의 「그립은 흘긴 눈」, 나도향의 「물레방아」를 들었다. 그리고 존재 인식론적 자살로 김동인의 「눈을 겨우 쓸 때」를 들어 분석하

---

19) 박태근, 「20년대 한국현대소설에 나타난 자살 연구」, 『도솔어문』 7, 1991, 62~90면.

였다. 그는 자살이 20년대 한국문학에서 갖는 의의로 ①전통적 자살관이 그대로 드러나 있고 ②현실도피적 성격을 지니며 ③작가의 미성숙한 죽음의식과 ④이상적인 여인상을 추구하는 작가의 모습이 드러난다고 보았다. 그는 이 연구에서 자살이 속죄와 결백 주장을 목적으로 한다고 본다. 따라서 자살의 유형도 전통적인 성의식과 관련된 자살과 사랑의 추구와 실패에 의한 자살이 대부분이라고 분석한다. 또한 외적 갈등에서 비롯된 1920년대 자살은 사회학적인 연구 대상으로서의 죽음에 불과하다고 보고 자살을 외적 갈등의 양상으로만 그린 것은 작가의 미성숙한 죽음의식에 그 원인이 있다고 진단하였다. 또 암울한 식민지 현실에서 절망하고 좌절하는 한국인의 모습을 그린 것을 긍정적으로 평가할 수 없다고 결론짓는다. 박태근의 대상 작품은 본고의 연구범위와 반 정도 중첩되는 것으로 그가 외재적인 조건을 자살의 동기로 보는 반면 본고는 내재적 동기로 보기에 대비적 관점이 예상된다. 또 작품 자체를 분석하지 않고 자살행동에 대해 가치 평가를 하는 것은 자아의 내면세계에 주목하는 본고와 논지 전개방향이 다르며 앞의 이인복의 연구나 1920년대 소설에 나타난 죽음 연구와 크게 다르지 않다.

정해성은 김동리의 「무녀도」와 장용학의 「요한시집」, 조세희의 「난장이가 쏘아올린 작은 공」에 나타난 죽음을 연구하였다.[20] 그는 「무녀도」의 모화의 자살을 식민지의 폭력적 현실을 벗어나지 못한 민족 개개인의 좌절과 절망의 대변이라 보았고 「요한시집」의 누혜의 자살은 전쟁과 폭력의 광기 속에서 개인의 본질적 실존을 추구하는 시도라 인식하였으며 「난장이가 쏘아올린 작은 공」에서 영수의 자살을 산업화와 성장 이데올로기가 초래한 노동자의 비인간적 삶의 현실을 고

---

20) 정해성, 「한국소설에 나타난 자살 연구」, 『현대문학이론연구』 32, 2007, 53~67면.

발하는 적극적 저항의 의미로 파악하였다. 이렇듯 그는 자살을 단순히 개인적인 선택이 아닌 특정한 사회상황과 권력, 제도 등에서 생겨나는 필연적 결과로 분석하였다. 그리고 더 이상 죽음을 금기시하지 말고 올바로 이해하여 죽음을 삶의 의미로 내면화하기를 일깨워 주고 있다. 그의 연구는 죽음과 자살에 대한 편견과 오해를 넘어 삶의 의미와 가치의 중요성을 인식할 것을 강조하고 있다. 그러나 그가 전반적인 죽음과 자살을 한 맥락으로 이해하여 죽음에 대한 철학적 사유를 자살의 영역에까지 안고 들어간 점은 무리가 있다.

이상의 연구성과에 대한 검토를 종합하여 문제를 제기하면 다음과 같다.

첫째, 연구범위에 있어 자살을 다룬, 그것도 주인공의 자살만을 다룬 연구가 미흡하다. 대부분의 연구는 인물의 죽음을 다루는 데 있어 주인공의 자살에 주목하기보다는 작품에 등장하는 모든 죽음을 분석하고 있다. 이는 1920년대 중반까지의 많은 작품들이 이전과는 달리 죽음을 집중적으로 다룸으로써, 인물의 죽음에 관한 관심이 증대한 것이 원인이라 할 수 있다. 또한 자살이 지니고 있는 금기적 요소가 연구자들로 하여금 적극적인 검토를 꺼리게 하는 요인이었다고 볼 수 있다. 이로 인해 문제적 죽음인 주인공의 자살이 연구 중심에 놓이지 못함으로써 인물과 환경의 대립이 본질적으로 고찰되지 못했으며 이후의 작품에 나타나는 죽음과도 통합적으로 고려하는 데까지는 미치지 못하는 결과를 낳았다.

둘째, 자살을 다룬 연구도 그 연구방향에 있어 식민지시대 전반을 관통하는 정신사적 맥락을 중시하기보다 외재적 조건을 중심으로 수행되었다. 주인공이 자살에 이르게 된 계기를 적대적 환경이 낳은 가난, 억압, 봉건적 인습 등에서 찾아 개별적 죽음에 대한 의미 부여에

치중하고 있다. 즉 식민지시대 전체에 걸쳐 자살이 무수히 드러남에
도 불구하고 그러한 결과를 낳게 한 원인들의 공약수를 발견하지 못
했다는 뜻이다.

본고에서는 이상의 선행연구를 바탕으로 식민지시대 전체를 관통
하는 자살의 공통요소를 찾아내고자 한다. 그러기 위해 연구 범위를
1930년대 이후까지 확장하고 방법면에서도 차이를 둘 것이다. 결코
짧지 않았던 식민지시대에 여러 작가들에 의해 지속적으로 제기된 자
살에 관한 의식은 단일한 방식으로 고찰될 수는 없다. 이는 내용과 형
식이 통합된, 보다 큰 틀에 담아야 할 문제이다. 식민지시대 자살은
식민지라는 외재적 환경과 자아와 개성의 분출이라는 내면적 동기가
만나 이루어진 결과이기 때문이다. 따라서 이 두 분자의 특성을 아우
른 시각으로 식민지의 사회·역사적 조건과 죽음 모티브의 정신사적
맥락인 낭만성을 융합하여 식민지시대의 자살을 규명할 것이다.

3. 자살소설의 연구범위

본고는 식민지시대 소설에 나타난 자살을 낭만성과 연관하여 해명
하고자 하는 연구이다. 이 시기에 자살을 다루고 있는 작품이 모두 낭
만성으로부터 산출되었다고 하기는 어려우나 자아를 중시하는 근대
성과 연관된 작품들은 낭만적 특질과 불가분의 관련을 맺고 있다. 따
라서 본고의 중심과제는 자아가 어떻게 형성되고 내면화하는가를 분
석하고, 나아가 낭만성의 궁극적 실현인 '자살'로 귀결되는 양상을 고
찰하는 것이 된다.[21]

---

21) 낭만성과 자살에 관한 내용은 제2장에서 구체적으로 다루기로 한다.

본 연구는 식민지시대에 낭만성이 자살로 실현되는 양상을 분석하기 위해 첫째, 텍스트와 작가의 관계, 텍스트와 사회·역사의 관계를 고려하고자 한다. 한 사회의 세계 인식 태도는 개인의 산물이 아닌 집단 전체의 집적물이다. 식민지시대에 자살을 다룬 작품이 많다는 것, 특히 1920년대에 들어서면서부터 자살현상이 빈번한 이유를 해명하기 위해서는 그 연원이 어디에 있는가를 찾아야 한다. 그 연원은 비합리적 충동으로서의 내적 동기에 있으며 이는 정치·사회적으로 억압된 상태에서 저항적 에너지가 축적된 것이다. 그러나 이러한 내적 동기를 이끌어 낸 동인은 식민지 환경이라는 외재적 조건에 있다. 이는 단순히 식민지가 지닌 억압적이고 부정적인 차원의 환경이 아니라 개인으로 하여금 내면적 동기를 이끌어 내게 만드는 촉매로서의 환경이다.

둘째, 주인공의 자살이 주인공의 내면적 동기와 어떻게 부합되어 일어났는가를 살피고자 한다. 논문의 중심을 이루는 이 항목은 서구 낭만주의가 일본을 거쳐 한국에 이식되는 과정에서 자살이 어떤 방식으로 실현되는가를 보여 줄 것이다. 즉 객관적 세계와 대결하는 자아를 중시하여 자아의 내면적 동기를 적극적으로 읽고 이것이 자살에 어떻게 긴밀하게 연관되는가를 살피는 것이다. 1920년대에 두드러지게 나타나기 시작한 자살은 이후에도 지속적으로 나타나면서 어떠한 낭만적 요소보다 우리 소설사에 선명한 흔적을 남긴 바 있다. 따라서 자살에 대한 규명은 종래의 식민지하 사회병리현상으로 읽어 내는 단순한 방식이 아니라 식민지시대 전체를 관통하는 맥락을 통해 이루어져야 할 것이다.

본 연구의 범위는 식민지시대 소설 중 주인공의 자살을 다룬 작품에 한한다. 주인공이 자살의 주체이며 적극적인 자살의지와 자살행동이 나타난 총 10편이 대상이다. 주인공의 자살로만 한정한 것은 본고

가 자살을 자아와 세계의 투쟁의 산물로 보기 때문이다. 그래야만 낭
만적 주체가 자기확인과 자아완성을 위해 자살을 선택했다는 가설에
도 부합하게 된다.

본고에서 자살의 양상은 자아의 최종적인 방향에 따라 두 유형으로
구분할 수 있다. 세계와 대결하던 자아가 무한히 확대된 내면을 자신
에게 향하게 하는 것이 그 하나이다. 또 하나는 왜곡된 세계와 투쟁하
던 자아가 세계에 대한 저항을 외부로 항변하는 경우이다. 전자는 자
아의 소중함을 깨닫고 발견하는 초기 단계는 물론 자아가 세계와 당
당히 맞설 정도로 강화된 상태를 모두 포함한다. 후자는 세계인식을
지닌 자아가 타락한 세계에 맞서 투쟁하는 양상으로 시민계급이 제대
로 형성되지 못한 당시 사회에서는 불가피한 선택이라 할 수 있다. 이
렇듯 소설의 결말이 화해롭지 못하고 비극적인 자살로 끝을 맺는 것
은 각성한 자아와 폭력적 세계가 조화를 이룰 수 없었던 식민지적 특
질에 원인이 있다고 할 수 있다.

자아를 발견하고 확립, 강화시키는 과정에서 일어난 자살은 나도
향의 「출학」(1921)과 김동인의 「전제자」(1921), 염상섭의 「제야」(1922)
와 김동인의 「눈을 겨우 뜰 때」(1923), 그리고 이상의 「12월 12일」(1930)
에 나타난다. 이 작품의 주인공들은 여성 4명과 남성 1명으로 여성의
경우는 선행연구에서 살펴본 대로 성의식이 바탕에 깔려 있다. 그러
나 이들의 자살은 성의식 발현 이외에도 무의식에 잠재되어 있던 자
아가 각성하여 자신의 주체성을 확인하는 과정으로 볼 수 있다. 그동
안 각성의 대상으로 인식하지 못한 자아가 근대에 들어 세계와 대결
하며 자기실현에 이르려는 욕구로 발전한 것이다. 이것이 그들의 죽
음을 낭만성과 연관시킬 수 있는 근거이다.

주인공의 자살이 세계에 대한 저항으로 표출된 경우로는 나도향

의 『환희』(1922)와 「물레방아」(1925), 이광수의 『유정』(1933) 그리고 김동리의 「무녀도」(1936), 채만식의 「패배자의 무덤」(1939)을 꼽을 수 있다. 이들의 자살은 확장될 대로 확장된 자아가 폭력적인 세계와 부딪치며 일어난 비극적인 사건이다. 이들 작품에서 봉건유제가 남아 있는 타락한 세계와 식민지 지식인 앞에 놓인 폭력적 세계는 주인공을 자살로 이끌었다. 그들의 자아는 생명을 강력한 도구로 활용하여 세계와의 투쟁을 벌인 것이다. 이런 점에서 그들의 자살은 자아와 세계의 투쟁이라는 근대적 인간 실현 의지를 보여 주고 있다. 그중 채만식의 「패배자의 무덤」은 가중되는 식민지 억압이 특히 강조된 작품으로 환경과 불화하는 식민지 지식인의 저항이 강하게 나타난다. 풍자도 불가능한 시대에 죽음이라는 방식으로 투쟁할 수밖에 없던 낭만적 주체는 완강한 저항과 전복의지로 낭만성을 드러낸다. 또한 식민지시대에서 낭만적 주체의 자살을 다룬 마지막 작품이라는 의의를 지닌다.

본 연구는 이상과 같은 연구방법을 통해 식민지시대 소설에 나타난 자살이 낭만성의 궁극적 실현이라는 것을 증명하고자 한다. 그러기 위해 식민지 상황이라는 특수성에 기인한 식민지시대의 정신과 낭만성의 접합점을 본고의 출발점으로 삼을 것이다.

이후 본고의 논의 순서는 다음과 같다.

제2장에서는 먼저 자살에 대한 일반론과 자살이 낭만성 실현과 주체 확인의 방식으로 사용된 사실을 서술할 것이다. 이어 한국 근대소설에 나타난 낭만성과 자살을 서구와 일본에 비교하여 알아보고 이 시기에 쓰인 자살 모티브 소설의 계보를 살필 것이다.

제3장에서는 자살이 실현되는 양상을 두 유형으로 나누어 고찰하고자 한다. 3-1에서는 자살이 자아의 형성과 강화의 도구로 쓰인 작

품을 다루고 3-2에서는 자살이 세계에 저항하여 투쟁하는 방식으로 쓰인 작품을 분석할 것이다.

제4장에서는 이상의 논의를 총괄적으로 검토한 후 남겨진 문제에 대하여 점검한다.

1. 낭만성과 자살

1) 자살의 문화사적 의미

자살은 인류만이 취할 수 있는 문화적 행동으로 여러 요인에 의해 촉발되며 행해진다. 자살에 대한 인류의 인식이나 태도는 시대와 문화에 따라 변화를 보여 왔다.

원시 미개사회에서는 자살이 원수에게 복수하기 위한 방식으로 이해되었으며 복수의 과정도 매우 비현실적이고 주술적으로 수행되었다. 자살자의 망령이 그를 박해한 사람을 파멸시키든가 친척이 그 일을 대신 하든가 부족의 냉혹한 규율이 자살자의 원수로 하여금 똑같은 방식으로 자살하도록 강요함으로써 자살이 복수극으로 전개된 것이다. 그래서 원시사회 사람들은 사악하게 뿌려져 진정되지 않는 피에 대한 공포로 자살과 살인을 동일시하였다.[1]

고대사회에서 자살은 비교적 유연한 태도로 인식되었다. 이성적 삶

---

[1] A. 알바레즈, 최승자 옮김, 『자살의 연구』, 1982, 76~77면.

을 중시하는 스토아학파는 자유의지로 삶을 마감할 수 있도록 부분적으로나마 자살을 허용해야 한다고 주장하였다. 그래야 자연과 인간이 이성적으로 적절한 조화를 이룬다고 보기 때문이다. 자살에 대한 금기에도 불구하고 그리스의 문학이나 철학에는 자살에 대한 별 비난이 없으며 몰락해 가는 로마 공화국 시절에 자살의 물결은 끊이지 않았다. 혈관 절단이나 굶어죽는 죽음은 각각 신비한 정화의 의미와 철학적 의미의 죽음으로 받아들여졌고 다만 노예의 자살만이 법으로 금지될 뿐이었다.[2]

중세사회는 기독교의 번성과 함께 자살에 대한 종교적 금기가 더욱 부각된 시기였다. 6세기에 자살금지법이 제정되어 자살자에 대한 장례 주관이 금지되고 자살자의 시체도 공개재판 후 훼손시켜 외딴 곳에 매장하였으며 재산도 몰수당했다. 당시 성직자들은 현실세계에서 고통을 감내하며 살아가도록 권유하며 종교에 더욱 의존하도록 만든 것이다. 그러나 이는 교회가 권력 행사를 위해 노동력을 확보하여 경제도구화 하였다는 비난의 빌미가 되었다. 이 무렵의 자살은 사회 신분에 따라 차등적으로 평가되어 평민의 자살이 신을 외면한 비겁한 행위라면 성직자나 기사의 죽음은 숭고하고 용맹스런 순교의 경지로 인식되었다.[3]

이처럼 중세까지의 자살은 크게 보아 공동체를 위한 희생이나 복수의 차원에서 이루어진 것이었다. 근대적 인간으로서의 문제적 개인이라는 개념이 아직 존재하지 않는 시대에 계급의식하의 지배 계층은 자살을 귀족적 의미의 행동양식이나 삶의 고통에 의한 숭고한 실천으로 인식하였다. 그러나 평민의 자살은 여전히 범죄시하였다.

---

2) 게르트 미슐러, 유혜자 옮김, 『자살의 문화사』, 시공사, 2002, 25~45면 참조.
3) 위의 책, 47~65면 참조.

초기 근대에는 자살이 여전히 비판의 대상이었으나 17세기 초 자살에 대한 옹호와 우울증의 발견으로 자살을 심리학, 의학의 영역으로 간주하기에 이르렀다. 그러한 시각을 처음 드러낸 이는 존 던(John Donne)으로 1610년 목사였던 그는 교회에서 수백 년간 비난해 왔던 자살의 권리를 『자살론』(Biathanatos)에서 대변했다. 그는 성경 어디에도 자살을 금지하는 문구는 없다고 강조했다. 이어 1621년 로버트 버턴(Robert Burton)은 자살을 정신병으로 보았다. 의사였던 그는 『우울증의 해부학』(Anatomy of Melancholy)에서 자살은 우울증에서 비롯되었지 사탄의 저주에서 비롯된 것은 아니라고 설명하였다.4) 이어 이성을 믿는 계몽주의자들에 의해 자살자가 치료의 대상으로서 동정과 이해를 받을 수 있는 계기가 마련되었다. 그들은 인간이 이성을 통해 자유롭고 자주적으로 행동할 수 있는 능력을 가진다고 보았으며 볼테르, 루소, 흄, 올바크 같은 학자들의 견해에 따라 자살을 자신의 죽음에 대해 결정할 수 있는 권리로 해석하게 되었다.5) 하지만 일반인들의 자살은 범죄이고 권력가의 자살은 정신병에 의한 충동적 행위라는 판결은 여전히 존재하였다.

낭만주의 시대가 오고 『젊은 베르테르의 슬픔』과 함께 이른바 질풍노도의 시대로 접어들면서 자살은 유행이 되어 버렸다. 이 시대의 인간은 이성이 감정에 앞선다는 종전의 사상에서 벗어나 내면의 목소리에 관심을 기울이고 감정과 눈물의 가치를 알기에 이르렀다. 사람들은 세상이 자신을 인정하지 않아 정신적 고통이 극에 달하면 삶을 그만 두어도 좋다고까지 생각하였다. 또한 삶을 문학에서 경험하려는 그들이기에 문학 속 자살은 낭만주의 시대 사람들에게 막대한 영향을

---

4) 앞의 책, 72~73면.
5) 위의 책, 74면.

미쳤다. 쉽게 죽음을 결심하게 된 중산층 부르주아는 좌절감을 안고 공개적 정치무대에서 물러나 문학과 예술을 통해 실제생활에서 맛보지 못하는 자유를 누리며 열정적 세계관을 표출하기에 이르렀다. 여기에 자살 예찬론을 편 쇼펜하우어가 등장하여 철학과 문학이 협력함으로써 자살은 매우 자연스런 결말이라는 인식이 생겨났다.[6]

근대 이후 자살은 새로운 시민계급에 의해 낭만적 선택이나 실천의 방식으로 사용되기 시작한 것이다. 그들은 인간 영혼을 중시하고 감정에 충실한 나머지 자신의 생명을 주체성 실현의 표지로 인식하였다. 이로부터 자살은 문제적 인간의 주체적 선택이라는 낭만적 의미로서 강조되기 시작하였다. 이 점이 바로 본고가 주목하는 낭만적 죽음과 통하는 대목이다. 근대의 자살은 문제적 개인의 저항성과 중세 이전의 자살이 지닌 숭고성을 동시에 띠고 있다.

19세기에 들어 기독교 규범의 가치가 느슨해지고 산업화 시대가 되면서 사후 속죄나 신에 대한 믿음은 서서히 무너지고 극심한 고통에서 벗어날 수 있는 유일한 방법으로 자살을 선택하는 이들이 많이 등장하였다. 오늘날 자살에 대한 인식은 19세기 말에 생겨난 것이다. 공업화시대에 정신질환의 결과로 설명되는 자살은 사회적인 문제로도 인식되어 이에 대한 학문적이고 객관적인 분석이 시작되었다. 1897년 뒤르켐의 『자살론』(Le suicide)은 이 분야의 본격적인 연구서로 자살의 역사를 다루면서 생활환경, 나이, 교육정도, 기후가 자살에 미친 영향을 조사하였다.[7] 또 뒤르켐에 앞서 자살 문제 분석을 위해 통계를 이용한 헨리 모르셀리도 이제는 자살을 결코 개인적이고 독자적인 기능

---

6) 앞의 책, 101~116면 참조.
7) E. 뒤르켐, 황보종우 옮김, 『자살론―사회학적 연구』, 청아출판사, 2008, 35~159면 참조.

의 표현으로서가 아니라, 민족적 요인과 결합된 하나의 사회적 현상으로서 연구해야 한다고 역설하였다.[8] 현대사회로 오면서 대중화, 보편화되기 시작한 자살은 근대의 자살이 의미하던 문제적 인간의 주체적 선택이라는 낭만성이 퇴색되기 시작한 것이다.

2) 자살의 심리학·사회학적 근거

그렇다면 자살은 그 동기가 무엇이며 어떤 유형이 있는지 알아 보자. 언급한 대로 동기나 유형도 시대와 문화에 따라 달라지나 여기에서는 현대 정신분석에 근거한 심리적 차원에서의 동기와 사회학적 접근에 의해 고찰된 유형을 살피고자 한다. 이러한 접근은 인간의 내면적 동기를 중시하는 본고의 방향과도 크게 보아 서로 통하는 바가 있다. 자살의 동기는 정신분석학자 칼A.메닝거의 이론에 바탕을 두고 자살의 유형은 사회학자 E. 뒤르켐의 이론에 근거하여 고찰할 것이다.

자살이 돌발적인 것이 아니라 준비과정을 거쳐 자기파괴에 이르게 된다는 칼A.메닝거의 주장[9]은 인간의 내면을 중시하는 가설이다. 어떤 행동에 대한 무의식적 동기는 정신분석에 의해 파악이 가능하며 자살도 마찬가지이다. 그가 제시한 '자살행위가 이루어지는 동기'는 세 가지 구성요소를 갖추고 있다. 그 세 가지 요소는 죽이기, 피살되기, 죽기이다. 자살은 죽이고 싶은 마음과 죽음을 당하고 싶은 마음, 그리고 죽고 싶은 마음이 결합되지 않으면 좀처럼 달성되지 않는다. 자신에게 스스로 폭력을 휘두르고 또는 그러한 행동에 자신을 맡겨 두면서도 여전히 죽고 싶어 하지 않는다면 자살은 이루어지지 못한다는 것이다. 각 요소들은 의식적이거나 무의식적인 동기를 가지고 있

---

8) Henry Morselli, 『Suicide』, London, 1881, p.3.

9) 칼 A. 메닝거, 이용호 옮김, 『자살론』상, 백조출판사, 1986, 32면.

으면서 자살의 완성을 꿈꾸는 것이다.

죽이고 싶은 마음은 원시적인 자기방어의 목적에서 나온 파괴적 충동이다. 구강기에 고착된 사람은 제 소망이 이루어지지 않으면 견디지 못해 공격적으로 행동하며 이 시기의 금지와 억압은 그에게 죽이고 싶은 욕구를 강하게 심어 준다. 또 원시적인 파괴성은 어떤 대상에 연결되어 중화가 되는데 그 정도가 약하거나 소멸될 경우 애착상태가 무너지고 애착 구성의 요소는 분리되고 만다. 이 때 죽이려는 마음이 풀려나와 자신을 애착 대상의 대리물로 인정하고 자살에 이르게 한다는 것이다.[10]

죽음을 당하고 싶은 마음은 죽이고 싶은 마음의 가학성과 대조적으로 피학성에 기인한다. 괴로움을 받고 싶다거나 고통을 당하고 싶다는 마음은 양심의 문제로 해석할 수 있다. 양심은 대부분 유아기와 소년기에 형성되어 어떤 행동을 실행시키거나 방해한다. 양심은 본래 공격본능의 일부로, 이는 자아가 바깥에서 파괴본능을 지휘해 무슨 일을 시키면 그와 똑같은 일을 자아 속에 남아 있는 파괴본능이 안에서 실연해야 하는 것과 비슷하다. 사람이 어떤 종류의 공격을 발동시키면 양심은 같은 공격을 자아를 향해 발동시킨다는 것이다.[11]

죽고 싶은 마음은 앞의 두 가지 소원에 비해 가설에 불과한 것으로 기존처럼 어머니의 배 속으로 다시 돌아가고 싶은 무의식적 욕망으로 해석될 수 있다. 그러나 그 밑에 죽음에 대한 의식적인 소원이 회화적으로 표현된 것이라 볼 수 있다.[12]

이러한 자살 동기의 구성요소는 낭만적 자살에도 적용시킬 수 있

---

10) 앞의 책, 71~72면.
11) 위의 책, 74~75면.
12) 위의 책, 108면.

다. 근대로 접어들어 개인의 감정이 중시되면서 집단적 감정이나 이성은 점차 부차적 단계에 머무르게 된다. 자아를 중시하던 낭만주의 시대 인간은 정신적 유약함이 마치 어린이와 같아 자기본위에 빠지기 쉬우며 타인에게 침해당하는 것을 견디기 힘들어 한다. 자기 소원이 성취되지 않으면 공격적이 되기 쉬운 것도 어린이와 비슷하다. 그들은 자신의 영혼과 그 고뇌에 집중하여 이것이 온전한 상태로 유지되기를 바라며 자기애착에 빠진다. 그러나 무한히 고양된 정신 상태는 현실적 삶에서 완성을 이룰 수 없다. 그들이 지닌 열정적 세계관은 그들에게 죽음에 관해 사유할 것과 죽음의 결정권마저 부여한다. 이로부터 자살은 문제적 개인의 주체적 선택이라는 낭만적 의미로 이해되기 시작하였다. 또한 자아 속에 남아 있던 파괴본능은 공격욕구를 자아로 향하게 함으로써 죽음을 당하고 싶은 마음을 갖게 한다. 죽고 싶은 마음은 자신을 예전과 같이 정신적 고통이 없는 상태로 되돌리고 싶은 무의식적 욕망으로 해석할 수 있다.

또 자살의 유형은 사회학적으로 접근할 경우 세 가지로 나눌 수 있다.[13]

첫 번째는 이기적 자살이다. 개인의 자아가 사회적 자아보다 강력하고 사회적 자아를 희생시키면서까지 개인의 자아를 주장하는 상태를 이기주의로 본다면 지나친 개인주의로 인한 자살을 이기적 자살이라 할 수 있다.[14] 이러한 이기적 자살은 사회의 통합 정도에 반비례하는 것으로 강력하게 통합된 사회 집단일수록 자살이 적다. 종교사회나 가족사회, 정치사회는 통합을 유지하는 공동체로서 그 결속도에 따라 구성원의 자살률에 영향을 준다.[15] 따라서 통합이 불가능한 식

---

13) E. 뒤르켐, 앞의 책, 161~370면 참조.
14) 위의 책, 250면.

민지사회에서의 자살은 이 유형에 가깝다고 할 수 있다.

이타적 자살은 개인의 인격을 작은 가치로 보고 사회가 자살을 강요할 수도 있는 상황에서 이루어진다. 이기적 자살에서 문제가 된 개인화가 여기서는 지나치게 부족한 상태로 존재하며 이는 개인적인 모든 것을 부정하는 원시사회로 갈수록 흔했다. 구원을 위해 수행된 중세시대의 순교나 명령복종을 요구하는 군대사회도 이타적 자살이 만성적으로 일어나는 경우이다.[16]

아노미성 자살은 사회의 통제 방식에 그 원인이 있는 것으로 주로 경제상황이나 결혼제도과 연결할 수 있다. 이는 이기적 자살이나 이타적 자살과 달리 개인이 사회와 연결되는 방식이 아니라 사회가 개인을 규제하는 방식에 의해 촉발된다. 경제적 아노미의 경우 자신의 욕구 수준이 도달할 수 있는 한계보다 훨씬 멀리 있어 불안하거나 규제가 필요한 상황에서 욕망이 규제받지 못할 때 자살로 연결될 수 있다. 개인 열망에 미치는 사회영향이 결핍되어 개인을 제동 없이 방치함으로써 일어나는 것이다. 또한 결혼의 아노미 상태도 이혼과 자살의 비례 현상을 낳음을 알 수 있다.[17]

이타적 자살은 중세 이전의 사회 혹은 전체주의 사회에서 볼 수 있는 특징이다. 개인보다 집단이 중시되는 사회에서 의무로 행해지는 희생제의나 순교, 태평양전쟁의 가미가제 등에서 그 예를 볼 수 있다. 아노미적 자살은 경제나 결혼제도 등의 사회적 통제방식과 관련이 있는 것으로 현대 대중사회에서 흔히 나타나는 자살의 형태이다. 한편 이기적 자살은 문제적 개인을 중시하는 자살로 서로 통합하려는 힘과 분

---

15) 앞의 책, 173~261면 참조.
16) 위의 책, 262~295면 참조.
17) 위의 책, 296~345면 참조.

리되려는 힘, 즉 규율권력과 개성 사이에서 벌어지는 갈등에 원인을
둔 자살이다. 식민지 환경에 맞선 근대적 개인이 자아의 실현을 위해
행하는 자살이 이에 해당되며 낭만적 자살과 깊은 관련을 맺고 있다.

3) 낭만성의 발현으로서의 자살

'자살'[18]은 우리가 일상생활을 하는 가운데 드물지 않게 만나는 단
어이다. 대부분 꺼리는 말이지만 복잡한 사회에서 살아가고 있는 현
대인에게는 어느 정도 익숙한 말이기도 하다. 여러 종류의 죽음 중 자
살은 사망자 자신이 가해자인 동시에 피해자가 되는 특성을 가진다.
음독, 투신, 자해 등 대개의 자살은 적극적이고 능동적인 성격을 보여
준다. 단식이나 순사(殉死) 등의 경우도 외견상 소극적인 것으로 보이
나 사실상 주체의 강한 자발성을 전제로 한다는 데서 본질적으로 능
동적 행동으로 볼 수 있다. 반면에 동기가 무엇인가와 상관없이 자신
이 원하지 않는 죽음이나 무의식적 행동에 의한 우연적이고 결과적인
자살은 자살이 아니다. 즉 자살이라는 용어는 자살자 자신이 그 결과
를 알고 행하는, 적극적 또는 소극적 행위의 직접적 또는 간접적 결과
로 인한 모든 죽음을 가리킨다.[19]

자살은 그것이 자기파괴를 가져옴에도 불구하고 자살자의 의도를
관철하기 위한 수단으로 쓰인다는 점에서 개성 중시의 낭만성과 연관
지을 수 있다. 개성은 주변 상황이 자신의 세계가 용인할 수 있는 범
위를 넘어설 때 특히 그 기능을 발휘한다. 주변세계가 자신의 의도대

---

18) 라틴어 계통의 추상적 언어인 <자살 suicide>에 대해 옥스퍼드 영어사전은 최초
　　사용 연대를 1651년으로 잡고 있으나 A. 알바레즈는 1642년에 출간된 토마스
　　브라운 경의 「종교적 의술 Riligio Medical」에서 발견했다고 서술하고 있다.(A. 알
　　바레즈, 앞의 책, 77면.)
19) E. 뒤르켐, 앞의 책, 21~22면.

로 전개되지 않고 적대적으로 작용할 때 개성의 활동은 활발해지며 자유로운 정신세계를 추구하게 된다. 자살은 이러한 순간에 일어날 수 있다. 그것은 현실의 도피나 포기일 수 있고 자신의 결백을 증명하려는 진정성의 표현일 수도 있다. 나아가 자신의 의지를 드러내는 매우 강력한 항변일 수도 있다. 어떤 경우이든지 현재의 자신이 처한 상황을 바꾸려는 의도에서 나온 것은 분명하다. 자살행위의 저변에는 주변 환경의 질서에 따르지 못하는 부정적 태도나 순응할 수 없다는 적극적인 투쟁의지가 깔려 있다. 이러한 정신은 격변하는 감정과 함께 자살행위를 하는 순간 충동적이고도 격정적으로 개인의 내면을 지배한다. 자살은 기존세계와 불화하는 개인이 더 나은 세계를 기대하여 상황을 바꾸어보려는 의지의 표명이다. 자기결정권을 지닌 개인이 스스로의 힘으로 자신의 세계를 재편하려는 시도인 것이다. 이러한 측면이 자살과 낭만성의 관련을 말해 주고 있다.

본고에서 사용하는 '낭만성'이나 '낭만적'이라는 개념은 "18세기말경 유럽의 감성에서 비롯되어 현재에 이르는, 문학과 예술에 대한 일정한 태도와 관련된 복잡한 문화적 현상"이다.[20] 이는 낭만성과 근대성의 연관을 중시하는 본고의 입장과 통하는 것으로서 기존의 질서에 반기를 드는 저항성에 그 뿌리가 닿아 있다. 자아와 세계 사이에 존재하는 모순을 발견하려는 근대성과, 끊임없는 행동으로 기존 질서에 반감을 드러내는 낭만성은 상통하는 점이 있다. 이러한 특성은 인간의 어떤 노력도 완료되거나 완성된 것으로 여길 수 없다는 게오르크 하만의 의식[21]에서 발로된 것이며 자아를 탐색의 길로 계속 나아가게

---

20) 프라즈Praz Mario(1896~1982)는 『The Romantic Agony』(Oxford, second edition, 1950, p.3)에서 romantic이라는 단어가 "18세기 말~19세기 예술작품 해석의 길잡이요, 추상적이고도 시대착오적인 비평가들의 활동에 한계를 정해 주"는 용도로 쓰여 낭만성이 이전 예술방식과는 구별되는, 전복의 의미라는 사실을 설명하였다.

만든다. 이와 더불어 감성에 대한 중시로 자아의 세계에 눈을 뜨게 된 개인은 창조적이고도 자유로운 정신작용을 통해 자발적인 세계관을 갖기에 이른다. 따라서 개인의 자아는 무한히 활동할 수 있는 근거를 갖게 된다. 여기서의 '자아'란 세계와 분리되어 존재하지 않고 세계와의 연속성 속에 존재하는 주체로서 이성에 의해 구축된 주체와는 차이가 있다. 이른바 감정의 근대성22)을 담지한 주체는 무의식과 꿈, 환상, 감정으로서의 낭만적 주체로 세계와 융합된 자아이다.

세계와 융합된 자아에게 '죽음'이란 종말의 의미가 아니다. 그에게 죽음은 세계의 연속성에서 분리되어 개별적으로 존재하는 자아, 즉 의식 속에만 존재하는 자아의 죽음을 말한다. 따라서 이 죽음은 홀로 개별적으로 존재하는 자아를 벗어나 세계와 융합된 절대자아의 품으로 들어간다는 의미에서의 죽음이다.23) 이러한 죽음을 스스로 실행한다는 것은 더 큰 자아의 세계로 적극적으로 진입하는, 무한한 자아의 확대라 볼 수 있을 것이다.

자살은 주체가 적대적 환경과 충돌하여 스스로를 파멸시키는 좌절의 결과물이다. 동시에 자신의 좌절을 승인하지 않으려는 강력한 의지의 산물이기도 하다. 적극적인 감정 분출과 저항의지를 지닌 주체가 환경과 완강하게 맞서는 방식은 개성을 중시하는 낭만성과 통한다. 또한 행동하는 주체가 자신을 확인하는 최고도의 실천형태로 볼 수 있다. 자살로써 낭만적 주체가 얻을 수 있는 것은 두 가지이다. 자

---

21) 이사야 벌린, 강유원·나현영 옮김, 『낭만주의의 뿌리』, 이제이북스, 2005, 82~83면.
22) 오양진(「낭만적 주체성의 형성과 전개」, 『우리어문연구』 19, 2002, 117면.)의 논문에서 빌려 온 용어로 "정염의 인간이 지닌 감정의 낭비"를 의미하며 그는 이를 '이성의 근대성' 개념과 대비해서 썼다.
23) 김진수, 『우리는 왜 지금 낭만주의를 이야기 하는가』, 책세상, 2006, 105~106면.

아의 성취와 완성이라는 긍정성과 자신의 소멸이라는 부정성이다. 자살의 산물은 권력이나 사랑, 성공 등이 주는 실재형(實在形)이 아니라 소멸됨으로써 성취할 수 있는 부정형(不定形)이다. 주체의 자살은 자아의 성취와 완성이라는 긍정성과 자신의 소멸이라는 부정성을 동시에 지니기에 아이러니컬하다. 이것이야말로 루카치가 말한 "길은 시작되었는데 여행은 끝난" 모순 개념과 통하며 주체의 자살은 이러한 모순을 가장 극적으로 드러낸다는 점에서 근대소설의 본질과도 부합된다. 자살은 낭만적 주체의 가장 극적이고도 최종적인 자기실현이라 볼 수 있다.

인간은 정신적으로나 사회적으로 자신이 감당할 수 없는 문제가 발생하지 않는 한 자살하지 않는다. 그러나 이러한 조건은 지극히 주관적인 기준일 것이다. 비슷한 위기 상황에서도 개인에 따라 삶과 죽음의 태도가 다른 것은 인간의 내면이 그만큼 복잡하다는 증거이다. 지극히 주관적인 각자의 자살은 저마다 고유의 의미가 있으며 자살자는 그것을 드러내기 위해 스스로 삶의 끈을 놓게 된다.

이상으로 자살과 낭만성과의 연관 그리고 자살 일반에 대해 고찰해 보았다. 다음 절에서는 한국 근대소설에 나타나는 자살의 특질을 낭만성의 측면에서 살피고자 한다.

2. 한국 근대소설에 나타난 자살의 낭만적 의미

1) 서구와 일본의 경우

18세기 서구에서 시작된 낭만주의는 상승하는 시민계급의 정서였다. 이것은 19세기 후반, 시민계급의 성장이 폐색되어 퇴영적인 세기

말 현상에 이르기까지 적극적이고 낙관적인 계기를 내포하고 있었다. 그 양상이 때로는 병적이고 우울하거나 몽상적이라 할지라도 봉건사회에서 근대사회로 넘어 오는 과정은 시민계급이 승리하는 역사였기 때문에 기본적으로 낙관성을 지니고 있는 것이다. 봉건체제에 대한 근대적 개인의 저항 정신으로서의 낭만주의는 인간을 억압하는 제도에 대한 거대한 거부이며 인류정신사에 있어 하나의 혁명이라 할 수 있다.

서구 낭만주의에서 이러한 낙관성이 거세된 것은 19세기 말이다. 자신의 힘으로 만든 근대 자본주의 세계가 다시 자신들을 배신하고 새로운 억압자로 등장하기 시작했을 때 낭만주의는 그 적극적이고 낙관적인 동력을 잃게 된다. 사람들은 퇴폐적 세기말 풍조가 가져온 정신적·도덕적 위기와 삶의 권태에 빠져 진보와 자유주의를 공격하며 존재와 영혼 등으로 나아가는 신낭만주의에 기울게 된다. 이때부터 본래의 낭만주의적 낙관성은 점차 사라지게 된다. 충만한 에너지로서의 낭만성은 더이상 서구에서 찾을 수 없게 된 것이다.

일본의 낭만주의는 대체로 1887~1906년(명치 20~30년대)에 걸쳐 시가, 평론, 소설 등에 나타났던 하나의 경향으로 봉건체제 및 도덕으로부터의 자유, 종합적 인간성과 그 전적인 해방을 추구하였으며 현실 초월의 동경과 열정을 기본으로 하였다. 이는 계몽사조의 하나이자 그에 대한 안티테제였고 자유주의인 동시에 일본적 군국주의와도 통하였다.

1900년을 전후로 하여 비로소 시사, 평론 등에서 우세를 보인 낭만주의는 1906년경부터 자연주의 형태로 점차 이행하였다. 자연주의는 이전부터 존재해 온 사실주의적 경향이 낭만주의와 혼합되어 근대 산문에서 개화한 것으로서 낭만주의 문학이 이루고자 했던 구 전통의 파괴는 오히려 이들에 의해 이루어진 것이었다.

이후 자연주의의 강한 영향하에 있으면서 낭만주의 정신을 유지했던 신낭만주의의 출현을 맞게 된다. 신낭만주의는 자연주의 이후의 문학을 통칭하되 순수하게는 향락적, 유미적, 퇴폐적 경향의 것을 가리킨다. 이는 1909년 『스바루』24)를 중심으로 전개된 일본식 데카당스 문학으로 현저히 퇴폐적이고도 과민한 신경과 병적 감각으로 살아가고자 하는 예술이었다. 신낭만파의 탐미적·퇴폐적 경향은 『명성』에서 비롯된 것으로 직접적으로는 우에다 빈(上田敏)의 『海潮音』을 최초로 한 프랑스의 세기말적 문학의 번역 소개에 의한 것이라 할 수 있다. 또 소설에 있어서 다니자키 준이치로(谷崎潤一郎)는 제2차 『新思潮』를 통해 줄곧 관능미의 세계를 찾고 아름다움을 추구하였다. 그들은 명료한 자의식 하에 자아를 확대 변형하려는 욕구로 허식과 탐미와 호기심을 통해 자아의 추악한 고뇌를 망각하고자 하였다. 망상과 환각에 의지한 관능의 지향이었다.25)

일본 낭만주의는 시기에 따라 『문학계』를 중심으로 한 1887~1896년의 초기 낭만파와 『명성』을 주축으로 한 1897~1906년의 중기 낭만파, 그리고 『스바루』 및 그 주변을 후기낭만파로 나누어 살펴볼 수 있다.26) 초기에는 아직 충분한 사회적 세력이 되지 못했지만 중기에는

---

24) 『명성』이 1908년 11월에 폐간된 후 뒤이어 모리 오가이(森鷗外)를 수장으로 하는 『스바루』가 1909년 1월 창간되었다. 신시사를 탈퇴했던 기타하라 하쿠슈(北原白秋), 기노시타 모쿠타로(木下杢太郎), 요시이 이사무(吉井勇), 나가타 히데오(長田秀雄), 나가타 미키히코(長田幹彦) 등 7인과 잔류파인 히라노 반리(平野万里), 치노 쇼쇼(茅野蕭蕭), 미카시마 요시코(三ケ島葭子) 등이 참여하였으며 1909년 1월부터 1913년 12월 종간될 때까지 총 60권이 간행되었다. (우스이 요시미, 고재석·김환기 옮김, 『일본 다이쇼 문학사』, 동국대학교출판부, 2001, 35~36면.)

25) 송영준, 「일본낭만주의문학이 한국낭만주의문학에 미친 영향 연구」, 『대전산업대 논문집』 10권 1집, 1993, 649~653면 참조.

강력한 힘으로 작용하였고 후기에도 자연주의에 대한 반동의 힘으로 일정한 영향력을 발휘하였다. 이 후기낭만파에서 일본 신낭만주의의 연원을 찾을 수 있는데 이미 초기 낭만주의와 함께 유입된 자연주의가 내면에 혼재하다가 그것이 영향력을 가졌던 1910년경에 당시 신낭만주의의 세계조류와 합류하여 이른바 후기 낭만주의로서의 면모를 갖추기에 이른 것이다. 따라서 일본의 신낭만주의는 그 안에 동시대의 일본식 자연주의적 잔재와 그와 상반된 일본식 낭만주의적 요소, 그리고 세계적 사조와 한데 어우러져 굴절된, 매우 이질적인 것들의 복합체라 할 수 있다.

그 외에도 일본 낭만주의에는 독일 낭만주의의 영향이 깃들여 있다고 할 수 있다. 일본 낭만주의 작가는 독일 낭만파와 같이 집단 활동을 이루는 경향과, 독거 명상의 공상과 직관에 의해 내면으로 침잠하는 두 부류로 나뉘는데 이 가운데『문학계』와『명성』을 주축으로 한 작가들이 바로 전자의 독일 낭만파의 특성을 담고 있다. 이들은 일종의 정신적 공동체와 같은 것으로 유사한 혼이 서로 접촉함으로써 자신의 무의식에 있는 것을 다른 정신의 측면에 접하고 떠올리며 이를 통해 좁은 집단 내에서 자기의 전체 측면을 살리려 노력하였다. 독일 사회는 봉건적 성격이 잔존하여 소국의 분립이나 경제 피폐가 현실적 고난으로 이어졌고 이러한 요인이 시민계급으로 하여금 난삽한 생활과 신비적, 초자연적 사상 감정을 갖게 하였다. 그리하여 불모적인 몽상을 애호하고 이 몽상을 통해 동경을 이끌어 내었다. 독일 낭만주의가 동경을 충족시키는 데 만족하고 적극적 실현의지가 없는 것은 일본 낭만주의와 유사하다고 할 수 있다.[27]

---

26) 이러한 시대구분은 吉田精一의 저술내용을 기초로 한 것이다.(2. 浪漫主義の 時代區分,『浪漫主義 研究』, 吉田精一 著作集 9, 東京, 櫻楓社, 1980, 253면.)

일본에서 낭만주의가 싹튼 1887년경, 시민계급은 민권신장과 국권 확장을 동시에 추구하였다. 그 결과 시민계급의 시민사회 구성의지와 지배세력의 군국체제 수립 의지 사이에 긴장이 존재했지만 청일전쟁 이후 미약한 시민계급은 반(牛)봉건적 군국주의 지배세력에 흡수되어 대외 팽창의 길로 나아갔다. 넓은 의미로 신낭만주의라는 형식을 갖게 된 일본의 낭만주의는 여러 사조의 영향이 혼합된 만큼 그 양상도 복잡하여 자아해방과 현실폭로, 연애찬미 등의 다양한 방식으로 전개되었지만 근본적으로는 이처럼 패배적이고 퇴영적일 수밖에 없었다. 이러한 절망적 의식은 작품을 통해 부정적인 양상으로 드러났고 자살도 그 중의 하나였다.

일상적 의미로 볼 때 그들의 자살은 전통과 공동체에 봉사하는 것에서부터 개인의 감성 중시를 드러내는 것 등 다양하다. '셋푸크'(切腹)라는 할복자살은 중세 때는 물론 이후에도 일상에서 여전히 이루어졌다. 그런가 하면 하류계층이나 사랑을 이루지 못한 연인들이 자살을 하기도 하였다. 근대로 와서는 동반자살과 같은 개인적 차원의 자살은 물론 제국주의 실현에 봉사하는 자살도 나타난다. 일본에서의 자살은 집단의 개념에서는 이타적이고도 고귀한 의무였다. 일본 문학작품에는 사무라이나 가미가제, 순사(殉死) 등 이타적 자살이 적지 않다. 또 작가나 인물의 자살, 특히 무기력한 지식인의 자살도 흔히 볼 수 있다. 그러나 이들의 자살은 그것이 비록 문제적 개인의 이기적 자살이라 할지라도 패배적이고 퇴영적인 성격을 띠기에 한국 근대소설에 나오는 능동적이고 저항적인 의미의 자살과는 다르다.

그렇다면 낭만성의 발현으로서 자살이 나타난 근대 서구의 양상은 어떠했는지 살펴보자. 낭만주의 시대에 청춘과 시가 동의어로 취급되

---

27) 앞의 책, 58면.

던 시절에는 '천재'와 '요절'을 하나로 묶어 생각하는 경향이 있었다. 이는 강력하고 진실한 생명은 중년에 이르기까지 살아남지는 않으며 살아남을 수도 없다는, 낭만주의자의 믿음을 표현한다. 그러하기에 시인들은 열정의 순교로 젊어서 죽기를 희망하고 창조력의 쇠퇴를 일종의 자살로 여기는 분위기도 있었다.[28]

자살이 작품을 통해 독자에게 영향을 미친 것은 1774년 괴테의『젊은 베르테르의 슬픔』에서부터였다. 사랑과 절망, 억눌러 왔던 사고와 가치, 도저히 피할 수 없는 운명 등 프랑스 혁명 이전의 흥분된 감정들이 다 녹아 있는 이 작품은 이미 전염되기 시작한 죽음의 질병을 가져다주었고, 18세기 말의 정치·사회·문화의 흐름은 그 열기를 더욱 확산시켰다. 이외에 많은 소설과 희곡과 시는 시민들의 희망과 열정과 세계관을 표출하였다.『간계와 사랑』,『군도』를 쓴 실러를 비롯하여 많은 질풍노도 시대의 작가들은 자살을 통해 사회적 압박으로부터 벗어나는 길을 보여 주었다.[29]

여기에 자살의 주요 원인으로 간주되던 망상이 미화되고 쇼펜하우어의 자살 예찬론이 등장하면서 자살은 지극히 자연스럽고 환영할 만한 해결책이 되어 버렸다. 1818년『의지와 표상으로서의 세계』에서 쇼펜하우어는 자유롭게 살고 싶은 인간이 이를 실천하기 위해서는 자살밖에 없다고 했으며 이러한 자유에 대한 낭만적 해석은 사람들로 하여금 쉽게 자살을 결심하게 하였다.[30]

낭만주의가 쇠퇴함에 따라 죽음의 이상도 쇠퇴해 갔으나 자살은 서구 문화 안에 깊이 드리워져 도스토예프스키와 같은 작가들에게

---

28) A. 알바레즈, 앞의 책, 179~181면.
29) 게르트 미슐러, 앞의 책, 106~109면.
30) 위의 책, 112면.

는 중대 관심사가 되기에 이른다. 그들이 인식한 예술의 새로운 관심사가 자아라면 예술의 궁극적 관심사는 필연적으로 자아의 끝, 즉 죽음일 수밖에 없었고 이는 중세와는 달리 '내세가 없는 죽음'이라는 데 특징이 있다.31) 도스토예프스키의 『악령』의 인물은 이른바 '논리적 죽음'으로서 자살을 하게 된다. 이는 세상의 기존 질서에 대한 도전으로서, 신이 존재하지 않는 세상에서 인간이 자신의 의지를 표현하는 방식은 스스로 신의 역할을 맡아 자신에게 죽음을 부여하는 것이라는 논리에 근거하고 있다. 인물은 자신의 필연적 논리에 따라 승리자의 입장에서 자신을 죽이는 것이다.

1차 세계 대전 이후 다다는 예술 자체를 거부하는 데까지 나아가 파괴적이고 패배적인 형상이 됨으로써 자살을 필연적으로 불러들인다. 자신의 인생과 죽음이 자신의 예술이라 여기는 다다이스트들은 자신의 본질을 중요시하였기에 귀결은 항상 죽음이었다. 그 이후에도 20세기의 예술가들은 끊임없는 실험에의 충동으로 기존의 양식을 바꾸고 혁신하고자 파괴를 시도한다. 이에 따라 예술가들은 자기파괴와 더불어 인물의 최후를 자살로 마감시키고 만다. 다다이스트들의 모범은 자크 바세(1919.1. 아편 과다복용으로 사망)로, 전쟁중에 쓴 편지에서 그는 "나는 전사당하고 싶지 않다. 나는 내가 죽고 싶을 때 죽을 것이다. 혼자서 죽는 것은 질색이다. 나는 가장 친한 친구 중의 하나와 같이 죽고 싶다"고 쓰고 그 말대로 행동했다. 이는 최대의 다다적 제스처이며 정신착란적 유희라 할 만하다. 과격성이나 충격, 정신병적 유머 그리고 자살 등은 다다의 규칙적인 율동을 이룬다. 시인이자 미술평론가인 아르튀르 크라방의 자살(1918)이나 "자살은 하나의 소명이다"라 외친 자크 리고의 자살(1929)도 그들에겐 최선의 행위였다. 이후

---

31) A. 알바레즈, 앞의 책, 194면.

초현실주의자들이 프로이트의 정신분석학에 크게 힘입어 무의식 세계를 강조한 점도 문학에서의 자살의 의의를 말해 주고 있다.[32]

2) 한국의 경우

한국 근대소설에 나타난 낭만성을 좀더 구체적으로 논하기 위해서는 낭만주의의 수용을 먼저 살펴볼 필요가 있다. 식민지시대 낭만주의의 수용은 주로 일본 유학과 더불어 이루어졌는데 그 양상은 상당히 혼란스런 것이었다. 일본의 낭만주의가 당시 서구의 혼합된 문예사조를 받아들인 것이었고 한국의 낭만주의 역시 일본 낭만주의의 번역이기 때문이다. 또 하나 지적할 것은 신낭만주의로 불리는 데카당스와 그 확장이라 할 수 있는 상징주의가 상당량 포함되어 있다는 점이다.

주요한은 「日本近代詩抄 1, 2」[33]에서 일본의 근대시를 로만티시즘(명치 시대)과 심볼리즘(대정 시대)으로 대별한 후 로만티시즘 작가로 시마자키 도손(島崎藤村)과 스스키다 규킨(薄田泣菫)의 작품을 추천 소개하였다. 이어서 로만틱 심볼리즘(명치 38~41년)의 출현으로 상징주의와 관능주의가 도래함을 알리고 있다.

이후 극웅(최승만)의 「文藝에 對한 雜感」은 낭만주의를 좀더 상세히 소개한다. 그는 당시 조선에 온전한 의미의 문예가 없음을 반성하고 당대가 자연주의 경향의 시대임을 인정하며 자연주의 이전의 구주 문

---

32) A. 알바레즈, 앞의 책, 205~212면.
  매슈 게일, 오진경 옮김, 『다다와 초현실주의』, 한길아트, 2001, 171~212면 참조 ; 트리스탕 쟈라·앙드레 브르통, 송재영 역, 『다다/쉬르레알라슴 선언』, 문학과지성사, 1987, 237~246면 참조.
33) 주요한, 「일본근대시초 1」, 『창조』 창간호, 1919, 76~80면 ; 「일본근대시초 2」, 『창조』 2호, 1919, 43~50면.

예사조의 변천을 나열하는 가운데 낭만주의에 대해 언급하고 있다. 그는 로만티시즘(Romanticism)을 "日本사람이 말하는 所謂 浪漫主義"라 풀이하고 이는 "古代의 標準이나 法則보다 自己의 個性을 중시하며, 尙古主義가 因襲과 模倣을 主要하게 보는 데 反해 自由와 獨創, 사람의 自然한 情緒에 큰 注意를 둔다"고 설명한다.[34)

낭만주의의 수용 과정에 가장 큰 공로자는 김억이다. 그는 일찍이 예술과 생활에 대한 자각을 시작으로 서구와 일본의 문예사조 그리고 대표적인 작가의 일대기에 이르기까지 많은 연구를 거듭하여 1920년을 전후하여 평론 문단의 주도적인 역할을 담당한다. 먼저 김억은 「文學 니야기」에서 문학의 변전을 진단한다.

> 이러한데 엇지 혼자 藝術—아니 文學만은 혼자의 別乾坤, 非人間佳境에 逍遙하라고 할 理가 업다. 이에 古典主義에 對한 浪漫主義, 浪漫主義에 對한 自然主義, 自然主義에 對한 新理想主義(여긔에는 新浪漫主義, 神秘主義를 包含하여 말한다)가 생겻다. 한데 이 압으로는 엇더케 變해 갈는지 나갓튼 것은 想像할 수가 업다.[35)

'문학이라는 것은 그 시대의 사조에 의해 좌우됨'을 전제한 후 당시는 현미경과 실험에 의한 자연과학 시대요, 물질적 비애를 느낄 수밖에 없는 시대임을 지적한다. 그는 사조의 변전을 종교전성시대(고대~중세), 학문시대(문예부흥기~18세기), 비평적시대(그 이후)로 구분하고 모든 사조는 전(前) 사조에 대한 안티테제로서 파악하고 있다.

그런데 그는 일찍이 「要求와 悔恨」에서 당시 한국의 정조가 '비애'의 감각을 담고 있음을 내비친 바 있다.

---

34) 극웅, 「文藝에 對한 雜感」, 『창조』 4호, 1920, 49~50면 참조.
35) 김억, 「문학 니야기」, 『학생계』 5호, 1920, 17면.

엇드랴고 찾즈랴고 왼終日 허덕이다가 엇듬의길이나 찻슴의길은 아니
보이고 더 한거름 멀어갈쌔의 心情은 - 말하자면 - 美을 求하다가 엇지못
하야의醜, 眞을 찾다가 찻지못하야의僞, 善을求하다가엇지못하야의惡 - 이
들을 맛보게되며 쏘는 거긔에 憧憬하게된다. ……한거름 더 나아가 善을
엇드랴다가 엇지못하야의 悲哀을 늣기며 - 너무熱烈하게 엇드랴고 하기쌔
문에 强烈한憧憬者이기쌔문에 - 참으랴도 덥흐랴도 참아지지아니함과 덥
허지지아니함에 엇지할슈 업는 不安을 늣기며 할슈업서서의 滿足의 微笑
을 口邊에 쯔우게되는것아니라고 하지못하리니 이는 卽 善의 强烈한 憧憬
者이기쌔문에 쌀아 忠實한惡의奴僕되게됨이며 理想的이기쌔문에 現實的
아니될슈업는 善과惡의 混合인 絶對者임으로써라. 그러기에 瞬間瞬間의
生活은悔恨이며 悲愁의 恐怖며 暗悶이며 追求的追懷的쯘 心情을 맛보는
不安이리라.36)

이 글을 통해 우리는 식민지시대의 정서라 할 수 있는 '비애'가 낭
만적 정조로 자리잡고 있음을 알 수 있다. 이미 1910년대 중반에 작가
들 사이에는 낙관성이 거세된 비애의 감각이 낭만주의의 기본 정조로
정착되고 있었던 것이다.

김억이 본격적으로 서구근대문예에 대해 소개한 논문은 「近代文藝」
(1921.6.~1922.3. 총 8회)이다. 구리야가와 하쿠손(廚川白村)이 쓴 『近代文
學十講』을 참조로 한 이 글은 1년 전 그가 쓴 「문학 니야기」에서 보
여 준 문예사조 변전의 개괄적 설명에 대한 각론에 해당한다고 볼 수
있다.

1회에서 그는 예술과 인생의 문제를 다루고 있다. 일찍이 「藝術的
生活」37)에서 언급했듯 '예술'과 '인생'은 오래 전부터 그의 명제였다.
그는 시작부터 예술과 인생의 합일을 내세우며 새로운 문예 흐름에
합류할 것을 강조한다. 그래서 중세 르네상스 시대에 성립된 고전주

---

36) 김억, 「요구와 회한」, 『학지광』 10호, 1916, 43~44면.
37) 김억, 「예술적생활」, 『학지광』 9호, 1915, 61면.

의를 "獨創이 없는 擬古며 保守"라 칭하여 "사람으로서의 진정한 요구가 업는" 것으로 인정하고 당시에 신문예를 한다는 이 중 상당수가 의고주의를 좇는 것에 대해서도 비판하고 있다. 18세기까지의 구주 문예는 '끄릭', '로마'의 모방이라 결론짓고는 "근대의 모든 것에 대하야 우뢰가튼 소리로 큰 파괴를 준 낭만주의(轉奇主義)"의 출현을 선포한 것이다.38) 이는 우리도 형식적인 구습의 문예에서 벗어나 자아존중의 문예를 가져 개인의 감정을 우선시해야 한다는 의욕을 표현하고 있으며, 고전주의와 로맨주의를 대조함으로써 열렬한 감정과 정서를 중히 여기는 주관적 문예로서의 로맨주의를 하나의 이상으로 제시하였다.

> 古典主義와 對照하여 보면 古典主義가 現實的됨에 대하야 로맨主義는 空想的 分子가 만흐며 조차서 超現實的됨이엇습니다. 그리하고 神秘的 分子가 잇게 됨도 免할 수업는 사실이엇습니다. 形式을 위하야는 內容까지 無視하랴고 하는 代身에 內容을 위하야는 形式을 無視하며 또한 잇는 모든 精力을 위하야 自我와 理想을 尊重히 하엿습니다. 그리하고 個性을 尊重視하엿습니다. 한마디로 말하고 로맨主義의 文學은 極端으로 主觀的 文藝엇습니다. 冷情한 理智와 形式을 排除하고 熱烈한 感情과 情緒를 重하게 여기는 文學이엇습니다.39)

이러한 김억의 글을 근거로 하여 1920년대 초 한국 근대문학 형성기의 문학가들이 가졌던 유럽 낭만주의에 대한 이해는 대략 다음과 같이 요약할 수 있다. 첫째, 고전주의에 대한 반동으로서의 근대문학의 지반 형성. 둘째, 모든 구속으로부터 벗어난 자아와 이상과 개성의

---

38) 김억, 「근대문예, 자연주의 신낭만주의 附 표상파 시가와 시인」, 『개벽』 12호, 1921. 6, 113~114면.
39) 김억, 「근대문예 2」, 『개벽』 15호, 1921. 9, 104면.

존중. 그리고 셋째, 자연과 인간 본성으로의 회귀. 넷째, 공상적이고 신비적 요소로 점철된 극단적 개인주의, 끝으로 서정시적 경향의 우세가 그것이다.40)

마지막 회에서 김억은 플로베르, 공쿠르 형제, 모파상의 자연주의에 대한 언급 후에 자연주의를 배척한 신낭만주의를 소개한다. 그는 자연주의가 "건설을 위한 파괴"로 "파괴의 과도기의 현상"이라 하면 신낭만주의는 "신인생관, 신세계관을 지음"에 그 목적이 있다고 하였다. 그리하여 "물질보다도 정신, 객관보다도 주관, 관찰보다도 사색, 경험보다도 직관"을 중히 여겨 "물질적 경험이라는 기초 우에 서서 정신적 생활이나 직감이라는 것을 어대까지든지 존중히 여기며 노력하야 나아가는 것"으로 보아 아래와 같이 요약하였다.

> 한마디로 말하면 新浪漫主義의 文藝라는 것은 架空的인 往昔의 理想이라든가 傳奇가 아니고 깁히 現實우에 根本을 잡고 非現實의 神秘鄕의 理想境을 찾는 것이외다. 表面의 世界를 것처서 깁히깁히 내면세계의 The unknowable의 眞相을 차자내랴는 것이 새 文藝의 理想이며 또한 그것을 探求하랴는 努力입니다. …어떤 詩人의 말을 빌으면 物質界를 타고 넘어 꿈의 王國으로 가서 黃金의 길을 밟으며 琥珀빗의 새 日光을 밧는 意味잇 文藝가 지금 新浪漫主義입니다.41)

그에 의하면 서구의 신낭만주의는 "人生의 外部的 事實을 根底로 잡고 그 內部에 들어가 肉眼으로는 볼 수 업는 인생의 靈的 또는 神秘的 夢幻的 方面의 眞相을 차즈라"는, 반자연주의적인 것이다. 그러므로 "자연주의시대에 醜化되었던 세계는 신낭만주의시대에 다시 美

---

40) 김진수, 「유럽낭만주의 문학의 한국적 수용」, 『미학예술학연구』, 한국미학예술학회, 2005, 228면.
41) 김억, 「근대문예 8」, 『개벽』 21호, 1922. 3, 34면.

化, 詩化되어 신비와 경이의 부활을 맞이한 것"으로 신비적 경향과 심리해부 그리고 상징을 특징으로 들고 있다. 김억의 경우에서 보듯 한국에서의 낭만주의와 신낭만주의의 동시적 수용은 서구의 경우와 다른 낭만주의의 한국적 특성을 잘 보여 준다. 여기에 앞에 언급한 '비애'의 정조가 결합되면서 한국 낭만주의는 개성의 분출과 신비주의, 또 사회적 상황에서 비롯된 비애의 정조가 혼합된 형태로 정착하게 된 것이다.

이러한 흐름은 낭만주의를 '비애'의 감각으로 인식한 염상섭의 「개성과 예술」(1922)에서 보다 명확히 드러난다.

一旦覺醒한以上, 自己의周圍를疑心하고, 批評的態度로 一切를探究評價하랴할뿐아니라, 自己自身에까지 疑惑의眼光을向하게되는것은 當然한事라하겟다. 그리하여 自覺한彼等은, 第一에 爲先 모든權威를否定하고, 偶像을打破하며, 超自然的一切를 물리치고나서, 現實世界를 現實그대로보라고 努力하얏다. 쏘한이러한思想은, 自然之勢로 信仰의動搖를誘致한同時에, 神聖이니, 偉大니, 絶對니, 崇拜이니하는等用語에對한意義를 疑心하게되엇다. 다시말하면 只今까지는 모든 것이, 美麗한것, 偉大한것, 敬虔한 것으로 보이든것이, 一旦깨인사람의눈으로,細密히解剖하여보고 檢討하야보면, 醜惡하고 平凡하고 卑俗한 것으로 비추임을깨다랏다는意味이다. (…중략…) 이러한心理狀態를, 普通이름하야, 現實暴露의悲哀, 쏘는 幻滅의悲哀라고 부르거니와, 이와가티 信仰을 일허버리고, 美醜의價値가顚倒하야 現實暴露의悲哀를感하며, 理想은幻滅하야, 人心은歸趨를일허버리고, 思想은 中軸이부러저서, 彷徨混沌하며, 暗澹孤獨에울면서도, 自我覺醒의눈만은 더욱더욱크게쓰게되엇다. 惑은 이러한現象이, 돌이어自我覺醒을促進하는 그直接原因이된것이라고도할수잇다. 何如間 이러한現象이 思想方面으로 는 理想主義,浪漫主義時代를經過하야, 自然科學의發達과共히, 自然主義乃至 個人主義思想의傾向을 誘致한 것은事實이다.[42]

---

42) 염상섭, 「개성과 예술」, 『개벽』 22호, 1922. 4, 2~3면.

그는 이 글에서 '현실폭로의 주체'인 '각성한 자아의 주체성' 즉 '개성'을 강조하고 있다. 이는 부르주아적 개인주의 혹은 낭만주의의 표백으로서, 염상섭이 주목한 것은 이러한 인식태도가 '비애'의 감정으로 드러난다는 것이었다. 비애가 낭만주의적 자질 중의 하나임은 분명하나 조선의 경우는 식민지 근대라는 현실을 수리해야 하는 자의 그것이기에 그 의미가 더욱 이중적이다. 1920년대 초기의 상황에서 이러한 '개성' 옹호가 사회적 조건과 충돌할 때 '현실폭로의 비애'가 탄생한다. 이때 '폭로'를 강조하게 되면 작품의 경향은 자연주의 쪽으로, '비애'를 강조하게 되면 낭만주의 쪽으로 기울게 된다. 물론 개성 안에서는 낭만적 충동이 훨씬 강력한 것임에 틀림없다.43) 이 글에서 그가 인식한 낭만주의는 그 안에 낭만주의와 자연주의가 동시에 뒤섞인 형태로 현실폭로의 합리적인 자연주의와 이를 수행하는 개성으로서의 낭만주의가 충돌하면서 형성된 기형적인 것이었다. 낭만적 주체의 정서적 주조가 '비애'라는 것은 상당히 문제적이다. 현실폭로를 수행한 주체의 '자아각성'은 낭만주의 정신이지만 그것이 비애를 동반하다는 사실이 그러하다. 낭만주의의 자질 중 비애의 감각은 서구와는 달리 식민지시대라는 한국의 독특한 환경 아래 탄생한 것이다. 비슷한 방식으로 실현된 일본의 자연주의와 비교해 보더라도 식민지 근대 한국의 '비애'는 거의 본원적인 것이며 비극적 낭만주의로서 당시 문단을 지배했다고 할 수 있다. 염상섭이 비평가의 안목으로 바라본 당시 문학의 주류는 '각성한 자아'가 세계를 바라보는 태도에 강조점을 둔 것으로 한국식으로 변용된 낭만주의의 모습을 하고 있었던 것이다.44)

---

43) 김명인, 「한국 근대 문학개념의 형성과정」, 『과학과 역사로서의 '미'의 발견』, 인하대 한국학연구소, 2005, 13면 참조.

그 뒤 민중적 민중해방운동이 본격적으로 전개되기 시작한 시기에 김기진은 예술과 생활에 관해 다음과 같이 부르짖으며 역시 '비애'에 대한 자신의 의견을 피력한다.

그러타, 우리는살아야한다. 지금보다더잘살아야한다. '참말로'살아야한다. 우리의살림속에서거짓을내쏘처야한다. 거짓은'독가비'다,'亡靈'이다. '幽靈'이다. 우리의生活에서幽靈을 업새버려라.

그러면生活을引導할사람은누구냐? 藝術家이다,藝術家의할일이다. 藝術家는모든意味의創造者이다. 生活에대한先覺者이다. 生活은藝術이요,藝術은生活이어야할 것이다. 生活의藝術化가되지안흐면 안 될것이요,藝術의生活化가되지않으면안될것이다. 世界의人類生活의極限까지 이러한理想을實現하여야할 것이다. 册床압헤서맨들어내는藝術은 우리에게는無用한것이다. 世界의百姓들의生活과生活이一致되고 世界의 저들의靈魂과靈魂이融合되는째에 일어나는偉大한交響樂은藝術,그것이어야만 될것이다.[45]

지금와서새삼스럽게슬퍼하고서 돌아설것이못된다. 現實暴露의悲哀는 지금와서만늣기는것이아닐것이다. 階段을 밟지안코結論만을찻기를急히하지말자. 허리씌쓴을느처매고서 발을쌍속으로너허야하겟다. 쌍속으로거러가야하겟다.

그럿타! 쌍속을거러야한다, 지나간모든것의모든쓰나불을쓴허버리고서 새쌜간靈魂을쯰어들고서, 알몸동아리로이世上에를다시나오자.[46]

---

44) 이러한 낭만주의의 변용은 러브조이가 말한 "낭만적이라는 말은 너무 많은 것을 의미하게 되었기 때문에 그 자체로서는 아무 의미가 없고 언표기호로서의 기능이 정지되어 버렸다"는 언급과 "한 나라의 낭만주의는 다른 나라의 낭만주의와 공통점이 거의 없고 사실상 복수의 낭만주의 또는 내용이 아주 다를 수 있는 여러 개의 사고복합(thought-complex)이 있을 뿐이다"라는 지적과 통한다. (러브조이, 「낭만주의의 분별력에 관하여」(On the Discrimi-nation of Romanticisms, 1924), 최상규 편역, 『낭만주의 문학의 재조명』, 예림기획, 1998, 49~50면.

45) 김기진, 「떨어지는 조각 조각-붓은 마음을 딸하-」,『백조』 3호, 1923. 9, 140면.

46) 위의 글, 142면.

그의 글에서 주목해야 할 것은 "예술은 생활이다"라는 말로서 '생활'을 유물변증법적 맥락에서 이해하고 있는 점이다. 조선 프롤레타리아 문학의 첫 깃발로 볼 수 있는 이 글은 강렬한 혁명적 민중지향성에도 불구하고 여전히 '비애'의 감각이 드러나 있다. 염상섭의 「개성과 예술」에 비해서는 한 걸음 나아간 것이기는 하지만 '현실폭로의 비애'는 여전히 '비애'였던 것이다.47) 이 충만한 비애감은 처참한 민족의 생활과 만난 지점에서 프로문학과 문예운동을 싹 틔우게 된다. 김기진을 위시한 식민지 지식인들의 비극적 낭만주의는 비애감을 매개항으로 하여 프로 문예운동에도 적용되었던 것이다.

일본의 낭만주의와 한국의 낭만주의는 유입과정에서 보듯 복합성을 지닌다는 점은 유사하나 기본적인 차이가 있다. 일본의 낭만주의가 당시 군국주의와의 결합으로 인해 반동화되었다면 한국은 식민지적 조건에서 급진화의 경향을 보인다는 점이다. 일본 낭만주의는 그 성격이 퇴영적이고 패배적이기에 자살 역시 그러한 특성을 지닌다. 이에 비해 한국의 낭만주의는 억압적 환경 아래 비애의 정조가 결합된 것으로 죽음의 양상도 저항적 에너지가 자살로 분출되어 극한적 낭만성을 띠는 것이 특징이다.

지금까지 식민지시대 낭만주의의 수용에 대해 알아보았다. 1910년을 전후한 한국의 문단은 이후 10여 년 간 근대의 발아 욕구와 다양한 문예의 흐름을 동시에 소유하고 주도하고자 노력하였다. 이른바 근대에의 열망을 싹 틔워 성급히 꽃 피우고자 한 게 사실이다. 이러한 의식이 이행되는 과정에서 가장 두드러지게 드러난 정신은 낭만성이었다. 낭만성은 당시 문단에 깃들여진 문학적 기운으로 '새로운 것에 대한 회구'로 표현되었다. 식민지하에서 계몽주의와 함께 가야 할 낭

---

47) 김명인, 앞의 논문, 15면.

만주의의 운명은 굴곡을 동반할 수밖에 없었지만 내면적 계기로 형성된 저항과 전복의지는 항상 내재해 있었다.

이러한 의식은 지식인을 중심으로 극대화되어 개별주체의 존재감과 확장된 개인으로서의 사회의식을 낳게 하였다. 비록 이 시기의 학습이 대부분 일본어역의 중역을 통해 이루어졌으나 이로써 세계의 문학적 흐름에 합류하고 식민지 상황을 견뎌 내려는 노력은 인정받아 마땅하다. 보다 자율적인 해석이나 발전적 도약을 위한 명쾌한 제안이 없다 하더라도 그들에게 낭만주의는 하나의 정신사적 혁명임에 분명했던 것이다.

한국의 낭만주의는 서구나 일본의 낭만주의와는 달리 낙관성이 완전 소거된 상태에서 정착된 것으로 본래의 낭만성이 지닌 발랄함이나 적극적 측면보다는 식민지의 저항적 에너지가 부정적으로 분출된 매우 어두운 것이었다. 이 어둠은 낭만성의 가장 극한치인 죽음으로 표면화되는 경우가 많았으며 주인공의 자살이라는 주체파괴의 결과로 이어졌다. 그러나 이러한 자살은 역설적이게도 식민지 환경과 비애의 감각이 만나 이루어진 주체의 자기실현의 한 방법이기도 했다는 데 그 문제성이 있다.

한국은 식민지로 인해 낭만주의가 결코 낙관적으로 나타날 수 없는 환경이었다. 소설에도 낭만주의적 낙관성이 처음부터 거세된 형식으로 표현되었다. 작가들에 의해 낭만주의가 소개되고 서구의 낙관적 낭만성이 강조되어도 당시 한국이 수용한 것은 낙관성이 거세된 '비애'의 낭만성이었다. 이것이 한국적 낭만주의의 특질을 이루게 된다.

한국소설에 나타난 자살은 식민지 상황이 빚은 파멸적 계기에서 나온 것이다. 에로스적 충동이 강하고 생기 있는 적극성을 띤 서구 낭만주의는 식민지 상황에 놓인 한국에 여러 사조와 섞여 들어오는 동안 그 성격이 변하게 된다. 식민지하 근대성의 왜곡된 실현으로 인해 서구 낭만주의의 큰 흐름인 낙관성을 벗어나 죽음 추구의 타나토스가 강하게 나타나게 된 것이다. 개인의 발견을 중시한 근대성은 '받아들여야 할 죽음'을 '의지로써 선택하는 죽음'으로 전환시키는 역할을 하기도 하였다. 더욱이 자아와 세계의 대결을 추구하는 낭만성은 죽음에 대한 인식을 식민지 이전에 비해 훨씬 강력하고 구체적인 파토스로 바꾸어 놓았다. 당시 억압 상황에 처한 지식인에게는 일그러진 형태로서의 저항적 에너지가 충만해 있었다. 그리고 이 에너지는 자아와 세계의 대결 과정에서 죽음추구의 수단으로 전환되어 세계를 향해서가 아닌 자신을 향하게 만든 것이다. 주체의 자살은 스스로 행하는 최고의 자기실현 형태이다.

3) 한국 자살 모티브 소설의 계보

식민지시대를 통해 자살을 모티브로 한 소설은 대표적인 것만도 40여 편에 이른다.[48] 1910년대 말기에서 1940년대 중반까지 퍼져 있는 자살 모티브 소설은 자살자의 신분도 다양하고 자살의 원인이나 방법도 각기 다르다. 또 자살자가 주인공인 경우와 작중 인물인 경우를 모두 포함한다. 자살의 정의가 앞서 말한 바대로 "결과를 알고 행하는, 적극적 또는 소극적 행위의 직접적 또는 간접적 결과로 인한 모든 죽음"이라 할 때 이 시기의 자살 모티브 소설은 매우 다양한 양상을 띠

---

48) 홍현희의 논문에 의하면 1920년대에 『창조』, 『백조』, 『폐허』, 『조선문단』에 발표된 한국 단편소설은 75편(미완성작은 제외)이며, 그 중 죽음을 다룬 것은 19편, 자살을 다룬 것은 5편이며 (「1920년대 한국단편소설에 나타난 죽음과 그 현실인식」, 영남대 석사논문, 1977, 7~24면) 박태근은 1920년대 소설에서 자살이 등장하는 작품으로 17편을 들고 있다(「20년대 한국현대소설에 나타난 자살연구」, 『도솔어문』 7, 1991, 68면).

게 된다.

먼저 인물의 자살이 나오는 소설을 시기별로 분류하면 1920년대
(1910년대 말 포함) 작품이 압도적으로 많아 총 26편, 1930년대 작품이
10편, 1940년대 작품이 3편이다. 그 중 먼저 1920년대의 자살 모티브
소설을 살펴보면 다음 표와 같다.

번호	작품명	작가	발표지	발표시기
1	윤광호	이광수	청춘	1918. 4
2	혜선의 사	전영택	창조	1919. 2
3	청춘	나도향	·	1920 탈고
4	전제자	김동인	개벽	1921. 3
5	출학	나도향	배재학보	1921. 4
6	배따라기	김동인	창조	1921. 5
7	K와 그 어머니의 죽음	전영택	창조	1921. 6
8	제야	염상섭	개벽	1922. 2~6
9	환희	나도향	동아일보	1922. 11. 21~1923. 3. 21
10	눈을 겨우 뜰 때	김동인	개벽	1923. 7~11
11	목 매이는 여자	박종화	백조	1923. 9
12	그립은 흘긴 눈	현진건	폐허이후	1924. 1
13	2년 후	박종화	개벽	1924. 2
14	거츠른 터	김동인	개벽	1924. 2
15	아즈매의 사	원소	조선문단	1924. 12
16	X씨	김동인	동아일보	1925. 1
17	화수분	전영택	조선문단	1925. 1
18	젊은 이상주의자의 사	김기진	개벽	1925. 6~7
19	물레방아	나도향	조선문단	1925. 9
20	진주는 주엇스나	염상섭	동아일보	1925. 10. 17~1926. 1. 17
21	조그만 일	염상섭	문예시대	1926. 11
22	미해결	염상섭	신민	1926. 11~12, 1927. 2~3
23	농촌 사람들	조명희	현대평론	1927. 1
24	심당자	김환	조선문단	1927. 2
25	딸의 업을 이으려	김동인	조선문단	1927. 4
26	이심	염상섭	매일신보	1928. 10. 22~1929. 4. 24

1930년대~1940년대의 자살 모티브 소설은 다음과 같다.

번호	작품명	작가	발표지	발표시기
1	12월 12일	이상	조선	1930. 2~12
2	붉은 산	김동인	삼천리	1932. 4
3	유정	이광수	조선일보	1933. 10. 1~12. 31
4	동정	강경애	청년조선	1934. 10
5	무녀도	김동리	중앙	1936. 5
6	바다	이태준	사해공론	1936. 7
7	어머니	김동리	풍림	1936. 12
8	복덕방	이태준	조광	1937. 3
9	패배자의 무덤	채만식	문장	1939. 4
10	황토기	김동리	문장	1939. 5
11	별	황순원	인문평론	1941. 2
12	무연	이태준	춘추	1942. 6
13	독짓는 늙은이	황순원	문예	1944 창작 (1950 발표)

위의 작품들은 주인공의 자살 여부와 관계없이 작품에 자살 모티브가 쓰인 소설 모두를 든 것으로 자살자의 성별이나 동기, 그리고 작품의 경향도 다르다. 작품 속 자살에는 인물의 자아발견은 물론 자아완성을 다룬 것 등이 모두 포함되어 있다. 소재나 배경이 다양하여 전근대적 가치관과 갈등하는 인물의 자살이나 극단적 빈궁에서 빚어지는 자살이 있으며 타락한 세계에 항거하는 의미의 자살과 삶에 대한 역설적 표현으로서의 자살도 있다. 이렇게 다양한 죽음은 작품 안에서의 영향력에 따라 주제와의 관련성이 정해진다. 이런 뜻에서 주인공의 죽음은 각별히 취급되어야 하며 본고가 식민지시대 소설에 등장하는 주체와 세계의 갈등을 다룬다는 점에서 더욱 그러하다. 자아가 세계의 대결을 중시하는 낭만성을 강조하는 입장에서 자살 모티브 소설 중 주인공의 자살이 나타나는 소설에 한정하여 정리하면 다음과 같다.

번호	작품명	자살자	성별	외재적 동기
1	윤광호	윤광호	남	연인의 마음을 얻지 못함
2	혜선의 사	혜선	여	남편의 결혼
3	청춘	일복	남	사랑을 성취하지 못함
4	전제자	순애	여	남동생의 구박과 모든 남성에 대한 복수
5	출학	영숙	여	죄책감
6	제야	최정인	여	자기징벌과 남편에게 용서를 빎
7	환희	설화, 혜숙	여	사랑을 이루지 못함, 양심의 가책과 병
8	눈을 겨우 뜰 때	금패	여	자기 정체성 확인
9	목을 매이는 여자	윤씨부인	여	남편의 변절
10	거츠른 터	영애	여	죄책감
11	아즈매의 사	아즈매	여	정절의 훼손
12	X씨	X씨	남	불필요한 자존감
13	화수분	화수분내외	남,여	가난
14	젊은이상주의자의 사	최덕호	남	가난
15	물레방아	방원	남	치정과 관련한 자기상실
16	진주는 주엇스나	효범,문자	남,여	결백 주장
17	농촌 사람들	원보	남	가난
18	심당자	쇠돌어미	여	상심, 가난
19	딸의 업을 이으려	최봉선	여	결백 주장
20	이심	춘경	여	타락한 세계에서의 침몰
21	12월 12일	×	남	자기분열
22	붉은 산	정익호	남	만주지주에 복수함
23	유정	최석	남	봉건적 구습에 저항
24	무녀도	모화	여	자신의 영험을 증거하기 위함
25	바다	옥순	여	아버지, 약혼자를 잃은 슬픔
26	어머니	어머니	여	가난, 양심의 가책
27	복덕방	안초시	남	가난, 돈에 대한 욕망과 갈등
28	패배자의 무덤	종택	남	식민지시대 지식인의 갈등
29	독짓는 늙은이	송영감	남	분노와 상실감

본고는 주인공이 다양한 외재적 동기에 의해 실행한 자살 중 주인공의 성격이 전형적으로 드러난 10편의 작품을 대상으로 한다. 위의 목록에 따라 순서대로 보면 「전제자」, 「출학」, 「제야」, 『환희』, 「눈을 겨우 뜰 때」, 「물레방아」, 「12월 12일」, 『유정』, 「무녀도」, 「패배자의 무덤」이다. 자아를 찾아 세계에 맞서기 위해 주인공에게 필요한 것은 강력한 개성이다. 개성은 어떤 난관에 부딪혔을 때 주체를 끝까지 지켜내려는 저항의지로 승화될 수 있다. 더욱이 식민지시대의 삶은 이미 낭만주의적 낙관성이 거세된 수동적 삶일 수밖에 없기에 주인공의 자유의지와 열망이 강렬하면 할수록 그의 죽음은 낭만성을 띠게 된다. 자살이 주체의 자기확인이요, 자아와 세계의 대결에서 자기결정권의 결과라면 이 죽음은 낭만성의 실현이다. 10편의 작품에는 자아와 세계의 대립이 어느 작품보다도 첨예하게 나타나며 그 대결 양상이 내면이 큰 경우와 세계가 큰 경우의 대립을 보여 효과적이다. 이것이 작품 선정의 이유이다.

나머지 작품이 제외된 것은 무엇보다도 자아와 세계의 대립이 대상 작품에 비해 극적이지 않기 때문이며 내용상 다음과 같이 구분할 수 있다. 먼저 직접 자살행동이 드러나지 않는 경우(3, 13, 22)와 자살에 이르기까지 주인공의 고뇌가 효과적으로 나타나지 않은 경우(1, 12)가 있다. 단순히 가난만을 원인으로 하는 경우(14, 17, 18)도 제외하였다. 또한 봉건제 성의식이 바탕에 깔려 있으면서 그 저항을 다룬 작품 중 대상 작품과 주제가 중복되는 여러 작품(2, 9, 10, 11, 19, 20)과 구성이나 표현 방식에 있어 자아와 세계의 대립이 분명하게 표출되지 않은 작품(16, 25, 26, 27, 29)도 본고의 방향과 어긋나기에 연구범위에서 제외하였다.

대상작품에서 자살을 행한 주인공들은 일정한 계기를 통해 자아를 발견하게 된다. 세계를 인식조차 하지 못한 자아가 자기각성의 기회를 맞이하는 것이다. 주인공들은 전에 없던 관심과 애정으로 자신의 내면을 들여다보며 세계와의 균형을 위해 노력한다. 그러나 쉽게 변하지 않는 세계는 개성으로 내면을 가득 채운 자아를 자극하고 행동을 유발시킨다. 이들의 죽음은 자아가 내부에 머물러 확장시키는 경우와 외부로 분출되어 폭발되는 경우로 표현된다. 어떤 경우이든 세계와 맞서 대항하던 자아는 결국 낭만성의 가장 극한적인 형태인 자살로써 자신을 실현하기에 이른다.

 # 낭만적 죽음과 자살의 두 양상

1. 자아의 형성과 강화

한국에서 1910년 이후부터 구축된 근대적인 문학개념은 시작부터 정신적 측면에 기초하여 수립되었다. 식민지 현실에 대한 물리적 저항이 불가능하다면 정신적 저항에 의지해야 했기 때문이다. 특히 이는 근대적 자아의 각성이라는 측면에서 '개성'과 결합하여 개인의 감정을 중시하는 경향으로 흐르게 된다. 그러나 충분히 실현되지 않은 개성과 해방되지 않은 자아는 식민지 현실의 강력한 압력에 부대끼며 '자살'을 하나의 방식으로서 선택하게 된다.

이 시기 우리의 낭만주의 문학에 영향을 준 것은 직접적으로는 일본 신낭만주의요 간접적으로는 독일 낭만주의였다. 탐미적 악마성으로 대변되는 일본 신낭만주의는 자연주의에 대한 반동으로 일어난 운동이다. 흔히 탐미주의, 퇴폐주의라 불리는 이 정신은 자연주의와 사실주의 등과 어우러져 식민지 조선의 1910년대 후반 시가에서부터 영향력을 발하게 된다. 또 독일의 낭만주의는 발랄한 꿈의 실현과 이상의 추구보다는 부정적인 우울미와 인간의 자유의지에 대한 강조, 감상주의적이고 절망적인, 그리고 죽음 동경의 성격을 띤다. 한국의 낭만주의는 식민지 현실 아래 이러한 부정적 특성이 결합하여 그 모습을 이루게 된다.

이러한 식민지 현실과 더불어 봉건적 환경은 자아의 해방을 더욱 방해하는 요소이다. 봉건적 유제와 식민지적 근대성이 혼합된 불완전한 근대에서 가능한 것은 자아의 주관적 확대였다. 오랜 시간에 걸쳐 이루어진 봉건적 인습은 미약한 피식민주체로 하여금 갈등을 일으키게 하고 자아를 더욱 억눌린 상태에 처하게 만든다. 그리고 이 억눌린 자아는 식민지 근대하에서 세계와 충돌하기에 이르고 이 과정에서 자아가 각성되기 시작하는 것이다. 자아각성의 단계는 가장 낮은 수준으로서의 '자아발견'에서부터 최종적인 수준으로서의 '자아완성'에까지 이른다.

모든 것이 식민지 현실로 수렴될 수밖에 없는 이 시기에 끝까지 생명력을 갖는 것은 개인이 지닌 본능과 자유, 그리고 인격[1]의 자각이었다. 그러나 이를 억압하는 갖가지 봉건적 관습과 시대적 질곡은 개인과 사회의 분열을 초래하였고 이러한 경향은 다양한 비애의 정서로 표출되었으며 그 중 자살은 자아발견이나 자아완성에 도달하려는 자발적이고도 가장 완강한 자기 표현 방식이었다.

본 절에서 다룰 다섯 편의 작품은 자아각성의 단계상 편차를 보이고 있다. 그 중 시작 단계에 머무른 것은 나도향의 「출학」과 김동인의 「전제자」라 할 수 있다. 두 주인공의 자살은 자아각성의 미흡한 단계

---

1) 이는 이광수의 문화주의적 교양에 의거한 도덕주의적 개념이 아닌, 알베르 배갱의 '낭만적 자의식의 산물'로서의 인격을 말한다. 그에 의하면 인격은 가면을 쓴 채 목소리를 내는 연극적 인물의 이미지(퍼스나)만이 아닌 그것을 통해 관념이 투명하게 드러나고 '내부의 신성한 목소리'가 표현되는 개인을 뜻한다.(Albert Beguin, 이상해 역, 『낭만적 영혼과 꿈』, 문학동네, 2001, 224면.)

이기는 하나 그 안에 자신의 감정을 소중히 여기고 잠재된 자아를 찾아내려는 노력은 분명히 포함되어 있다. 염상섭의 「제야」와 김동인의 「눈을 겨우 뜰 때」는 앞의 두 작품보다 한 걸음 더 나아가 완전한 자아각성의 면모를 보이며 세계에 대한 저항적 측면이 강하게 드러나 있다. 또한 이상의 「12월 12일」의 주인공은 영혼을 부여 받은 온전한 주체로서의 자기완성을 실현하기 위해 죽음을 택하게 된다.

이러한 다섯 편의 작품에서는 주인공이 자아를 발견하는 데서부터 자기 주관의 진실성을 주장하는 데 이르기까지 자살을 도구로 택하고 있다. 그들은 작게는 자아의 소중함을 깨닫기도 하지만 더 나아가 낭만적 주체로서의 강력한 자아를 실현하기도 한다. 식민지시대의 절망의식에서 잉태된 저항을 바탕으로 자아를 인식하고 자아완성의 수단으로 삼는 것이다. 이 시기에 주인공의 자살은 그들의 세계인식 범위에 따라 어떻게 자아가 형성되고 강화되는가를 보여 준다. 따라서 그들의 자살은 현실에 대한 패배나 도피가 아니라 철저한 자아찾기와 다시살기, 혹은 강력한 자아선언이라 할 수 있다. 자살은 생명을 담보로 하는 극단적이고 적극적인 자아실현의 방식으로 볼 수 있기 때문이다. 다섯 인물의 자살은 자아발견에서 자아완성에 이르기까지 점진적인 발전을 살피는 계기가 되리라 본다.

1) 개체로서의 자아의 발견

(1) 나도향, 「출학」[2)

「출학」은 퇴학당한 영숙이 그 경위를 약혼자였던 병철에게 유서 형식으로 쓴 회상기이다. 나도향의 언급에도 불구하고 현재 그의 처녀작으로 분류되고 있는 이 작품은 뒤이어 창작된 『환희』, 「젊은

---

2) 『배재학보』, 1921. 4, 25~29면.

이의 시절」, 「옛날의 꿈은 창백하더이다」, 「별을 안거든 울지나 말걸」
등과의 연관성으로 인해 종종 거론된다.3) 도입부에는 영숙이 회상기
를 쓰게 된 배경이 서술되어 있고 이어 영숙의 글이 공개된다. 그리고
끝 부분에는 서술자가 다시 등장해 회상기를 마친 영숙이 방에서 사
라졌으며 그 행방을 알 수 없음을 알리고 있다. 내부서사를 이루는 영
숙의 회상기는 깊은 사죄와 자기반성으로 일관한다. 절절한 그리움의
정을 표현하면서도 병철의 마음을 돌이킬 수 없음을 기정 사실로 하
며 자신의 죄를 낱낱이 고백한다. 회상기를 중심으로 영숙의 내면을
살펴보자.

애인 병철과 후일을 약속하고 고향을 떠나온 영숙은 경성에서 학교
를 다니다 친구의 오빠인 정윤모와 사랑에 빠진다. 경성 부호의 아들
인 그는 영숙이 원하는 양행(洋行)도 쾌히 승낙한다. 그러나 만나기로
한 날 밤 끝내 정윤모는 나타나지 않고 뜻밖의 남자에게 정조를 유린
당하고 만다. 그리고는 이 사실로 인해 퇴학을 당하게 된다. 영숙은
자신이 먼저 약혼자를 배신한 후 이어 연인에게 배신을 당한 입장에
서 병철에게 참회하는 심정으로 일종의 유서를 남기고 집을 떠난다.
회상기의 마지막 부분을 인용해 본다.

> 어대 계신지도모르는 炳哲氏 한분만 나의罪를謝하여주시겟지요 가슴이
> 찌여져怨忿의끌는피가 넘처흘으실줄나도짐작합니다 나는 炳哲氏에게謝罪
> 하랴하나 그謝罪를밧으실炳哲氏는 只수어대게십닛가 저는只수붓허되는대
> 로지내려함니다 바람에쓰을니여 山岳에부듸처죽든지 물결에씻기여 岩礁
> 에 다닥처째여지든지 아모러케나지내려하오나 다만저의가슴속에 알맹이

<hr>

3) 조석래는 이러한 나도향의 문학 경향을 감상적 낭만과 공상적 자기고백의 문학
   으로 규정하고 우울한 감상의 낭만성이나 대여성관의 기조는 「출학」이라 보는
   것이 타당할 것이라 하였다.(「출학과 도향문학의 징후」, 『어문학』 39집, 1980,
   90면.)

인眞愛로바라는 것은 엇더한 별알애에 엇더한째에든지 이最後의英淑의글을　읽으시거든 더러웁든英淑이다시精하여젓엇구나　한마대만하여주서요 머릿속에잇는말은길고조희와붓은짜른데　다만두어字로저의眞正을쓴것인 줄알어주시면 滿足할가하나이다
　　英淑　書4)

더러워진 자신의 육체가 정(精)하여지기를 바라는 소망에서 죽음을 택하노라는 영숙의 의도가 나타나 있다. 자신이 죽어서라도 "가슴이 찌여져 怨忿의 끌는 피가 넘처흘으실" 병철에게 사죄할 수만 있다면 죽겠노라는 절박한 심정이다. 자신이 병철에게 두 번이나 죄를 지었다고 토로하는 영숙의 내면은 오로지 죄값을 치르겠다는 의지로 가득차 있다. 이러한 그녀의 의지는 회상기가 시작되기 전 서술자의 입을 통해서도 드러나 있다.

　　아아 그의가슴속에는무엇이잇관대 하음업는눈물을자아낼가? 그것은 人生으른누구든지　차지한情이란그것까닭이다只今自己學校에서黜學의命令을밧은이어린少女의쓰린가슴속에 넘치여흘으는 怨恨의 끌는피를 아지못하는者는 그의是非도아지못할것이다5)

영숙의 가슴 속에 있는 '정(情)'은 어떤 연유로 그녀를 눈물 흘리게 만들고, "怨恨의 끓는 피"는 어디에서 기인한 것인가. 경성 오기 전, 천당과도 같은 고향에서 열네 살 영숙과 병철이 나누었던 마음은 "말하기 어려운 異常한 情味"였다. 애초에 그들 사이에 오가던 감정은 "이 世上 무엇보다도 貴하다는 愛情"의 애틋함이었던 것이다. 영숙으로 하여금 눈물을 흘리게 만든 정(情)은 지난 날 그들 사이에 오고간

---

4) 『배재학보』, 1921. 4, 29면.
5) 『배재학보』, 1921. 4, 25면.

애틋한 마음이었다.6) 그런데 이 귀한 감정을 다시 회복할 수 없는 상황이 되어버렸으니 영숙의 가슴 속에 흐르는 원한의 피는 자신을 출학시킨 외부를 향한 것이 아니다. "少女의 쓰린 가슴 속에 넘치여흐으는 怨恨의 끓는 피"는 출학을 초래한 자신의 죄에 대해 영숙이 자신에게 품은 원한인 것이다. 그래야 영숙의 회상기가 그녀의 의도대로 온전히 자기반성의 글이 된다.

이는 앞서 병철의 가슴에 담긴 "怨忘의 끓는피"와도 같다. 영숙의 생각으로 현재의 불행은 자신의 죄로 인해 생긴 것이고 병철의 가슴엔 원망을, 영숙의 가슴엔 원한을 남겼다. 이 원망과 원한을 잠재우는 길은 오로지 원상 회복뿐이기에 자살로써 병철에게 사죄하고자 하는 것이다. 약혼자를 배신한 죄와 더럽혀진 몸을 가진 죄, 두 가지 죄를 범한 영숙은 도저히 살아남을 수 없기에 정(精)한 몸과 마음을 되찾아 속죄하기 위해 자신을 던져버린 것이다. 그런 의미에서 영숙의 죽음은 일단 '자기회복'의 뜻을 지닌다고 할 수 있다. 그녀는 훼손되어 버린 자신을 정화시켜 원래의 자신으로 되돌리는 것만이 병철에 대한 도리라 여기고 있다. 영숙이 자살을 결심하기까지 자신의 내면에 대한 탐색과 성찰은 반드시 있었을 것이다. 그래야만 자기참회와 사죄에 도달할 수 있기 때문이다. 이러한 영숙의 심정은 병철을 찾지 못하는 안타까움이나 절절한 그리움과 함께 회상기 서두에 잘 드러나 있다.

---

6) 엄미옥은 정(情)을 "영숙이 자신의 욕망에 따라 자유연애와 섹슈얼리티를 추구하는 것"으로 보고 영숙이 출학 처분을 받음으로써 해방의 욕망과 제도의 규율 사이에서 분열된 여학생의 모습을 보인다고 설명하였다. 그리고 근대교육을 통해 자율성을 획득한 여학생이, 섹슈얼리티가 억압되는 과정에서 근대성 체현과 근대성 오염 및 약화라는 모순을 빚어냈다고 분석하였다.(「한국 근대 여학생 담론과 그 소설적 재현 연구」, 서강대 박사논문, 2006, 125~126면) 그러나 이러한 분석은 회상기가 영숙이 참회하고 용서를 구하기 위해 씌였다는 연구자 자신의 논의와도 충돌하고 있다.

　　그리운炳哲氏　只今炳哲氏는어느곳에　게심니가저－茫茫한大海를건너
보이지도안는곳임닛가? 鬱鬱한森林속에 헤매시며게심닛가? 엇지하야불너
도對쯥이업스세요 나의힘것불으는소래는 이편에서저산을울니여그의反響
이들니든데요 그反響의소래가 이宇宙에가득찬空氣를울니며 그리운炳哲氏
의　妙하게생긴귀구녁으로엇지하야드러가지를안엇서요아아나의가슴속에
모든피가다－식어冷水가되여바릴째까지　炳哲氏는도라오지안으랴심닛가
나의몸이 가로가되고山골작이를흘으는시내의물이되고 그물이 다시空中으
로나가 구름이되여 炳哲氏머리우으로써다니며 炳哲氏잘못하엿습니다할째
에도 그와갓치無情하시람닛가?7)

　　낭만적 감성이 충만하게 드러난 이 글은 영숙의 내면 상황을 잘 표
현하고 있다. 용서를 빌기 위해서는 죄를 바로 인식해야 하고 자신의
심정과 행동을 정밀하게 들여다보아야 한다. 글이 시작되는 순간부터
병철의 행방을 찾아 헤매는 영숙의 다급한 심정이 담겨 있다. 산과 시
내와 공중을 망라한 전 우주를 매개로, 자신의 내면적 갈등을 드러내
는 것은 비로소 그녀의 자아가 세계와 맞서기 시작했다는 증거이다.
현재의 영숙이 주체로서 세계를 인식하는 방식은 과거와는 차이를 지
닌다. 경성으로 떠나기 전 영숙을 둘러싼 세계는 자연 자체였다. 자아
와 세계가 하나이기에 맞설 이유가 없는 것이다. "봄에 목동의 피리
소래 들리고 여름에 녹음이 서늘하며 가을에 밝은 달이 시내물에 빗
치여 어룽어룽하고 겨울에 흰 눈은 우주를 햇솜으로 입힐째, 우리 두
사람은 널고널은벌판잔듸우이와 졸졸졸졸 흘으는시내사이로 다만지
내가는 날과 새이는 밤을 깃거운중에 지낼쑨"인 낙원이었다. 이러한
자연은 풍경으로 바뀌는 순간 영숙에게 변화를 가져오게 한다. 도입
부의 서술은 자연 자체로서의 세계가 자아와 맞서는 세계로 올라서는
현상을 보여 준다.8)

---

7) 『배재학보』, 1921. 4, 25~26면.

갓쑤린물김이花草밧空氣를적시고 그윽한香내가가는바람과함게 西洋紗
窓帳을흔들며드러오는 것을맛흐며 愁心에싸인눈으로 다만저-건너煙突에
서 가는연기가空中으로올나가슬그머니사라지는것만바라본다
　　조곰잇다가 그의두눈에는구슬갓흔눈물이써러지며 그의입살은썰니인다
그는 다만窓帳으로 그의눈물을씨스며 무엇을생각하듯저-쪽空中만 물쓰
럼이치여다본다9)

고향의 '정미(情味)'의 세계를 떠나 경성 '화미(華美)'의 세계로 들어
서면서 영숙의 자아와 세계는 서로 대립의 위치에 서게 된다. 영숙이
세계를 의식하고 자아를 형성해 가는 과정에서 가장 두드러진 현상은
그녀가 육체적 욕망을 인식하기 시작했다는 사실이다.

　　올엇더한봄날이엇어요 저는 엇더한同伴들하고 ○○에 散步를간일이잇
섯어요 그 사람을 困하게하는春氣 사람을醉하게하는 軟風 왜 나의가슴속
에잇고 잇는모든情炎을 度外에 더-타게함닛가? 나는 그째꿈속갓치 그하
로를지내엿어요 (…중략…)
　　나는 그째그곳에서새로나는잔듸우으로 억개를나란히하여거러가며 이
이야기저이야기할째그의옷에서나는香내와그의고흔얼골에 쓰는微笑는 이
情에弱한나를 작고잡아다니엿서요 (…중략…)
　　그후붓허날이가고달이갈사록 나를즐겁게하고 나의生涯를깃브게하는
것은 그이의주는愛情과 그이에주는모든華美니엇서요 나는그째붓허化粧이
란것을알게되고 愛嬌라는 것을숭내내게되엿서요 그래 나의머리속에는어
느째든지 巴里의遊蕩을樂園의行事로認定하고 高樓巨閣에 安樂한生活인을
人生의眞生活노알게되엿서요 그래 그이와나사이에交際는度를加하게되여
갈사록나의가슴을 태우는 것은 그이와손을마조잡고저-洋行하지못하는것
이엇습니다10)

8) 오양진은 자연이 풍경으로 바뀌는 변화가 영숙의 마음에도 변화를 불러일으킨
　　다고 분석한다. 영숙이 기대고 있던 창가 부근에서 일어난 일은 주체/객체라는
　　인식론적 공간의 개방, 즉 근대적인 삶과 현실의 시초가 되는 근본적인 사건이
　　라 본다(「낭만적 주체성의 형성과 전개」, 『우리어문연구』 19, 2002, 114~115면).
9) 『배재학보』, 1921. 4, 25면.

1920년대 초 어머니나 누이가 모성성을 상징하며 등장하는 경우 이때의 어머니나 누이에게 성이란 존재하지 않았다. 단지 평화를 주는 전통적 여인일 뿐이다. 여성이 육체적 욕망을 인식했다는 것은 자신을 주체로 인식하기 시작했다는 의미이며 그것이 하나의 힘으로 작용할 수 있는 가능성을 지니게 된다. 영숙의 경우도 경성 생활을 통해 자신이 비로소 구체적인 행위와 심정으로서의 욕망을 갖게 되었다는 사실을 알게 된다. 자신이 성의 주체가 될 수 없던 과거와 달리 능동적으로 즐거움을 누리고자 하는 적극성도 띠게 된다. 이러한 적극성은 자신의 죄에 대한 솔직한 고백과 그에 대한 해결로 죽음을 택하겠노라 선언한 회상기의 기록에서 더욱 강하게 드러난다.

앞서 언급한 모성성이 '말없음'의 미덕을 지녔다면 영숙의 '고백'은 자기표현의 당당함을 지니고 있다. 영숙은 한국 근대소설에서 자살 직전에 유서를 남긴 최초의 여성 인물이다. 영숙이 남긴 고백체의 회상기는 철저히 사실을 밝히고 죄를 인정한다는 측면에서 근대적인 행위로 볼 수 있다. 더욱이 상징계의 표상인 언어를 도구로 자신의 내면을 상세히 풀어낸 점은 여성을 근대적 주체로 인정한다는 의미를 담고 있다. 당시 여학생의 출현을 시작으로 이러한 유형의 인물들이 등장하게 된다. 그동안 남성에 대한 타자의 위치에서 보조적이고도 배경적인, 남성의 가치를 실현시키는 도구였던 여성이 전면에 나서기 시작한 것이다. 이는 그만큼 여성 주체가 과거에 상대적으로 열악한 상황에 처했다는 사실을 말해 주기도 한다. 그들이 자아를 발견해내는 것은 세계에 눈을 뜨는 것과 동시에 시작되며 그것은 과거의 인식 위에 중첩되어 완성되는 작업이기에 마치 자율과 규율을 함께 적용하는 것처럼 어려운 일이다. 자살로 귀결되는 1920년대 소설도 이러한

---

10) 『배재학보』, 1921. 4, 28면.

환경에서 탄생한 것이다.

한편 뒤에 언급할 염상섭의 『제야』의 정인과 달리 영숙은 세계에 저항하는 모습을 보이지는 않는다. 작가 자신도 인정한 작품 수준이나 적은 작품 분량이 그 요인이라 하겠다. 그러나 더 큰 요인은 당시 나도향이 추구한 자아의 발견과 실현 방식이 세계와의 투쟁 국면으로 나아가지는 않았다는 데 있다. 나도향의 초기 작품에서 대립적 요소는 사랑과 정욕의 문제였다. 영숙은 둘 중 정욕을 택했고 그 결과 출학을 당한다. '참인생'이나 '예술'과 동일시된 '사랑'을 저버렸기에 외부세계의 억압인 출학 조치를 당한 것이다. 하지만 출학 조치는 영숙의 반항을 불러일으키지는 못한 채 단지 자기반성으로서의 고백을 이끌어내고 자살에 이르게 하고 만다. 영숙은 여학생에게 관대하지 않은 당시 현실과 학교의 가혹한 조치는 염두에 두지 않고 단지 자신이 정욕을 택한 것에 대한 부끄러움만 끌어안고 죽은 것이다.

이런 면에서 본다면 그녀의 죽음을 자아각성의 수단으로 보기엔 미흡한 점이 적지 않다. 하지만 근대교육을 통해 정신적으로는 자아의 자각과 자율성을 획득한 여성이 육체에 한해서는 여전히 전통적 윤리 안에 갇힌 당시 상황을 감안한다면 영숙의 죽음이 자아를 찾기 위해 행한 자발적 선택임은 분명하다. 또 영과 육의 일치를 주장하던 나도향으로서도 신성한 연애를 추구하는 분위기하에서 환상 속에서만 가능한 육체의 문제를 현실에서 성취시키기는 어려웠으리라 본다. 그때까지도 '육체의 쾌락은 죄'라는 인식을 지닌 것이다. 그러하기에 남성과 여성에게 다르게 적용되는 이중규범 속에서 영숙은 단지 소중한 자아를 찾아내는 일에만 집중하게 된 것이다.

영숙은 잠재되어 있던 자아를 발견하고 각성시켜 주체성을 확인하려는 기초적인 단계에 머무른 인물이다. 그녀의 자살은 그녀가 자신의 감정에 충실한 가운데 자아의 소중함을 깨닫는 과정에서 일어난다. 새롭게 인식하기 시작한 세계가 그녀가 맞서기엔 너무도 거대하기에 차마 저항에 이르지는 못한 채 확대된 내면을 자신에게 향하게 한 것이다. 이전에는 각성의 대상이 아니었던 자아가 근대 세계와 대결하며 자기실현의 주체로 떠오르기 시작한 것이다.

 (2) 김동인, 「전제자」[11]

「전제자」는 순애라는 과부가 남동생 P에게 무시당한 데 대한 절망감으로 자살한다는 이야기이다. 여기서 전제자란 약한 자를 억누르는 자의 의미로 순애의 친정아버지, 남편 S, 남동생 P를 비롯한 모든 남성을 가리킨다.

「전제자」에 대한 선행연구는 두 가지 관점으로 요약되는데 하나는 순애의 죽음을 봉건제의 희생자로 보는 것과 또 하나는 페미니즘적 시각으로 보는 것이다. 먼저 송하춘은 김동인의 관심이 주인공이 전제와 봉건을 어떻게 극복하는가가 아니라 그것들로부터 어떤 식으로 좌절되고 침식되어 가는가에 있다고 본다.[12] 황수진은 순애가 전제자적 남성에 의해 억압적이고 굴종적인 삶을 살았고 그녀의 죽음도 전제와 봉건에 의해 좌초되어진 희생적 성격을 띤다고 분석한다.[13] 방영이는 작가의 이중적 태도를 지적하며 김동인이 가부장제의 모순을 비판하면서도 남성 중심주의 논리를 편다고 주장한다.[14] 유남옥도 작

---

11) 『개벽』, 1921. 3, 134~146면.

12) 송하춘, 「1920년대 한국 소설 연구」, 고려대 민족문화연구소, 1985, 62면.

13) 황수진, 「김동인의 소설에 나타난 여성인물의 유형연구」, 『건국대학교 대학원 논문집』 32, 1991, 104~105면 ; 「한국 근대 소설에 나타난 신여성상 연구」, 건국대 박사논문, 1998, 204~209면.

14) 방영이, 「한국 근대소설에 나타난 여성의식 연구」, 전북대 박사논문, 1992, 57면.

품의 마지막엔 철저히 파멸된 순애의 전락만이 남는다고 페미니즘에 입각한 주장을 편다.15)

대강의 줄거리를 살펴보자. 두 해 전에 남편을 잃고 남동생과 함께 사는 순애는 그가 외박을 하자 안절부절못한다. 외도가 원인이 되어 죽은 남편이 떠올랐기 때문이다. 남편 S는 동경에서 유학한 인텔리로 사회적으로 명망이 높은 이였으나 주색에 빠져 방탕한 생활을 하다 그것이 원인이 되어 죽게 된다. 친정아버지마저 같은 이유로 오십 미만에 세상을 뜬 아픈 기억을 가진 순애로서는 동생의 외박이 여간 신경이 쓰이는 게 아니다. 사흘 뒤에 귀가한 동생은 매우 달라진 행색으로 순애를 안타깝게 하고 이에 그녀는 동생을 타이른다. 그러자 동생은 도리어 자기에게 빌붙어 사는 누이를 책망한다. 순애는 조금의 유산도 남기지 않은 아버지를 원망하며 어디론가 떠나겠다는 메모를 동생에게 남기고 집을 나서려다 문득 문갑 위에 놓인 칼을 보고 순간적으로 가슴을 찌른다. 임종시 동생 P가 잘못을 뉘우치자 비로소 골육의 깊은 정을 느끼며 삶에 대한 애착을 갖게 된다.

이 작품은 시종일관 불안한 분위기 속에서 전개된다. 유산도 없고 자식도 없는 순애가 남동생에 얹혀사는 생활이 무엇보다도 위기적 상황이다. 여자는 남자의 그늘에 있어야 안전하고 정상이라고 인식한 시절이었기에 순애로서는 결혼 전부터 보살펴 오던 남동생을 이제는 자신의 보호자로 삼아야 한다는 사실 자체가 부자연스럽고 부담스러운 일이었다. 또 외도에 대해 강한 강박을 지닌 그녀는 과거와 비슷한 상황에 놓이자 극도의 히스테리와 망상 등의 불안 증세를 보인다.16)

---

15) 유남옥, 「김동인 소설의 페미니즘적 분석 시고」, 『국어국문학』 113, 1995, 278면.
16) 배효진은 이런 점에 착안하여 작품을 해석한 바, 순애가 아버지와 남편을 통해 겪었던 부정적 경험으로 남성에 대한 애착관계를 형성하지 못했다고 본다. 즉 동생의 외박으로 인해 순애가 느끼는 괴로움이나 외로움 그리고 불안감은 모두

(가) 무엇인지모를꿈을 훌적쌔이며서 순애는 히스테리칼히 울기시작하엿다. 꿈은 무엇인지 뜻을 모를 것이다. 뜻만모를뿐아니라 어쩐것이엇는지도 알수업섯다. 검고 넓은것밧게는 그꿈의 印象이라고는 순애의머리에 남은것은업다. 그는숨헛다. 그는 무서웟다. 그꿈의印象의남은것의變化는 이것뿐이다.

　탁탁 가슴에 치바치는 울음을 한참운뒤에 눈물을거두고 그는電燈을켯다. 눈이부신밝은비츤 방안에쫘－ㄱ퍼져나아간다.[17]

　(나) 「어찌되엇노」하다가 그는 화닥닥앍소리를나이며 그 방--올아비의 방안에쮜어들어가서 오라비의입울을 푹뒤집어썻다. 가슴의쏙쏙하는소리는 입울까지들석어리게한다. 그는 자기의 치마를 누가붓들은것가타서 놀라쮜어 들어온 것이다……

　한참뒤에도 아모일업슴으로 그는 입울을벗고 얼굴을 내어노핫다.[18]

　(다) 한참뒤에 순애는 어느덧잠이들엇다. 잘동안에꿈을쑤엇다. 어쩐큰 劇場가튼대다舞臺는 대단히밝고觀覽席은 쏫업시어둡다. 보이지는안치만 사람은 가득찬것갓다. 舞臺에는 어쩐別한쌘쓰가시작되엇다. 그춤추는사람 가운대는 순애의올아비P도 잇섯다. (…중략…) 사람은 다－업서졋다. 순애도 무서워서 밧게나왓다. 밝은한울은 가을날보다도 더밝으되 쌍은 쏫업시 어두엇다. 줄기줄기밝은비츤 나려비추이되 쌍은亦是어둡다. 그는 무서워서 집으로가려고 어댄지 모를길을 한업시거럿다. 겨테서 사람의말소리가 나는 것가트되 人跡은업다. (…중략…) 그는 입울을차고벌덕일어낫다. 새벽첫電車소리가 응－하니들린다.[19]

(가)는 서두 부분으로 동생 P를 기다리다 잠이 든 순애가 꿈을 꾸는

그에 대한 강박적 애착을 나타낸다는 것이다. 동생의 외박에 대해 히스테릭하게 반응하는 것은 마치 동생을 남성으로 보고 질투하는 듯하다고 보았다.(「1920년대 전기 소설에 나타난 여성상 연구」, 세종대 박사논문, 2007, 61~65면.)
17) 『개벽』, 1921. 3, 134면.
18) 『개벽』, 1921. 3, 135면.
19) 『개벽』, 1921. 3, 138면.

대목이다. 무엇인지 모를 극도의 불안감이 감돈다. (나)도 비슷한 시각, 아직 돌아오지 않는 P를 기다리다 무언가에 깜짝 놀라 순애는 방에 뛰어들어간다. 그리고 한참을 상념에 빠져 있다 겨우 잠들어 (다)의 꿈을 꾼다. 이러한 내용들은 순애가 심리적으로 상당한 강박과 신경증에 빠져 있음을 말해 준다. 증세로 보아 그녀는 매우 두려움에 떨고 있는 것이 분명하다. 그 원인은 작품 전체를 볼 때 자신의 안위와 관련이 깊다. 수동적 삶을 살아 온 그녀로서는 무엇보다도 동생의 안정이 중요하다. 그래야 자신의 안정이 보장되기 때문이다. 그러하기에 '사실'보다 '자기본능'을 더 믿는 순애는 동생이 외도하리라는 생각을 애써 떨쳐 낸다. 그녀가 믿는 자기본능이란 수동적 삶을 사는 사람이 자신의 괴로운 상황을 스스로 합리화시키려는 의도로 자신이 믿고 싶은 대로 생각하는, 객관성을 잃은 자기중심적 사고를 말한다. 남편의 외도로 결혼 내내 고초를 겪고 과부가 된 순애로서는 동생도 외도로 인해 남편과 같이 일찍 죽지나 않을까 하는 근심이 되는 것이다. 나머지 인생을 동생에게 맡겨야 하는 순애의 입장이고 보면 그녀는 더욱 왜소해질 수밖에 없다. 근래 동생의 행적이나 늦은 귀가에 신경을 곤두세우는 이유이다.

여기까지 보면 순애는 아직 주체적 자아가 정립되지 못한 상태이다. 과거에 억압을 의식조차 못하던 상황에서 그녀가 지닌 전제자와의 동일시 의식은 그녀를 오랫동안 자아의 미각성 상태에 머무르게 하였다. 전제자로부터 하나의 개체로 분리되지 못하고 한 몸으로 살 수밖에 없던 순애가 자아를 발견할 기회란 없었던 것이다. 그러다 이즈음 동생과의 불화를 계기로 억압에 대해 의식하기 시작한다. 동생이 억압을 가하는 존재라는 뚜렷한 인식하에 이 전제자와의 분리를 꾀하려는 각성이 미흡하나마 일어나기에 이른 것이다.

순애가 자살에 이르는 계기는 동생의 무시에서 비롯된다. 3일 만에 들어온 동생은 엄정한 태도로 타이르던 순애에게 귀찮다는 반응을 보이며 다음과 같이 한 마디 내뱉는다.

"내가 형님, 그 病쟁이와 같단 말이야요? 동생네 집에서 얻어잡숫는 것만 해도 고마운 줄 아시오. 남이 아무것을 하던……. 치셔요?"

어머니를 일찍 여의고 "치우면 곳불들릴사라" 업어 기른 동생에게 받은 푸대접에 순애는 피가 거꾸로 솟는 모멸감을 느낀다. 그리고 한동안 풀 수 없는 수수께끼에 골몰하다가 모든 남자가 가정의 전제자라 결론을 내린다.

그러나 이것을 唯一無二의 새格言을 發明한것가티 생각하는 내꼴은어쩌냐. 옛일을캐지안흐리라 남의일을 생각지안흐리라 第一가까운내일로 내가 父母에게 바든 그학대, 남편에게 바든 그학대, 이것쑌으로도 넉넉히 이만것은알것이아니엇는가. 아ー마츰내 男子는 家庭의專制者에지나지못하엿다.[20]

이후 순애의 생각은 깊어져 간다. 동생에게 충격적인 소리를 듣고 친구를 찾아가던 중 상념에 빠진다.

「사람이 잇다」 그는 머리를 번쩍들엇다.
「낫이다. 그리구 거리다. 사람이잇다, 사람이잇다」순애는 갑작이 뜻을 모르게되엇다.
「사람이잇다. 온다. 간다」亦是몰랏다.
「사람이 무엇이냐」쏘몰랏다. 人生의 意義라는큰問題가 아니다. 말……

---

20) 『개벽』, 1921. 3, 141면.

名詞인 사람이 무엇인지 순애는 모르게되엇다.
　「사람이잇다. 專制者이다」
　한分半이면 넉넉히갈혜감의집이 순애에게는 집을 쩌난째가 한옛적가티보
엿다.21)

　자신이 가장 꺼리는 외도 문제로 급격한 불안심리에 빠지게 된 순애는 비로소 사람에 대해 그리고 자신에 대해 근본적인 생각에 잠기게 된다. 이전에는 당연시하던 남자의 개념이 이젠 자신을 짓누르는 전제자로 바뀌면서 그 밑에서 살아온 자신의 인생을 객관적인 눈으로 볼 수 있게 된다. 친구와의 대화를 통해서도 자신은 "넓은바다에 쓴 족으만배"와 같은 외로운 신세라는 것과 이 세상에 자신을 동정하는 이는 아무도 없다는 사실을 인식한다. 오로지 빨리 죽어 썩어지는 것만이 처음으로 자신과 남의 만족을 얻게 되리라는 비참함에 빠지고 만다. 그리고 문득 "오늘밤에 죽으리라"는 말을 해 버린다. 그렇다면 순애가 인식하는 죽음의 의미는 무엇일까. 순애의 인생에 큰 영향을 준 남편은 평상시 그녀에게 극도의 정욕을 요구하고 그에 충족하지 못한 결과 외도로써 육욕을 채우다 죽은 인물이다. 가정이라는 안경으로 볼 때 칭찬할 한 푼의 가치도 없던 그를 순애가 그나마 인정하는 이유는 그가 임종시 보여준 태도 때문이다.

　「그새 당신에게 罪를만히지엇습니다. 廉恥 업긴하지만 용서해주셔요. 순애씨 安心하구죽어도 좃습니꺄? 시들시들마른입으로한 이한마디의 말. 아즉것순애가 시집도다시안가고그에게貞節을지킨것도 이말째문이다.22)

　세상 사람들이 무엇이라 하든지 임종시에 S는 '신성하고 정당한 순

---

21) 『개벽』, 1921. 3, 142면.
22) 『개벽』, 1921. 3, 137면.

애의 남편'이었다. S의 잘못을 다 씻어줄 수 있는 이 말은 순애로 하여금 "살았을 때의 몇 만 번의 회개보다도 귀한 임종의 한 마디의 자복(自服)"으로 남편을 위해 정절을 지키게 하는 힘이었다. 자신의 죄를 뉘우치고 마지막 순간에 용서를 비는 남편의 태도는 순애에게 큰 감동을 준다. 남편이 비록 살아생전에 많은 정신적 고초를 주었으나 최후의 순간에 참회하고 순애에게 진심으로 용서를 빈 사실은 그녀가 인생을 통해 받은 가장 고귀한 선물인 것이다. 이는 순애에게 무한한 자존감과 행복을 안겨 준 사건이다. 이를 계기로 순애에게는 죽음의 의미가 결정된다. 사람이 할 수 있는 가장 최종적인 결단은 죽음의 순간에 이루어지며 그 결단은 가장 강렬하고 순수한 마음, 그 자체인 것이다. 그 날 이후 순애는 죽음을 자아의 존재를 알리는 유용한 수단이라 확신하게 된다.

순애의 직접적인 자살 계기는 친구의 집에서 돌아왔을 때 동생이 보인 태도이다. 어느 정도 마음을 달랜 순애가 좀더 부드럽게 말하면 좋을까 싶어 동생 방에 들어섰을 때 P는 "무엇하러 들어와요!"하고 토하는 듯 내뱉는다. 이 말 한 마디로 순애의 마음을 급격히 무너진다. 그동안 자신을 희생하며 동생을 돌보던 마음이 헛되이 느껴지고 결국 동생 집에서 떠나리라 마음먹는다. "너한테 씆업는 업수이여김을 바든 너의누이는 네 행복을 빌며 정처없이 쩌난다."는 메모를 남기고 아무 소지품도 없이 떠날 채비를 한다. 그러면서도 한편으론 동생이 자신을 찾으러 여기저기 헤매리라는 기대를 감추지 못한다.

'자기본능'에 대해 자신이 더 많은 순애는 이 며칠간의 소동 중에도 자기가 원하는 상상의 장면을 여러 번 꿈꾼다. 이는 위험에 처한 자신이 그 위기로부터 벗어날 수 있는 방법으로 순애가 진정 원하는 것이다. 그러나 그런 일은 결코 일어나지 않는다.

(가) 그는 밤까지 안돌아온다. P는 그째야 정신을 차리고 누이를 차즈려 단이다가혜감의 집에서 만낫다. 순애는 그 P의놀란쓸을 보고십헛다.[23]

(나) 어찌할가. 이수모를밧고는 잇슬수업다. 어찌할가 이리생각하고 저리생각하야 이집에서 써나는것밧게는 수가업섯다. 써나며는 P는 눈이 벌개서 차즈리라. 復讎도된다.
순애는 족으만 조히조각에 썰리는손으로써서 보기쉬운곳에 노흔뒤에 贓品하나도 안가지고 옷을갈아입엇다. 그는 來日이나 모레 P에게 붓들리어서 다시 이집으로 돌아올作定이다.[24]

(가)는 처음 동생에게 무시를 당하고 난 뒤 집을 나서기 전의 심정이다. 순애가 상상한 것처럼 동생은 친구 집으로 찾아오지도 않고 놀라지도 않는다. 단지 순애 스스로 마음을 추스르고 돌아왔을 뿐이다. (나)는 "무엇하러 방에 들어오냐"는 P의 말을 듣고 절망하여 집을 나가려 할 때의 상황이다. 자신의 가출로 눈이 벌개서 찾아다니리라는 상상이나 이틀 뒤 동생의 손에 이끌려 안전하게 집에 돌아오리라는 생각은 말 그대로 순애의 자기본능일 뿐이었다. 더 정확히 말하면 순애는 자신이 없었다. P가 누이인 자신을 존중하는 마음에 여기저기 찾아다니고 집에 데리고 오리라는 확신이 없는 것이다. 실현되었으면 하는 미래를 자신의 앞에 당겨놓았지만 실제 일어날 수는 없으리라는 두려움이 더 큰 것이다. 여기에서 순애가 인식한 것은 억압에 대한 저항의 불가능성이었다.

순애의 내면에 이미 전제자로부터 분리되고자 하는 욕구가 일고 각성이 시작되기는 하였으나 그녀는 환경을 감당하기에는 너무도 미약한 존재였다. 그러하기에 전제자였던 남편이 자신을 하나의 주체로

---

23) 『개벽』, 1921. 3, 141면.
24) 『개벽』, 1921. 3, 145면.

인정해 준 사실만을 마음에 간직한 채 자기파괴에 이르게 된 것이다. 따라서 순애의 죽음은 억압자로부터 인정받은 '존재확인'에서 촉발된 것으로, 억압자에 의존한 것이기에 불완전한 자아각성의 징표라 할 수 있다. 그러나 순애가 죽음의 순간 필사적으로 내뱉은 "용서한다"는 말에 P의 얼굴에 떠오른 "깃븜과 만족과 감사"는 순애에게 무한한 기쁨을 준다. 살아생전에 자신에게 전제자로서의 권력을 행사하던 남편이나 P가 자신의 용서를 받는다는 사실은 순애에게 말할 수 없는 정신적 만족을 준 것이다. 순애는 죽음으로써 자신의 소중함을 확인하고 자아를 발견하게 된다. 자신이 가진 것 중 최후까지 남아 있는 생명을 바쳐 전제자에게 인정받음으로써 하나의 주체로 탄생한 것이다. 순애의 죽음은 자신의 존재를 확인하고 불완전하나마 자아각성에 도달하기 위한 힘겨운 자기투쟁의 결과이다.

2) 저항과 모색을 통한 자아각성

(1) 염상섭, 「제야」[25]

염상섭의 「제야」는 꾸준한 자기주관성의 표명과 함께 스스로의 구원 의지를 자살이라는 강렬한 항거로 드러낸 작품이다. 이는 자아의 각성이라는 측면으로 볼 때 자살을 다룬 타 작품과도 선명하게 구별이 된다. 「제야」에는 이전 작품의 실체 없는 추상적 대립자 대신 풍속과 제도라는 구체적 대립자가 등장하여 이에 저항한 주인공이 죽음을 통해 스스로 파멸에 이르는 과정을 보여 준다. 불합리한 제도에 순응할 수 없기에 결국 스스로를 구원하는 방법을 택함으로써 자살이 근대적 개인의 주체적 선택임을 드러낸다.

---

25) 『개벽』, 1922. 2.~6. 연재됨.

「제야」에 대한 연구는 매우 활발한 편으로 기존 연구의 방향은 크게 세 가지로 잡을 수 있다. 첫째는 작가가 정인의 죽음을 악에 대한 징벌이나 도덕적 가치로 활용한다는 것이고 둘째는 당대의 현실 인식의 측면을 강조하는 것이다. 이 둘은 작품의 내적인 고찰보다 염상섭 개인의 성향이나 사회상을 기본전제로 한다. 세 번째는 낭만주의와 관련된 것으로 환멸의 세계와 충돌하는 자아와 저항, 그리고 낭만주의의 자기주관성과 순정성을 부각시킨 연구이다.

김종균은 「제야」를 염상섭이 오산의 구렁텅이에서 헤매는 제여성들을 구하려는 의도로 썼다고 보고 정인이 자성에 의한 자기구원의 행동자였으나 죽음으로 자기를 청산함으로써 동지적 여성을 구했다고 풀이한다.26) 정명환도 정인이 생에의 총괄적 질문의 하나로 사랑과 성에 대해 고민하며 유전과 환경에 기인한 방종의 연유를 설명하는 데 급급한 나머지 자기행위에 대한 윤리적 고발로 이어져 작가의 보수성을 드러내는 도구로 쓰였다고 보았다.27) 이는 근래에도 박종홍이나 최혜실에 이어지는 양상인데 "허위적 인습적 결혼제도와 자유연애의 타락상을 함께 비판"했다고 보는 박종홍은 작가가 지닌 이중성 ─자유연애를 논리적으로는 긍정하지만 심정적으로는 부정한다─ 이 작품의 선명성에 방해가 된다고 하였다.28) 그런데 정명환과 박종홍의 평가 중 심각한 결함은 그들이 자신의 논점을 부각시키기 위해 정인의 죽음을 가볍게 취급했다는 점이다. 정명환은 작품에서 차지하는 성의 비중을 전통적 여성상의 복권을 수행한 도구로 할애하였고, 아예 "정인이 개심하여 자살하려 함은 중요치 않으며 작품 흐름에서 벗

---

26) 김종균, 「초기작품─울분의 문학」, 『염상섭연구』, 고려대출판부, 1974, 88~90면.
27) 정명환, 「염상섭과 졸라」, 『염상섭』, 김윤식편, 문학과지성사, 1977, 89~93면.
28) 박종홍, 「염상섭 초기소설, 개성의 자각과 생활의 발견」, 『염상섭문학의 재조명』, 새미, 1998, 161~168면.

어난 것"이라 한 박종홍은 "염상섭이 「제야」를 통해 점차 개성에서 생활로 관심의 방향을 돌린다"는 때이른 평가를 내리고 만다. 최혜실도 작품 안에 회개한 후인 작가 목소리가 회개하기 전인 정인의 목소리와 공존하여 주인공을 맹렬히 비판한다는 점을 들어 남성이데올로기 편향성을 지적한다.[29]

한편 1990년을 전후로 한 연구는 주로 리얼리즘의 관점에서 이루어진 것이 많다. 유병석은 비극의 원인을 자유연애와 결혼에 대한 정인의 이념과 현실이 동떨어진 데서 찾아 그녀의 연애가 허영심 만족으로 인해 파멸을 낳았다고 설명한다.[30] 김우창 역시 도덕적 절제와 균형의 상실, 그리고 사회현실의 왜곡에서 비극이 왔다고 보고 '자아'를 삶의 결정의 근거로 삼은 정인이 개인주의적 저항에 철저하지 못함이 자기반성의 근거가 된다고 평가하였다.[31] 서종택은 이상주의적 자유연애론자인 그녀가 당시의 시대적 이념의 대변자로 자처하여 이기적 목적이 아닌 명분과 긍지의 임무를 실행했다고 보았다. 따라서 그녀의 죽음도 전근대적 통제가 파괴되고 있다는 명백한 증거로 받아들여야 한다고 주장하였다.[32] 하정일은 정인의 자살이 "현실에서 근거지를 마련할 수 없었던 보편주의적 이념이 스스로의 순결성을 지키는 마지막 방책"으로 선택되었다고 인식하였다.[33]

---

29) 최혜실, 「1920년대 신여성의 사랑과 고백」, 『신여성들은 무엇을 꿈꾸었는가』, 생각의나무, 2000, 238~246면.

30) 유병석, 「현실과 이념의 갈등양상」, 『염상섭 전반기소설 연구』, 아세아문화사, 1985, 39~45면.

31) 김우창, 「리얼리즘에의 길」, 『염상섭전집』 9, 민음사, 1987, 439~444면.

32) 서종택, 「초기작 '제야'에 대하여」, 『염상섭연구』, 김열규 공편, 새문사, 1992, 15~27면.

33) 하정일, 「보편주의의 극복과 복수의 근대」, 『염상섭문학의 재인식』, 문학과사상연구회편, 깊은샘, 1998, 53면.

 그런가 하면 최근 박상준, 서영채, 김명인의 연구는 비교적 낭만주의에 입각한 작품 분석으로 보인다. 그 중 박상준은 「제야」가 "현실보다 주체의 내면에 집중하는 방식으로 관념의 맥락에 한층 집착"한다고 평가하였다.34) 서영채는 주관성의 과도한 집착으로 삶을 망가뜨린 정인이야말로 고백의 주인공으로 적격이라 보고 잘못을 저지르게 한 낭만주의적 힘과 이를 고백하게 한 냉정한 시선에 주목한다. 또 차디찬 낭만주의가 지닌 진정성을 향한 열망은 허위와 가식에 대한 예민한 감수성으로 떠올라 이후 이를 바탕으로 한 냉철한 시선의 인물이 등장함을 예고한다.35) 김명인은 가장 선명한 어조로 인물의 낭만성을 밝혀 「제야」가 낭만적 주체의 완성이자 종언의 천명이며 "환멸의 세계와 충돌하고 갈등하는 자아의 강력한 자기선언"임을 주장하였다.36)

 작가는 『牽牛花』自序에 밝혔듯 자신의 단편집 발간의 의의를 '고민의 표명과 해결'에 두고 있다.

> 이에 실은 三編은 그 藝術的 價値로도 매우 貧弱하고 그 量으로도 敢히 文壇에 公開할 만한 價値가 업스나 오즉 우리가 얼마나 苦悶하는가를 表明하는 同時에 各各 그어쩌한 方面으로 解決되는가를 提示한 點만은 或 讀者에 딸하서 나의 뜻을 얻을까 하야 스스로 辱됨을 돌보지 안코 文壇에 바치랴함이다. … 「除夜」는 自殺에 依하야 自己의 淨化와 純一과 甦生을 어드려는 解放的 젊은女性의 心的 徑路를 告白한 것이다.37)

---

34) 박상준, 「환멸에서 풍속으로 이르는 길」, 『민족문학사연구』 24호, 2004, 317면.
35) 서영채, 「사랑의 리얼리즘과 장인적주체 : 염상섭」, 『사랑의 문법』, 민음사, 2004, 160면.
36) 김명인, 「비극적자아의 형성과 소멸, 그 이후」, 『민족문학사연구』 28호, 2005, 293면.
37) 염상섭, 「牽牛花 自序」, 『염상섭전집』 9, 민음사, 1987, 422면.

앞 글로 미루어 「제야」는 정화, 순일, 소생이 필요한 신여성이 자신의 고민을 자살로 해결한다는 내용이다. 여기서 핵심은 '고민의 내용과 해결방식'으로 '정화, 순일, 소생이 지극히 요구되는 정인의 내면'이 고민내용이요 '자살'이 해결방식이다. 작가의 의도대로라면 전자를 표명하고 이를 후자로써 해결하는 것인데 기왕의 논의 중에는 이러한 의도와 어긋난 것이 상당수 있다. 그녀의 죽음을 동지적 여성을 구하기 위한 도덕가치 실현의 도구로 보거나 작가의 의도가 인습적 결혼제도와 더불어 자유연애의 타락상을 비판하는 데 있다고 보는 관점, 그리고 악으로서의 성과 관련하여 유전과 환경에 기인한 방종에 대해 자기고발로 전통적 여인상의 복권을 꾀한다는 평가가 그것이다. 근래에는 페미니즘에 입각하여 남성이데올로기에 희생된 측면을 강조하여 작가의 보수적 경향을 거론한 연구도 있다.

「제야」는 과잉된 자아의 강력한 자기고백이다. 주인공 최정인은 시종 자기 주관의 진실성을 완강하게 드러낸다. 비록 그녀의 자살 계획이 '신(神)적인 사랑'에 근거한 남편의 용서에서 비롯되기는 했으나 근저에는 자아를 완성하고자 하는 강렬한 의지가 자리잡고 있다.

작품 서두부터 등장하는 "중대한 사명, 최후의 순간"에 대한 피력은 의미심장하다. 더 이상의 연극(결혼생활)을 지속함은 참혹한 형극임을 말하며 운명의 채찍을 낱낱이 받을 각오, 순종의 뜻을 밝힌다. 운명에의 순종이 정인의 저항적 죽음임은 전체 줄거리로 보아 분명해 보인다. 쫓겨난 후 4개월이 기막힌 시간이었지만 자신과 한 남자, 사회에 복수를 하기 위해선 죽을 수 없었고 자기 방종에 대해 가책과 고민이 있었기에 자신의 양심 안에서 용서받았다고 믿은 그녀였다. 그런데 용서한다는 남편의 편지가 그녀로 하여금 자살을 결심하게 한다. 그녀가 이런 결단을 내린 사실은 매우 이례적인 것으로 결정 이면에는 그녀의 강한 자아가 큰 비중으로 자리잡고 있다.

성장과정과 일본유학을 통해 현실 폭로와 환멸의 비애를 맛본 정인에게 결혼은 또 하나의 현실이요 혼자 맞서기엔 너무도 벅찬 대상이었다. 자신의 방종을 덮어 주리라 기대했던 남편이었으나 기적은 일어나지 않았다. 쫓겨나온 이후에도 넘치는 자기 주관성으로 여전히 과잉 충만된 그녀의 자아는 해산날만 고대하며 새로운 도약을 꿈꾸고 있었다. 그러던 중 받은 관용 넘치는 남편의 편지. 남편은 어느새 정인의 바람대로 '강한 자아'38)가 되어 자신의 목숨을 바쳐서 정인과 뱃속의 아기를 구원하고자 손을 내민다. 하지만 정인이 진정 원했던 것은 4개월 전, 현명한 눈가림으로 원만하게 결혼생활을 지속시켜 주는 관대함이었지 이제 와 대단한 결의나 강력한 의지로 무장하여 제공되는 거창한 용서는 아니었다. 그러기에 정작 정인이 받아들인 것은 남편의 용서가 아니라 '이제는 나의 약점이 무화되었다'는 '불순하고 이기적인 동기'에서의 안도감이었다. 이는 '나를 용서할 수 있는 권리는 오로지 나에게 있으니 내 스스로 용서하여 나를 정화시키겠다'는 의지와도 같다. 이러한 극단적인 주관성은 이전부터 그녀가 지니고 있던 논리로서 편지 서두 부분과 중간에 드러나 있다.

「모든 것이 어린兒孩가 만들어노혼 玩具에不過하다. 거긔에 무슨權威

---

38) 2장에서 정인이 남편의 前결혼을 규탄하며 마지막 부탁으로서 '자기자신이 강하게 되는 것'을 요구한 것과 연관이 있다. 시간적으로 보아 정인의 바람을 남편이 받아들인 것은 아니나 '강한 자아'는 이 작품의 핵심으로 정인의 죽음과 연관됨을 알 수 있다. 남편의 편지 중 해당 부분을 인용한다.('그러나 나는 살아야하겟소. 굿세게살아야하겟소. 正말 生에부드쳐보랴하오. ─貞仁氏를엇는것! 그것이 나에게는 굿세게 그리고 眞正하게 生에 부드쳐보랴는 最初의 努力이오. 나는 弱하오. 그러나 弱하기째문에, 强者가되랴하고, 쏘 될수잇소. 弱한나는 名譽를버리고, 强한나는 愛와信仰을 어드랴고, 죽을바쳐서苦鬪하오.…… 두生命이救하야집니다.……') : 『개벽』24호, 1922. 6, 46 ~47면.

가잇고 意味가잇느냐. 主觀은 絶對다. 自己의主觀만이 唯一의標準이아니
냐. 自己의主觀이容許하 기만하면고만이다. 社會가무엇이라하던지 道德이
무엇이라고 抗議를提出하던지 神이 滅亡하리라고 警告를하던지 귀를기울
일必要가 어대잇느냐. 世間의俗衆雜輩가 일의大小를莫論하고 正義니무엇
이니하며 혼자잘난체 하는것은 結局 自己의罪科를 隱蔽하기爲하야 所謂
神이니 共同目的이니 社會니 國家니하는等 避難處에 숨어서 기다란 대ㅅ
개피에매어달은 旗발을 墙外에내여밀고 휘두르는것가튼것이다. 이러한意
味로 彼等은 누구보다도 먼저 僞善者이다.」[39]

　「惡魔라하는가? 그러니 어쩌란말이냐? 自己가 惡魔라는意識이야말로
自己가 强하다는意識이아닌가. 勝利의歡喜처럼 生活內容을 豊富케하는것
은업다」 이것이 道德的自己省察에대한 反駁文이엇나이다. 實로 나에게對
하야 道德이란 아모權威도업섯습니다. 自己의生을 絶對로 充足시키랴는
끌는慾求압헤는 모든것을 蹂躪하고 犧牲하야도아깝지안타는것이 나의生
活을 自律하야가는데에 最高信念이엇나이다.[40]

　일찍이 정인이 지녔던 주관에 대한 극단적이고도 명확한 논리는 도
덕적 가치도 자신의 주관 하에 두게 만들었다. 세간에 떠도는 그녀의
'악마적 도덕생활'도 그녀에게는 '중심생명의 전아(全我)적 욕구'의 결
과요 자신의 삶을 충족시키는 동기이기에 내면적 요구에 대한 성실한
반응일 뿐인 것이다. 이러한 내면적 욕구의 실현의지를 지닌 정인은
마지막까지도 정인은 자신을 규율하는 강력한 자아로 남고 싶어 했으
며 타자가 아닌 자신이 스스로를 용서하고 구원하는 길을 택한다. 그
녀의 내면에는 드디어 자신의 약점이 무화되었으니 이제 원래의 자아
로 돌아갈 수 있으리라 생각한 것이다. 그리하여 그동안 환멸의 세계
와 만나 충돌하고 갈등했던, 그래서 훼손당해 버린 자아를 죽음을 통

---

39) 『개벽』 20호, 1922. 2, 37면.
40) 『개벽』 21호, 1922. 3, 49면.

해 제자리로 회복시키는 방법을 택한다. 환경을 변화시킬 수 없기에 가장 강력한 저항인 죽음을 통해 자신의 강력한 자아를 선언, 완성한 것이다. 자아의 완성을 위해서는 흠집투성이인 자신을 용서해야 했고 그러기에 죽음이 필요했으며 그 근저에는 '나의 주관하에 나 자신을 규율한다'는 굳센 자존감이 있었다. 애초에 흠집이 난 결혼이었고 이제 와 완성된 결혼을 성취할 수도 없는 바에야 자신이 통째로 깨버려 원상복구 시키는 것이 타당하다고 생각한 것이다.[41]

남편 편지는 최후 심판의 판결문이 되어 정인에게 자기재단의 결심을 촉구하였다. 정인의 죽음은 자발성으로 인해 매우 강력하고 저항적인 의미를 지닌다. 각성한 자아가 환멸에 직면했을 때 자유의지는 더욱 강렬하게 표출된다. 이 자유의지는 서구에서도 낭만주의가 만개했을 당시의 가장 두드러진 특성으로 어떠한 난관에 직면했을 때 끝까지 지켜내려는 강인함이 있어 더욱 주체적이라 할 수 있다. 저항의 강렬성. 이는 자아의 열망이 크면 클수록 더욱 견고해진다. 정인은 당시 신문명의 흐름 속에 자유연애를 열망했다. 태생과 환경에 책임 소재를 돌리며 자신의 쾌락추구 성향을 마음껏 드러내었다. 구습의 모순과 충돌된 자유연애의 욕망은 그녀의 자아를 더욱 과잉 상태로 이끌었고 그 안에 혼란을 낳게 하였다. 정인이 지닌 자유연애의 순수성, 본원성―비록 이념에 충실한 온전한 자유연애에는 못 미쳤으나―은

---

41) 이는 독일 낭만주의 철학가 실러(Johann Christoph Friedrich Von Schiller, 1759
1805)의 '위대한 죄인' 개념과 통한다. 그는 자신을 억압하는 모든 것에 대한 인간의 '저항'만을 유일한 비극으로 간주하고 자유로운 개인이 갈등에 맞선다고 보았다. 자유를 진정으로 이해하는 우월한 인간은 그러한 사회 가치 체계에 의해 행동하는 것이 불가능하므로 차라리 그 사회를 파괴해 버리는 편을 택하며 그저 자신이 제어하지 못하는 흐름에 몸을 맡기고 흘러가기보다는 파멸이나 자살을 택한다는 개념이다. 이로써 조화, 이성의 개념을 버리고 완전한 해방에 한 걸음 다가간다는 낭만주의 특성을 드러낸다.(이사야 벌린, 강유원 · 나현영 옮김, 『낭만주의의 뿌리』, 이제이북스, 2005, 134~37면 참조.)

현실적인 제도와 만나며 충돌하게 되었고 정인으로서는 이 혼란을 어떻게든 정리해야만 했었다.42) 그녀가 처하게 된 '자유연애의 파탄'은 '속박되지 않는 자기의지'와 불가피하게 충돌하였고 이를 만회하는 길은 원래의 자기 자신으로 돌아가는 길, 그것 이외엔 없었다. 절대주체인 '나'를 말살하고 장악함으로써 나의 존재를 완성하는 강력한 방법−죽음−만이 충돌의 좌절에서 벗어나는 길이었다.

정인의 죽음을 좀더 자세히 들여다보자. 일단 그녀의 죽음은 '훼손된 자아의 만회'로 볼 수 있다. 자유연애 욕망과 제도의 충돌로 지리멸렬에 이른 자아를 죽음을 통해 강력한 자아로 끌어올렸기 때문이다. 그런가 하면 정인이 남편 편지에 대한 직접적인 감사 표현과 참회의 표명은 남성작가의 가부장적 이데올로기 개입을 느끼게도 한다. 그러나 작가가 전반부에서 한결같이 보여 준 정인에 대한 열렬한 동지적 공감을 보면 이는 정인이 이념을 끝까지 지켜내지 못한 데 대한 책임추궁이라 볼 수 있다. 즉 정인이 "死보다 高價한 愛"를 하지 못하고 허영과 관능의 만족을 위해 자유연애를 추구한 점이 파멸의 주요 원인임을 설파한 것이다. 만약 회개와 참회의 증거로 정인의 죽음이

---

42) 독일 낭만주의자 헤르더(Johann Gottfried Von Herder, 1744~1803)의 사상 중 '서로 모순되며 양립할 수 없는 이상'에 대한 개념이 있다. 이는 기존의 계몽주의가 주창한, 모든 질문에는 타당하고 객관적인 답이 있으며 모든 답들은 명제의 형식으로 진술되고 그것이 참이라면 서로 양립하여 이상적인 세계를 구성할 수 있으리라는 인식을 전복시키는 것이었다. 그는 모든 시간과 공간의 가장 위대한 이상들은 동시에 달성할 수 없기에 계몽주의식의 '완벽한 삶'이라는 전체 개념은 붕괴될 수밖에 없으며 이는 오로지 '다양성과 차이'로 인식되어야 한다고 주장하였다. 정인의 상황에서 '동시에 성취할 수 없'는 두 가지는 '자유연애(를 바탕으로 한 결혼)'와 '전통적 구습에 근거한 결혼제도'였다. 이를 둘러싼 그녀의 행위를 비난할 수는 없다. 이는 행동이나 사고 영역에서 통일성과 조화, 서로 다른 이상들의 양립가능성을 부인하는 헤르더의 낭만주의 정신과 통하며 과연 정인이 '어떻게 살아야 하는가?'에 대한 궁극적인 대답은 존재할 수 없다는 결론을 내리게 한다.(앞의 책, 95~110면 참조.)

해석된다면 정인의 '과잉된 자아'는 맥없이 스러지고 말아야 하기에 그 설 자리를 잃고 만다. 결국 이러한 혼란은 작가와 주인공의 이중 시선이 작품에 존재함으로써 벌어진 현상이라 할 수 있다. 작가는 정인이 끝까지 자신의 개인적 저항을 밀고 나가지 못한 데 대한 질책과 함께 이러한 내부 모순이 자기의 파멸을 몰고 온 주원인임을 말하고 있다. 즉 독이적 생명인 '개성'이 정인의 내부에서 모순을 일으켜 보다 더 복잡한 양상으로 저항할 수밖에 없다는 뜻이다. 이 점이 독자로 하여금 정인의 급박한 자살 계획과 작품 전후반 간의 단절에 의아함을 느끼게 하는 요인이 된다.

정인이 자살을 계획하기 직전까지의 심경은 '마음껏 누리기'의 차원이었다. 자유연애에 대한 주관적 가치관 피력이나 스스로 인정한 방종이 그러하다. 그러나 이러한 자아중심적 세계관은 사랑이 결혼의 기본조건임을 강조하는 동시에 개성의 발로인 사랑을 도외시하는 구도덕의 폐습에 대한 강력한 항의로 볼 수 있다. 그녀가 특유의 이기적 개성을 무기로 상대의 묵인을 기대하며 결혼을 받아들인 것도 제도와 충돌에 이르기 위한 도전의 차원이라 볼 수 있다. 자신의 강력한 개성이 현실과 너무도 동떨어져 있어 파탄에 대한 불행의 기운을 예감하면서도 부딪쳐 깨지기 위한 전단계로 완고한 제도에 흡수되기로 작정한 것이다.

자유의지의 가치를 높이 사는 낭만주의 입장에서 본다면 그녀가 현실 제도와의 충돌에서 과감히 파멸을 자청하는 점은 충분히 수긍이 가는 대목이다. 이것은 낭만성의 주조-만물에는 불변의 구조가 있다는 개념을 파괴, 전복하려는 시도-인 '저항'과 통하는 것으로 낭만주의 실현방식 중 매우 강력한 자기 표현이라 할 만하다.[43] 우리가 진

---

43) 비록 본격적 낭만주의자는 아니더라도 예술비평 『살롱』을 쓴 프랑스의 디드로

정 자아를 인식하는 것은 오직 어떤 저항에 부딪힐 때이다. 즉 ‘자아’
는 그것에 충격을 주는 어떤 것 – 장애, 충돌 – 을 통해서만 인식되는
존재인 것이다.44) 자살과 저항과 자기완성. 정인에게 이것들은 동의
어였다. 그녀에게 있어 자살은 자유연애, 사랑, 결혼이 빚은 혼돈을
일소할 수 있는 단호한 결단이었다. 풍속과 제도 안에서 객관적 세계
를 변화시킬 수 없었던 강력한 자아는 끝끝내 환경에 굴하지 않고 저
항하는 낭만적 주체의 완성을 보여 준 것이다. 따라서 정인의 ‘죽음’
은 낭만적 주체의 능동적 선택이요 자아완성으로 보아야 할 것이다.

(2) 김동인, 「눈을 겨우 뜰 때」45)

김동인의 「눈을 겨우 뜰 때」는 반계몽의 기치를 높이 든 김동인이
“개인적 욕구, 근대 체계에 대한 호기심”46)으로 시도한 작품이다. 그
는 당시 지상의 가치로 부여된 ‘전체, 민족’ 대신 오로지 ‘자신’을 내

(Denis Diderot, 1713~1784)도 당대 계몽주의에 반하는 낭만주의의 천재성에 대
해 언급하였는데 그는 인간이 가진 습성을 두 가지로 보아 사회의 관습에 순응
하고 쾌락을 좇는 일면과 그 내부에 뛰쳐나오고 싶어 하는 또 다른 거칠고 대
담하고 어두운 범죄적인 본능이 있다고 했다. 이를 정인에 대응시킨다면 그녀
는 방종과 쾌락추구의 일면과 함께 거의 악마적인 개성에 가까운 자기 주체성
과 파멸로 끝맺는 강력한 자아의지를 동시에 갖고 있는 셈이다. 이러한 양면성
은 낭만주의가 내세우는 격정과 심오한 통찰력, 그리고 규칙을 무시하는 특성
과 연관된다고 할 수 있다.(앞의 책, 86~87면 참조.)

44) 이는 피히테(Johann Gottieb Fichte, 1762~1814)가 ‘자아로서의 나’를 ‘인식대상으
로서의 나’와 구별한 것과 관계가 깊다. 즉 ‘인식대상으로서의 나’는 반성될 수
있고 논의주제나 학적 담론 등의 여러 학문의 대상이 될 수 있으나 ‘주체(자아)
로서의 나’는 완강한 실재에 방해를 받는 존재로 자각될 때 자기 자신을 그 장
애물로 인해 非我와 구별되는 실체로 인식한다는 것이다.(위의 책, 154~155면
참조.)

45) 『개벽』, 1923. 7.~11. 연재됨.

46) 이는 김동인이 일본 유학 당시 문학분야에 접근하게 된 동기를 추적한 이경훈
(「한국근대문학의 형성과 김동인」, 『동방학지』, 연세대 국학연구원, 2006,
313면.)의 주장이나 「눈을 겨우 뜰 때」와도 연관성이 있다고 본다.

세워 근대적 의미의 소외와 자유, 생명을 제시하여 낭만적 개인을 창조하려 하였다. 그의 대표작에서 얼마간 떨어져 있는 이 작품은 당시 작가들이 다룬 '죽음'의 방식과는 달리 이질적인 특이성을 지닌다. 주인공의 죽음이 현실에 쫓기는 탈출의 도구나 자기징벌의 수단으로 사용되는 것이 아니라 자신을 비약, 초월하는 능동적이고 주체적인 선택인 점이 그러하다.

「눈을 겨우 뜰 때」에 대한 연구는 그다지 본격적이지 않다. 죽음과 기생을 다루었다는 점에서 다른 작품과 통합적으로 논의한 것이 대부분이다. 채훈은 이 작품을 김동인이 지닌 "인생의 보다 다양한 문제에 대한 관심과 소설기법의 상승, 시야의 확장"의 결과로 보아 "겨우 눈을 뜰 무렵 소리도 못 내고 사라져 버린 어린 기생의 이야기"[47] 정도로 개괄적인 평가를 했으며 이후부터 등장하는 죽음에 대한 본격적인 논의의 절대다수는 금패의 죽음을 '악'에서 '선'으로의 이행으로 보고 있다. 그 중 명형대는 "타락한 상태에서 죽음으로의 탈출은 고뇌와 고통을 통한 이상적 자아, 즉 행복한 이상의 상태로서의 상승적 의미"를 가진다고 보았다.[48] 또 그네에서 떨어지는 순간에 대한 서술에서도 "황폐한 삶에서 반짝이는 참된 삶을 인식하"[49]였다고 하였다. 이는 분명 금패가 현실의 삶을 부정적이고 회의적으로 인식했다 함인데 여학생들이 던진 기생의 장래에 대한 굴욕적인 언사나 손님들의 모욕은 물론 그녀의 마음에 씻지 못할 허물을 안겨 주었다. 그러나 장래에 대한 불안감과 모욕감보다 더 그녀를 지배한 것은 연이어 교차하며 다가온 인생살이에 대한 그녀만의 당당한 방책이었다는 점에서

---

47) 채훈, 『1920년대 한국작가연구』, 일지사, 1976, 29면.
48) 명형대, 「김동인 소설에 나타난 죽음에 대한 고찰」, 부산대 석사논문, 1977, 16면.
49) 위 논문, 23면.

이러한 인식은 재고를 요한다.

다음으로 주목할 것은 장백일의 논문이다. 그는 「김동인문학의 갈등과 죽음의 문제」에서 김동인이 플롯구축에 있어 갈등수법을 두드러지게 사용한다고 전제한 후 「눈을 겨우 뜰 때」를 "무시와 모욕이 빚은 정체상실과 죽음으로써 진정한 자아로 회복하려는 어린 기생의 인생회의기"[50]로 규정하였다. 금패가 내적 고뇌와 갈등으로부터 자살을 통해 진정한 자기회귀를 꾀한 것으로 자신의 삶에 수치를 느껴 참회하고 죽음으로써 자아를 회복했다는 것이다. 장백일의 주장은 금패의 갈등이 자신의 수치를 자각케 하고 그 갈등을 해소하기 위해서는 수치심을 없애야 하기에 죽음을 택했다는 것이다. 그러나 금패의 죽음이 그녀의 수치심을 깨뜨리고 새 질서의 절대세계로 나아가게 한다는 주장은 앞의 경우와 마찬가지로 금패의 반성과 참회가 없는 한 공허한 주장에 불과하다. 장래에 대한 불안과 비인격적인 모욕은 분명 자신에게 허물이고 고뇌의 씨앗임이 분명하나 금패는 이 문제를 그 자체로 비극화하지 않고 인생 전반에 대한 사유로 확장시켜 사색한다. 당장의 괴로움이 그녀에게 갈등을 일으키게는 하나 현실적으로 수치심이나 반성을 유발하지는 않는다는 것이다. 덧붙이자면 이는 논자가 지나치게 갈등적 요소에 연연한 나머지 갈등의 향방을 어디로든지 반드시 결정짓겠다는 부자연스러움으로 인해 그 종착점을 죽음으로 향하게 하지 않았나 하는 생각이 든다. 비극적 현실 인식이 낭만주의의 속성이긴 하나 그로 인해 모두 패배자가 되거나 죽음을 선택하지는 않는다.

위의 두 주장을 동시에 수용한 윤정헌 역시 금패의 죽음을 "잘못

---

50) 장백일, 「김동인문학의 갈등과 죽음의 문제」, 『어문학논총』 1집, 국민대학교 어문학연구소, 1981, 79면.

인식한 허위의 질서-기생으로서의 화려한 생활-에서 벗어나 진정한 자아를 찾은 질서회복과 부활지향의 상승적 의미"[51]로 보았고 김춘기도 삶의 의미를 상실한 기생의 패배의식이 죽음을 불러 온 것으로 인식하였다.[52] 그런가 하면 조진기는 금패를 "인테리 신여성들이 고민하지 않았던 인생의 본질적 문제로 번민하는 여인"[53]으로 긍정적인 평가를 하였다.

한편 근래에 황종연은 「낭만적 주체성의 소설」(『김동인문학의 재조명』, 새미, 2001)에서 김동인이 '동경'을 작품화한 사실과 예술가 소설을 창조한 점을 들어 그의 작품이 낭만주의에 근거를 두고 있다고 연구한 바 있다.

「눈을 겨우 뜰 때」는 여느 경우와 달리 능동적 선택으로 기생이 된 금패가 주인공이다. 그녀는 일련의 사건들을 통해 자신의 정체성에 의구심을 갖고 인생과 죽음에 대해 고민하다가 결국 단오날 그네를 뛰던 중 손을 놓아 자살을 하고 만다. 자각하지 못한 상태에서 우연히 듣게 된 여학생들의 대화는 예기로서의 자긍심에 큰 상처를 주었고 A와 청류벽 소녀의 예기치 못한 죽음은 그녀로 하여금 자발적으로 죽음을 선택하게 만든다. 작품의 줄거리를 따라 가며 그 과정을 살피기로 하자.

불놀이가 벌어지는 사월 초파일의 대동강. 손님들과 뱃놀이를 즐기던 금패는 여학생들과 우연히 마주치게 된다. 배가 스치며 이루어진 순간적인 만남이지만 이는 당시 여학생과 기생의 대립구도 재현이라는

---

51) 윤정헌, 「1920년 전후 한국소설에 나타난 죽음 양상고」, 『영남어문학』 13집, 한민족어문학회, 1986, 533면.
52) 김춘기, 「동인소설에 나타난 죽음의 의미」, 고려대 석사논문, 1983.
53) 조진기, 「1920년대 소설에 나타난 여인상」, 『여성문제연구』 10집, 효성여대 한국여성문제연구소, 1981, 62면.

데 의미가 깊다. 구경꾼들의 찬탄 속에 자랑스럽게 노래를 읊조리던 금패는 여학생들의 몇 마디 조소에 그만 갈등과 혼란에 빠지게 된다.

> 금패는 아직 녀학생들의 시집간뒤의 살림을 엿본적이업섯다. 그럼으로 그는 온전히그를 몰낫다. 그러나 금패의 憶測으로서 바르다하면 그것은 마치 봄에 뫼에핀 진달네와 가튼것이엇다. 연한자지ㅅ빗으로 빗나는것 그것이 녀학생들의 이뒷살림에 다름업섯다. 피아노 册을 보고잇는마누라, 양복한 어린애, 旅行 그것이 그들의 이뒤의 살림에 다름업섯다. 그러고 그것은 큰 즐거움에 다름업섯다.
> 그러나 —
> 「이제十年을 지나 봐」
> 자긔네의 이뒤ㅅ살림은 과연 학생들의말과가치 「구주주」한가. 금패는 그것을 쏙쏙이생각지 아니하엿다. 그러나 그동안에 순서업시 몃가지생각은 자연히 머리에 써올랏다. 첩, 병, 賣淫, 매, 본마누라 싸홈 이것이엇다.54)

평양 명기 금패의 자부심은 여학생의 등장과 더불어 점차 무너지게 되고 이후 여학생은 때로는 금패에게 경멸의 대상이 되기도 하고 선망의 대상이 되기도 하며 자기부정을 불러일으키는 대상이 되어 그녀를 괴롭힌다. 한편으로는 자신이 꾸는 '즐거운 꿈'과 평상적인 삶 속의 즐거움이 어떤 구별이 있는가, 언제 죽느냐에 따라 차지하는 즐거움의 무게가 다른가에 대해서도 강한 의구심을 갖는다. 그리고는 모든 인생은 같은 궤도를 밟는 것이라는 결론과 함께 괴로운 상념 속에서도 불현듯 '겉지 않고 괴롭고 변변치 않고 쓸쓸한 인생을 살아갈 도리는 순간순간의 쾌락을 취할 것밖에 없다'는 결심을 한다. 기생의 운명에 대한 회의가 없지 않으나 이내 운명의 불가피성을 깨닫고는

---

54) 『개벽』, 1923. 7, 10~11면.

즐겨 두고 놀아 두는 게 영리한 처세라고 믿어 버리고 만다.

이런 금패가 죽음의 그림자를 깨닫게 된 계기는 A의 죽음이다. 자신이 누리던 풍류의 세계를 완전이라 믿던 그녀가 '참'을 얻기 위해 전재산과 생명을 바친 A에 큰 충격을 받은 것이다. 반면 '멋'을 모르는 인물이라 금패 마음에 들지 않았다던 A는 역으로 '멋'을 '참'으로 여겼기에 그녀와의 만남을 위해 목숨까지 버렸을지 모른다. 그러나 금패는 A가 본능적 생명을 버리면서까지 도달하고자 했던 목표를 자신 안에 내재한 절대적 생명의 연소로서의 세계, 즉 '참'이라고 보았다. 자신의 절대적 감정에 충실하여 오로지 순수로서의 생명력으로 자신의 내면을 충만하게 채우려는 의지. 이 세계에 도달할 수 있는 방법이 A에게는 죽음이었던 것이다. 이때부터 금패는 삶과 생명과 죽음을 동시에 사유하기 시작한다. 절대생명으로서 '참'을 어렴풋이나마 인식하며 죽음의 존재도 깨닫기에 이른다. 이어 인생—굵고 짧게 사는 것이 정말이냐? 가늘고 길게 사는 것이 정말이냐?—에 대해 고민하며 A의 굵고 짧은 삶에 대해 무서움을 느끼고는 열락에 잠긴 인생 50년을 꿈꾼다. 그러나 이내 불가능함을 깨닫고 음울에 빠지고 만다. 금패가 인생과 장래에 대해 사유하고 한숨 지음은 이미 그녀에게 있어 '삶'과 '죽음'의 문제가 동일한 의미임을 암시한다. 여태껏 본능적 생명과 자유의 절대적 가치를 추구해 온 낭만적 주체는 죽음의 그림자로 인해 절대자아의 세계에 조금씩 눈을 떠 가고 있는 것이다.

이러한 내면의 번민과 고뇌는 그녀를 마상이에서 떨어지게 만들고 겨우 건진 목숨 앞에는 두려움과 설움 등의 수수께끼같이 이상히 범벅된 혼돈이 놓인다. 이미 감지한 자아세계의 균열은 가상죽음을 통해 구체적인 실체의 죽음으로 다가온 것이다. 이 무서운 경험은 금패의 내면에 이미 깃들여 있는 죽음의식이 실제로 이행된 것으로서 상징적 의미를 띠고 있다. 삶과 죽음이 하나의 전체를 이룬다는 전제하에 죽음을 삶의 영역에 귀속시키려는 의식이 금패에게 확고하게 자리 잡은 것이다. 자신의 생명이라 믿고 있던 현실적인 즐거움과 만족 속에 또 다른 생명의 요소인 죽음이 존재하고 이를 통해 자신의 삶을 완성해야 한다는 중압감을 느낀 것이다. 이로써 금패는 죽음이라는 검은 그림자를 또렷이 인식하기에 이른다.

죽음이 금패 안에서 하나의 싹을 틔워 자라기 시작한 것은 청류벽에서 소녀가 떨어져 죽는 것을 본 때부터이다. 한 순간 전에도 제가 죽을 것을 몰랐던 소녀로 인해 죽음의 의외성을 인식하게 되고 저픔이나 두려움을 모르고 죽은 소녀에게 금패는 일종의 부러움마저 느낀다. 또한 자신이 깨닫고 의식하는 사이에 느껴야 할 두려움의 단계를 건너뛴 채 죽음의 세계에 도달한 소녀를 보며 죽는 자체보다 죽음을 생각하고 계획 실행함이 무서운 일이라 여긴다. 이는 삶에서 죽음의 그림자를 깨닫고 의식하는 것이 얼마나 고통스러운가를 말함이다. 금패가 여기에 이르기까지에는 여성으로서의 온전한 삶을 이루지 못하리라는 불안감도 작용한다. 자신이 완전생명으로 추구해 온 예술세계로서의 기생이 한낱 "춘정 파는 아름다운 동물"로밖에 인정되지 않는 현실에 큰 모욕감을 느꼈고 극락세계와 다름없는 여학생들의 살림살이를 자신으로서는 도저히 꿈꿀 수 없기에 '어망처망하게 크게 된 대규모의 슬픔'으로 눈물을 쏟아내기에 이른 것이다. 그러나 이 눈물이 금패에게 굴복의 의미만은 아니다. 앞서 깨닫고 의식해 온 죽음의 문제가 비로소 성장할 수 있는 구체적인 계기로 작용한다.

A와 소녀의 죽음에서 금패가 느낀 것은 죽음의 필연성과 의외성 그리고 순간성이었다. 그녀에게 죽음은 초극될 수 없는 그 무엇으로서 불확실하지만 의식해야 할 절대적 대상이었다. 흥성스럽기 그지없

는 단오 명절날 금패는 소녀의 죽음을 떠올리며 삶의 속성이 죽음의 그것과 다르지 않음에 대해 깊은 상념에 빠진다. 그네를 앞에 둔 그녀의 마음을 지배한 것은 죽음과 삶의 의외성과 급박성, 예측불허성이었으며 삶과 융합된 죽음이기에 그 둘이 결코 대립상이 아닌 한 몸이라는 또렷한 인식이었다. 또한 죽음으로써 온전히 완성되는 삶이야말로 삶의 전체성을 실현하고 절대자아를 완성하는 길이라 믿었다. 결국 어떤 경구로도 한 순간의 '사실'을 나타낼 수 없는 인생의 불규정성은 금패에게 그네 위에서의 마지막 무의식적 결단을 촉구한다.

다소 급하게 처리된 듯한 금패의 죽음은 이미 깨닫고 의식하여 성장의 과정을 거쳐 무르익은 계획된 결과이다. 고뇌의 시간을 거쳐 절대자아 자각의 눈을 겨우 떴을 때 그녀는 세계 인식의 출구가 너무 커 감당치 못함을 느꼈고 그 순간 스스로 자신을 놓아버린 것이다. 금패에게 죽음의 순간은 실제 체험이라는 면에서 매우 주관적인 시간이다. 현재의 순간을 포획하려는 '죽음'의 시도는 순간의 충만성을 추구한다는 점에서 '향락'의 순간으로도 볼 수 있다. 그러나 눈 앞에 죽음을 직시하는 순간이 모든 생명체에게 가장 극한적인 상황임을 감안한다면 이 시도는 자신의 절대적이고도 최고의 가치를 얻으려는 욕망으로 볼 수 있다. 절박한 순간의 엄숙성을 뜻함이다. 향락적 의미의 '순간'은 점점 사라지는 무상한 순간이며 철저하게 시간 안에 존재하는 개념이다. 이에 반해 실존적 의미의 '순간'은 시간성만이 아닌 어떤 절대적인 것으로 시간과 영원의 관통점으로 작용한다. 과거, 현재, 미래의 현실적 시간 속에 있으면서 동시에 급속히 지나가는, 그래서 영원으로 향하는 이른바 '순간의 충실'을 보여 준다.[55]

「눈을 겨우 뜰 때」에서 기생 금패가 추구한 것은 풍류의 세계였다.

---

55) O. F. Bollnow, 최동희 역, 「시간성」, 『실존철학』, 이성과 현실, 1989, 157~165면.

어린 시절과 기생이 되기 위한 과정, 그 이후의 생활을 보더라도 그녀는 자신의 삶에 대해 거리낄 것 없는 당당함과 긍지가 있었다. 기생이라는 직업 역시 자신의 능동적인 선택이요 자랑이었다. '금패(金牌)'라는 이름도 어쩌면 이러한 그녀의 자존감을 드높이려는 작가의 의도인지 모른다. 전문인으로서의 '일패'의 이미지와 은둔형 기생인 '이패', 그리고 창기인 '삼패'. 종래에는 다 뒤섞여버리고 말았으나 一, 二, 三보다 우월한 金의 위치. 이는 그녀가 끝까지 지켜내고 싶었던 '예술가로서의 기생'에 대한 자부심의 표현이라고 할 수 있을 것이다. 그러나 예기로서의 소양을 길러 자신의 멋스러움을 마음껏 드러내고픈 욕구는 시대상으로 인해 다소 혼란에 빠지게 된다. 일패(기생)가 삼패(창기)로 전락될 수밖에 없는 사회상[56]은 그녀로 하여금 본연의 예술성을 마음껏 발휘할 수 없게 만들고 정체성마저 혼란스럽게 한다. 비록 신분상의 저열성은 있으나 온전히 '풍류'를 통해 예술적 가치를 실현하고픈 욕구가 사회적 요구에 의해 일부 차단당할 위기에 처한 것이다. 이는 '마음에 하고 싶은 것은 꼭 하고야 만다'는 개인의 독립된 가치가 일부 훼손당한 상황에서 자아의 절대화를 강력히 표현하고자 하는 대결상으로 나타난다.

---

56) 시간적배경이 1918년경임을 감안하면 금패의 서재입문시기는 1910년 전후이다. 입문과정을 볼 때 예기인 기생(일패)임이 분명하나 문면으로 보아 창기(삼패)의 역할도 한 것으로 보인다. 당시에는 1908년 관기제도 폐지로 인해 기생조합과 창기조합이 병존하는 가운데 이전부터 존재해 왔던 창기와 기생은 각자의 본래 기능과 레퍼토리를 공유할 수밖에 없었고 이로 인해 기예를 긍지로 입문한 금패는 혼란스런 상황에 빠지게 된다. 창기의 레퍼토리인 방아타령이 작품 초반에 등장하는 것도 기생 향유층의 변화로 인해 보다 대중적인 성향의 잡가가 풍류로서 각광을 받게 된 결과이다. 따라서 기생과 창기의 구별이 엄연히 존재했던 이전에 비해 그녀들의 정체성이나 사회적 위치는 당연히 격하되었다.(장유정, 「20세기초 기생제도 연구」, 『한국고전여성문학연구』 8, 2004, 99~127면 참조.)

A의 죽음을 통해 '참'을 깨닫기 전까지 금패에게 있어 '풍류'는 매우 특별한 의미이다. 사월 초파일 대동강의 불놀이 광경과 흥성스러운 방아타령 곡조 등은 삶의 즐거움과 쾌락을 생생히 드러낸다. 금패로 하여금 죽음의 그림자를 깨닫게 한 A가 "멋을 모르는 사람이라 마음에 안 들었다"는 대목은 그녀가 그때까지 '풍류'를 완전한 세계로 이해했음을 말해 준다. 반면에 "A의 저픔을 띤 눈과 동작이 얼마간 사랑스러이 보임"은 감상적인 비극미도 동시에 애호했음을 알게 한다.

풍류만을 완전이라 믿던 금패가 '참 추구'에 눈을 뜨게 된 계기는 A의 죽음이다. 전재산을 던져서라도 얻고자 한 A의 '참'은 금패로 하여금 인생에 대해, 삶과 죽음에 대해 깊은 생각에 젖게 한다. '굵고 짧게 사느냐, 가늘고 길게 사느냐'를 고민하며 그녀는 인생 오십 년을 젊고 기쁘게 지내고 싶다는 욕망과 동시에 그에 대한 의구심과 불안감에 싸이게 된다. 현실적인 즐거움과 쾌락에서 차츰 '한숨과 음울, 눈물'로 의식이 이동하게 되고 죽음에 대한 각성은 죽음의 그림자를 깨닫는 차원에서 의식하는 단계로, 하나의 문제로 성장하는 단계, 그리고 실행에 옮기는 단계로 서서히 진행된다.

과연 그녀에게 '참'과 '죽음'은 어떤 연관이 있는가. 금패가 A의 죽음을 통해 깨달았다고 하는 두 가지 - 죽음이라는 커다란 그림자, 돈과 멋 이외에 참과 참사람이 있다는 것 - 는 그녀로 하여금 삶의 전체성을 인식하게 한다.

죽음의 의외성과 필연성 그리고 전재산과 겨룰 만큼의 가치를 지닌 '참'의 무게. 이는 여태껏 그녀가 가져 보지 못한 생각들이다. 이 때부터 본능적 자기생명에 충만해 있던 금패가 돌연 느끼게 된 '죽음'과 '참'은 풍류의 삶과 한데 어우러져 실존적 죽음57)을 완성하게 하는

---

57) 삶과 죽음에 대한 존재론적 인식을 바탕으로 한 개념으로 릴케의 용어로는 '큰

동인으로 작용하게 된다. 그녀는 '전체성'의 전제하에 삶과 죽음의 의미를 규정하고 전체성이 완성되는 수준을 '참'의 단계로 보았다. 이를 위해 그녀는 죽음이라는 커다란 그림자를 깨닫고 서서히 인식하다가 내면에서 하나의 문제로 성장시키고 결국 자신이 완성하게 된다. 비로소 '참'은 죽음으로써 완결되며 이것이 그녀에게는 온전한 자아확립이라 할 수 있다. 즉 죽음이 '참'의 획득을 압박하고 고무하는 존재로 작용한 것이다.

금패는 적극적이고 예술적 기운이 넘치는 능동적 인물로 어린 나이에 스스로 직업을 선택했고 이에 충실했다. 모든 현실이 자신의 본능적 생명을 충족시켜 주는 쾌락의 세계이기에 마음껏 기량도 뽐내고 순간마다 충만한 예술가적 삶을 살며 여학생에게 우월감마저 느꼈었다. 그러나 이러한 충만한 삶 속에 죽음의 그림자가 서서히 드리워지면서 장래에 대한 불안과 음울, 외로움, 두려움과 설움이 싹트고 인격적인 모욕감이 보태어져 쾌락의 시간은 번민의 시간으로 변한다. 삶만을 의식하고 살아온 금패가 자아의 세계 안에 죽음의 존재도 함께 있음을 인식하며 삶과 죽음의 전체성을 깨닫게 된 것이다. 그리하여 자신의 삶을 지탱해 주던 '풍류'에 '죽음'의식을 끌어와 삶의 의미를 파악하며 번민한다. 결국 풍류의 육체성을 실현하며 자신의 삶을 이끌어 온 낭만적 주체인 금패는 일련의 사건들로 인해 죽음을 깨닫고 인식하여 실행함으로써 삶의 전체성으로서의 죽음을 체험하고 자아를 완성하게 된다. 자신의 예술가적 입지가 좁아지고 자긍심이 퇴색함은 근대적 자아와 불가피한 충돌을 일으킨다. 원래의 자아로 되돌아가고 창기와 같이 취급당하는 수모에서 벗어나기 위해 그녀가 택할

죽음', '고유한 죽음'에 해당한다.(이영일, 『라이너 마리아 릴케, 죽음의 미학』, 전예원, 1988, 35~63면 참조.)

수 있는 것은 무엇일까. 이는 '다시살기'를 도모하는 일이며 그녀에게 있어 주체적인 죽음은 '다시살기'에 도달할 수 있는 최선의 방법이다. 이렇듯 그녀는 자아실현의 방식 중 가장 강력하고도 주체적 기투인 죽음을 통해 자신의 세계를 완결짓는다.

3) 온전한 주체로서의 자기완성 – 이상, 「12월 12일」[58]

「12월 12일」은 죽음을 매개항으로 주체로서의 자신을 확인하고자 노력한 이상 자신에 관한 기록이다. 알려진 바와 같이 이상에 있어 죽음의 문제는 첫 작품(「12월 12일」)부터 마지막 작품(「종생기」)에 이르기까지 주요한 제재이자 원천으로 작용하고 있다. 허무와 불안 등으로 표출되는 정서는 죽음과 더불어 일관되게 드러나는데 이는 이상의 허무의식과 니체[59]에 기인한 것으로 추측된다.

이 작품은 이상의 최초 작품이라는 의미를 넘어서 그의 세계 인식에 관한 단서를 보여 주는 것으로 연구자가 어느 시각에 강조점을 두느냐에 따라 논의 양상을 몇 가지로 나눌 수 있다.

지금까지의 통설은 이상 개인의 가족사와 결핵에 의한 죽음에의 공포감이 원인이 되어 비관적인 자살 충동과 허무적인 내용을 그렸다고 보는 견해이다.[60] 이 소설을 결핵과 관련된 자살 충동의 병리학적 논

---

58) 『조선』, 1930. 2.~12. 연재됨.

59) 1930년대 불안문학의 원천으로 이전에는 헤겔이나 칸트를 들었으나 (김윤식, 『이상연구』, 문학사상사, 1987 ; 한상규, 「1930년대 모더니즘 문학에 나타난 미적 자의식 연구」, 서울대 석사논문, 1989) 근래에는 허무의식, 해체, 반항정신을 니체에 보다 가까운 것으로 인식하는 경향이며 (김주현, 「이상 소설에 나타난 죽음의 문제」, 『한국문학과 모더니즘』, 한양출판, 1994 ; 김성수, 「이상문학의 기원과 글쓰기의 정신」, 『연세어문학』, 1997) 이후 이상이 다다이즘과 초현실주의를 추구한 점에서 볼 때 니체를 사상적 근원으로 봄이 마땅하다고 할 수 있다.

의로 이끌어내는 것은 대개 연재 4회에 삽입된 서문[61]과 수필 「병상 이후」,[62] 1930년 여름에 각혈이 있었다는 문종혁의 증언[63] 등을 근거로 삼고 있다. 그러나 작품 게재가 1930년 2월 15일부터 시작되었음을 감안한다면 이 작품의 창작 배경은 병으로 인한 자살 충동보다는 그가 이전부터 가지고 있었으리라 보이는 세상에 대한 태도, 즉 허무 의식이 지배적이라 본다. 다시 말해 연재 1회에 각혈이나 고백의 흔적이 나타나지 않는다는 사실은 이 작품이 자살에 대한 공포의식에서 비롯되었을 것이라는 시각에 재고의 여지를 주며 당시 만연해 있던 부정적인 시대정신과 이른바 '무한한 불안'[64]이라는 이상 개인의 비극적 세계관이 근저에 있음을 알게 한다. 더욱이 연재 4회 서문을 제외하고(이것도 사실은 자살 충동에 무게를 두었다기보다는 끝까지 자신의 이야기를 써 내겠다는 쓰기 정신의 표명이다) 자살 충동이 지배되는 부분은 없으며 이 서문이 하나의 결절점이 되는 가운데 서사로서의 흐름은 그대로 유지된다고 볼 수 있다.

이는 좀더 개인사에 치중한 결과도 낳는데 프로이트의 이론과 정신분석적 시각에서 논한 조두영은 ×라는 주인공과 이상 자신의 개인사를 대응시켜 리비도가 예술적으로 전이된 전형적인 예로 설명한다. 그리하여 "「12월 12일」에는 작가의 환상, 백일몽, 무의식 세계의 내용

---

60) 김종은, 「李想의 理想과 異常」, 『문학사상』, 1973. 7, 241~252면 ; 조두영, 「이상의 인간사와 정신분석 – 초기작품을 중심으로 하여」, 『문학사상』, 1986. 11, 341~363면 ; 김윤식, 「공포의 근원을 찾아서」, 『이상연구』, 문학사상사, 1987, 61~62면 ; 최혜실, 『한국모더니즘소설 연구』, 민지사, 1992, 89~90면.
61) 이상, 「12월 12일」, 『조선』, 1930. 5(연재4회 서문), 115면.
62) 『청색지』(1939. 5)에 유고로 발표.
63) 문종혁, 「몇 가지 이의」, 『문학사상』, 1974. 4, 348면.
64) 김종은, 위 논문, 250~251면.(이상이 '불안'이라는 반려자와 함께 삶을 이어나가는 가운데 강요된 분리불안과 정신적 고아생활과 싸워야 했다고 봄.)

과 정서가 약간만 변형, 위장된 채로 노출되어 있는 것이 특색"이라
고 평가한다. 그는 또 이상 분석의 기본 요소로 기아와 양자 체험을
토대로 「12월 12일」을 ①방화, 사고, 죽음과 복수 ②오해와 양자에 대
한 불가사의 ③여성학대와 어머니에의 양가감정 ④암흑과 무의식 ⑤
불구, 철도와 두 쌍의 부모 ⑥제목과 자기파괴의 연기라는 항목으로
정밀하게 분석하였다.65) 김윤식도 "「12월 12일」을 요약한다면 그것은
공포의 기록이되 최초의 공포의 기록이다. 동시에 그 기록은 최초의
자기 극화의 일종이었다. 그 자기 극화를 X와 T 사이에 자기를 놓는
방식으로 드러내었다. 이로써 각혈(죽음)에의 공포와 큰아버지(카포네)
와 실부(모조기독) 사이에 놓인 자기의 심리적 갈등은 환상적인 복수극
으로 만들어 내었다. 이 복수극은 X에 대한 복수이자 동시에 적빈에
대한 복수이며 또한 각혈에 대한 복수이자 무능한 아비, 선량하고 무
식한 아비에 대한 복수이기도 하였다. 이 모두는 사실상 등가였다."고
해석한 바 있다.66) 위의 두 해석은 이상 문학이 개인사를 소재로 하
는 사소설적 경향을 띤다는 점에서 타당한 일면이 있다. 그러나 이러
한 정신분석적 독법은 작품 자체의 충실한 해석을 방해하며 작품이
정신분석 방식과 만나는 가운데 그것을 초월하여 얻을 수 있는 예술
미를 손상시킬 수 있다는 문제점을 드러낸다.

임종국과 더불어 선구적인 업적을 남긴 이어령은 「12월 12일」이 리
얼리즘에 입각한 전통적인 소설 형식으로 '가족'과 '나'의 단절관계를
죽음의 여섯 가지 사례를 들어 전개하고 있으며 시간을 넘나드는 의
식의 흐름 수법을 구사하고 매우 정상적인 도덕관 위에서 씌어졌다고

---

65) 조두영, 앞의 논문, 341~363면 참조.
66) 김윤식, 앞의 책, 68면.
　　김윤식은 주인공을 'X'로 표기하고 있으나 『조선』초판본에는 '×'로 표기되어
　　있다. 본고는 '×'로 표기할 것이며 그 배경은 주 80)에서 밝힐 것이다.

보았다.67) 이는 「12월 12일」이 나름대로 서사에 충실한 점을 들어 이상의 다른 작품과의 구별점을 지적한 것으로 이상에 대한 남다른 관심과 본격적 연구의 지평을 열었다는 데 의의가 있다.

그 외에 삶에 근거를 둔 죽음에 주목한 연구로서 구수경은 공간적, 계절적 순환을 통한 변증법적 순환구조로 인생비극을 드러냈다고 평가했으며68) 김주현은 삶에 대한 허무적 인식이 비극적 종말을 가져왔다고 보아 작품의 흐름을 '생의 추구→ 생의 부정→ 생의 긍정→ 재부정으로 긍정/부정'의 변화과정으로 풀이하였다.69) 김성수도 이상이 이 작품을 통해 허무의식과 죽음에의 불안, 공포를 인식론적 차원에서 거론하였으며 이후 이상문학의 기원적 성격으로 작용하게 된다고 평가하였다.70) 이 논의들의 공통점은 허무의식이 비극적 종말을 가져오게 했다는 사실이다. 반복되는 죽음이 있고 이를 벗어나려는 ×의 사투가 이어지나 노력에 대한 아무런 보상도 받지 못한 ×. 비록 그의 죽음을 "허무의식이 초탈되고 새로운 안식으로 미화하"(김주현)고는 있어도 "불구의 육체와 정신의 운명으로부터 대칭점을 찾아 떠나는 이상의 글쓰기 정신"(김성수)은 근원적으로 니체의 허무의식에 뿌리를 대고 있다는 것이다. 그러나 이들이 작품 전체에 적용하고 있는 허무의식에 대해서는 재론의 여지가 있다. 왜냐하면 니체의 허무주의를

---

67) 이어령, 「이상문학의 출발점」, 『문학사상』, 1975. 9, 282~284면.
68) 구수경, 「이상소설 시론 – 장편 '12월 12일'을 중심으로」, 『한국언어문학』 26, 1988, 401~419면.
69) 김주현, 「이상 소설에 나타난 죽음의 문제」, 『한국문학과 모더니즘』, 한양출판, 1994.
   이외에도 그는 「이상 소설에 나타난 패러디에 관한 연구」(『한국학보』, 일지사, 1993)를 통해 「12월 12일」이 『젊은 베르테르의 슬픔』과 패러디의 관계에 있다고 주장하였다.
70) 김성수, 「이상문학의 기원과 글쓰기의 정신」, 『연세어문학』, 1997, 35~87면.

'신성과 절대가치에 대한 부정'으로 파악할 때 연재 4회 이후 ×의 행보를 온전히 허무의식의 소산으로 보기는 어렵기 때문이다. 비록 죽음의식에 사로잡혀 있고 계속되는 죽음 앞에 부단히 자신의 존재를 확인하는 ×이지만 그가 외쳤던 '자기 하나를 위한 신'은 논자들의 허무의식과는 그 궤를 달리 한다. 즉 ×가 내세운 '자기 하나를 위한 신'은 신과 이성의 가치를 부정하고 난 뒤 자신의 손아귀에 그러쥐을 수밖에 없는 강력한 힘으로서의 주체라 할 수 있다. 물론 이것은 신이 사라진 뒤 비극적 삶을 견디며 풍성한 긴장을 펼쳐 디오니소스적 질서를 추구하는 '초인'이라고 보기에도 어렵다. ×가 추구하는 '자기 하나를 위한 신'은 바로 '나를 위한 신'을 찾아 호소하고 절규하는 이상의 자아 즉 주체에 다름 아니다. 따라서 ×의 자살은 허무의 늪에 스스로 함몰된 현상으로 보기보다는 주변의 죽음을 거치면서 축적된 강제된 주체의식이 마지막 순간에 능동적인 자기확인의 행위로 표출된 것으로 봄이 타당하다.71) ×가 주변인물의 죽음을 통해 낮은 단계의 자기확인을 체험했다면 자살을 통해서는 가장 높고도 최종적인 자기확인을 완성한 셈이다.

「12월 12일」은 이상의 다른 작품에 나타나는 무기력하고 권태로운 지식인 주인공이 아닌, 생에 대한 강한 집착으로 돈을 벌기 위해 삶의 밑바닥을 전전하는 인물을 주인공으로 등장시킨다. 작품의 공간도 경성을 출발로 부산, 고베(神戶), 나고야(名古屋), 북국(사할린), 도쿄(東京)를 거쳐 다시 경성으로 돌아오는 구조로 되어 있다. 본고는 주인공 ×의

---

71) 이와 관련하여 김주현의 의견을 참조할 만하다. ─"죽음은 결여의 상태이지만 그 본능은 또 다른 형태로 주체의 형성에 개입한다. 그는 절망과 불안에 휩싸이게 되고 죽음을 부정하기에 이른다. 자살충동은 수동적 죽음에 대한 부정이자 자신이 주체이고자 하는 욕망이다."(「이상소설의 미학적 접근」, 『경주대학교 논문집』 12, 1999, 892면.)

이러한 방랑을 '순례'의 여정으로 보고자 한다. 순례는 공간적 이동은 물론 자기확인 의식의 반복으로 볼 수 있으며 순차적 죽음에 따라 ×의 내면은 차츰 변모한다. 내면에 깔린 허무와 죽음의식을 바탕으로 각 죽음에 맞닥뜨릴 때마다 상황에 적절한 방식으로 주체로서의 자신을 확인하고자 하는 의지를 드러낸다. 이는 유랑에 가까운 인생살이에서 주변의 죽음과 ×의 의식을 교차시킴으로써 시간과 공간의 변화에 따른 그의 내면 변화 추이를 읽을 수 있는 발판이 된다. 또 작품 초반의 허무의식이 재생의지로 변모하는 양상과 귀국 후 신과의 대결로 표현되는 세계인식 태도 등도 살필 수 있을 것이다.

「12월 12일」에는 ×의 자살을 포함한 일곱 번의 죽음이 등장한다. 적빈 때문에 아내와 자식이 죽고 이를 극복하고자 돈을 벌러 건너간 낯선 일본 땅에서 어머니마저 잃게 되는 이 소설은 이후에도 두 명의 친구를 더 죽게 만든다. 또한 십수 년만에 서울로 돌아와 잘 살아보려고 하지만 조카 업을 죽게 만들고 드디어는 스스로 철로에 몸을 던져 자살하는 등 일곱 차례의 죽음이 있다. 게다가 사할린 공사장에서 죽음의 문턱까지 갔다가 불구가 되는 토로코 사고까지 포함해 전체가 죽음을 향해 치달리는 구조이다. 계속되는 죽음의 비극은 ×로 하여금 어느 곳에도 안주할 수 있는 공간을 얻지 못하는 '집 없는 인간'의 상실감에 빠지게 한다.

이상은 이러한 '지나간 나의 반생의 전부요 총결산'의 공개 방식을 내포작가의 입장에서 작품 서두에 밝히고 있다. 그 내용은 ①세상은 모두 돌연적, 우연적, 숙명적이고 ②세상에 그 어떤 것을 알고자 할 때는 첫 번 해답의 대칭점을 찾을 것이며 ③불행한 운명으로 태어난 사람은 조그만 변화가 있더라도 속지 말고 불행 가운데 끝까지 울어야 한다는 것이다. 이는 '어그러진 인간법칙'을 가진 이상의 인격을 ×

에 투사하여 전개하겠다는 해명이다. 이 모든 비극의 매개항인 '죽음'
은 적빈이나 사고, 불분명하게 드러나 있는 인물간 갈등 등을 요소로
형상화되고 최종적으로는 영혼 부여의 목적을 위해 시행된다. 각 장
소에서 죽음을 둘러싼 ×의 심경변화와 인식태도는 "어그러진" 인생
살이로 "영점에 가까운 인간"이 되어 버린 ×의 내면을 읽는 자료가
될 것이다.

「12월 12일」은 연재 4회의 서문을 중심으로 둘로 나눌 수 있다. 전
반부 중 토로코 사고 이전까지가 본 절의 내용에 해당하며 친구 M에
게 쓴 편지형식으로 되어 있다.

×가 겪은 비극의 처음 자리에 놓인 것은 아내와 자식의 죽음이다.
부연 설명 없이 씌어진 두 죽음은 ×를 고향으로부터 밀어내 첫 순례
지인 고베(神戸)로 내몬다. "수없는 조선사람의 노동자가 보금자리를
치고 산비탈에 움들을 파고 그 속에서 먹고 자고 울고 웃으며 복작복
작 오물거리며 살아가"는 모양은 ×에게 그다지 낯설지 않은 고향의
맛을 느끼게 한다. 이런 곳에서 적빈으로 맞게 된 어머니의 죽음은 그
에게 죽음의식과 허무감을 동시에 안겨 준다. 당시 ×에게 있어 '존재
가 생성되기 이전의 무(無)'는 유(有)의 개념을 모르는 진공상태이기에
그 존재의 의미를 인식하지 못했다고 볼 수 있다. 그러나 '존재로서의
유(有)'가 무(無)로 바뀜은 결손의 상태로 떨어지기에 허무를 낳게 된
다. 즉 어머니의 죽음(현상)은 어머니의 본질을 무화시킨 점에서 '허
무'의 근원이 된다. 그러므로 이 때의 허무의식은 비록 죽음에서 비롯
되었으나 그 원류가 삶의 의식에 닿아 있다고 할 수 있다. 삶이 죽음
을 인식하는 근거로 작용하여 그로 하여금 적빈, 고국에서의 이탈, 타
향살이의 고통을 절감, 확인하게 한다. 그러나 운명의 장난을 저주하
며 '찰나적으로 타락한 생활'을 일삼던 그는 어머니에 대해 갖는 회

한을 이내 자신을 들여다보는 계기로 삼게 된다.

> 나는일로부터 자유로히세상을구경하며 그날그날을유쾌하게살아가랴고
> 하는것일세. 나의장래를생각할것도 불상히돌아가신어머님을생각할것도
> 다업다고생각하네 왜? 그것은차라리 나의못박힌가슴에 더업는고통을가저
> 오는 것이닛깐!72)

고베(神戶)에서의 ×의 이러한 의식은 나고야(名古屋)로 옮아가면서
보다 자유분방한 형태로 변화한다. 신호에서의 평일무사한 직선생활
을 청산하고 온 곳이니 만큼 새로운 생활을 기대하나 그는 또 다시
친구의 죽음을 목도하게 된다. 이후 더욱 자신에 탐닉하고 빠져들게
되고 식당 요리사로서 "공장의 기적이 저녁을 고할 때면 촉감의 향락
과 염가의 헛된 사랑을 구하러 모여 드는 버러지들"을 위해 "신경을
마비시키는 비료 거리와 마취제를 요리하기에 여넘이 없"다. 술과 도
박으로 이어지는 ×의 생활은 고향, 형제, 친구도 잊을 만큼 더욱 피폐
해진다.

> 하여간최근 나의내적생활현상(內的生活現像)은 확실히과도기(過渡期)를
> 것고잇는것갓흐니 이쌔에아모조록 자네의 나를위한마음으로의교시(敎示)
> 와 주저(躊躇)업는편달(鞭撻)을바라고기다릴뿐일세. 이럿케심리상태의정곡
> (正鵠)을일흔나는 요사히무한히번민하고잇는것이닛깐! (…중략…)
> 오즉자네를그리워하는외에는 그저아모나맛나는대로 허々웃고사는요
> 사히나의생활은그다지나로하여금 적막과고독을늣기게하지도안네 차라
> 리다행으로녁일가?73)

---

72) 『조선』, 1930. 2.(연재1회), 116면.
73) 『조선』, 1930. 2. (연재1회), 119면.

주변의 죽음이 ×로 하여금 허무에 빠지게 함은 분명하다. 그러나 이 허무는 어머니나 나고야(名古屋) 친구의 죽음에만 기인된 것이 아닐 뿐더러 생명력이 그다지 길지도 않다. 죽음을 목도한 순간 만큼은 자신이 흡수지가 되어 허무의식을 잔뜩 품지만 이내 자신으로 돌아와 적절한 포즈를 취한다. 앞서 언급한 대로 ×의 허무의식은 10대 후반의 도시 청년, 이상이 가진 예민한 감수성과 시대적 불구성에 원인이 있으며 그가 이전부터 지녔을 만성적 절망감에 뿌리가 닿아 있다. 여기에 그의 개인사가 작용함은 물론이다.

×는 또 다른 편지를 통해 뚜렷한 이유도 없이 생을 부정하고 앙감질(한 발을 들고 한 발로만 뛰는 것)로만 허무를 일삼았던 부끄러운 과거를 고백하고 있다. 이와 같이 선험적 허무감은 아내의 죽음으로부터 토로코 사고 전까지 ×의 잠재의식과 행동을 구속하고 있음에 틀림없다. 이는 후에 그가 맞이할 '재생'과도 대조되는 의식으로 스스로도 경멸한 '유희적 신념'에 불과한 것이었다.

> 결국나는쌔々로허무두자를입밧게헷드리며 거리를왕래하는 한한 개고만한경멸할 「니히리스트」엿든것일세 생을찻다가생을부뎡햇다가 드듸여첨으로귀의하여야만할나의과정은—나는허무에귀의하기전에 벌서생을부뎡하엿서야될터인데—어느쌔에내가나의생을부뎡했든가…… 집을쩌날때! 그쌔는 내가줄기찬힘으로 생에매여달니지안엇든가 그러면어머님을일헛슬쌔! 그쌔 나는어언간무수한허무를 입밧게방산식힌뒤가안이엿든가 그사이! 내가집을 쩌날쌔부터 어머님을일흘쌔까지 그사이는실로쩗은동안……뿐이랴 그동안 에나는생활을부뎡해야할만큼 아모런리유도가지々안엇든가. 생을부뎡할아 모리유도 업시 앙감질(單足跳)로허탄히 허무를질々흘녀왓다는 그희롱뎍나 의과거가 붓그럽고쑤즈람하고십흔것일세 회한을늣기는것일세.74)

---

74) 『조선』, 1930. 3.(연재2회), 108~109면.

더 이상 적빈이 문제 되지 않는 그이지만 미래에 대한 아무 계획 없이 언제 다시 닥칠 운명의 장난을 기다리며 그는 다음 순례지 북국(사할린)으로 발길을 돌린다.

북국에서의 토로코 사고를 전환점으로 ×는 그때까지의 생에 대한 태도를 바꾸겠다고 결심한다. 그는 "누구는 신에게대한최후의복수는 내몸을사파로부터 사라트리는데잇다"고 했지만 "나는 신에게대한최후의복수는 부뎡되랴는생을 줄기차게사라가는데잇다"(연재2회, 109면)고 인식하기에 이른다. 이런 변화를 그는 '재생'이라 명명한다. 그렇다면 스스로 '재생'이라고 말하면서까지 부정되어야 할 과거는 무엇인가? 아마도 앞서 허무의식에 이끌려 다닌 그의 반생일 것이다. 그가 만성적 허무의식에서 벗어나는 사고 순간은 작품 안에서 매우 박진감 있게 표현되어 있다.[75] 그러고 나서도 이상은 여러 차례 덧붙여 재생 의지를 명백히 밝히고 있다.

> 나는감사하얏네 신에게보다도 위선그들동모에게 ─ 감사는영원히신에게 들임업시 그동모들에게에만 그치고말는지도몰나. (…중략…)
> 하여간니를갈아가며라도 살아가겟다는악지가 나의생에대한 변경식히지 못할신념이엿네 다만나의의미업시쏘광명업시 그대로삭제(削除)되여바린과거 ─ 나의인생의한부분을 설 ─ 쩨조상(弔喪)하얏슬짜름일세. (…중략…)
> 재생한나이닛짜 물론과거의일체추상(醜相)은 곱게청산하야써리고 박물관내의한권의력사책으로하야 가만히표지를덥는것일세.[76]

이는 귀국하여 아내와 딸 무덤을 찾았을 때의 심정에도 그대로 묻어 있다.

---

75) 이 부분은 芥川龍之介의 「トロッコ」(1922)와 영향관계에 있다는 연구가 있으며 (오유미, 「이상문학의 외래적 요소 연구」, 『관악어문논집』 1집, 서울대 국어국문학과, 1976) 「날개」, 「종생기」 등도 같은 맥락으로 그 유사관계를 밝힌 바 있다.
76) 『조선』, 1930. 3. (연재2회), 110~112면.

「가자-가-이곳에 오래잇슬필요는업다-아니처음부터올필요도업다-
사람은살아야만한다-그러다가어느날이고는반듯이죽고야말것이다-
그러나사람은어데까지라도살아야만할것이다.
죽는것은사람의사는것을업시하는것임으로 사람에게는중대한일이겟다
-죽는것-죽는것-과연죽는것이란사람이사는가운데에는 가장두려운 것
이다-그러나- 죽는것은사는 것의크낙한한부분이겟으나 그러나죽는것은
벌서사는것과는아모관계도없는것이다 사람은죽는것에철저하여야할것이
다 그러나죽는것에는 벌서눈이라도주어볼아모갑(價)도업서지는것이다.
죽는것에대한미적지근한미련은깨끗이버리자-그리하야죽는것에철저
하도록힘차게살아볼것이다-」인생은 결코 실험(實驗)이 아니다. 실행(實
行)이다.[77]

언덕 안에 널려 있는 수도 없는 무덤을 보며 '無 이하의 것'이라 규
정함은 죽음의 무가치 아니, 삶의 가치에 추를 얹는 재생의지에 다름
아니다. 이후에도 ×는 이유는 분명치 않으나 실재하는 인물 간의 갈
등 앞에 부단히 노력을 기울인다. 이러한 그의 노력 안에서 이전의 허
무는 찾을 수 없다. 이는 자신의 언명대로 사라지려는 신에 대한 최후
의 복수로서 줄기차게 살아가려는 그의 의지이다.

이 재생의지를 현실화시킨 계기는 귀국 전 머무르던 동경 하숙집
주인과의 만남이다. 그 역시 뜻하지 않는 죽음을 맞이하나 형제의 우
의를 나누던 그가 절둑발이가 된 ×에게 남긴 적지 않은 유산은 재생
의지를 공고히 하는 데 아주 유용한 것이었다. ×는 그의 죽음에 별다
른 심적 동요를 보이지 않으며 유산으로 인해 밝아질 자신의 미래에
대해 기대를 감추지 못한다. 또 이 대목을 전후로 하여 업에 대한 이
야기를 많이 끼워 넣음은 그가 앞으로 전개될 고국 생활에 큰 관심이
있으며 그의 발목을 잡았던 허무의식이 ×의 뇌리에서 일단은 뒷자리

---

77) 『조선』, 1930. 6. (연재5회), 129면.

로 물러났다는 증거가 된다.

「12월 12일」 논의에서 늘 거론되는 연재 4회의 서문에는 글쓰기에 대한 이상의 입장이 담겨 있다. 이 삽입방식은 그가 즐겨 쓰는 방법으로 죽음과 자살, 그리고 그에 대항하는 글쓰기의 문제를 선언한다는 점에서 중요하다. 또한 문종혁의 증언에 의해 첫 각혈의 심정을 보여주는 부분으로 취급되어 많은 연구자로 하여금 결핵과 관련된 불안과 공포의 단서로 알려져 왔다. 그러나 이 서문만 제외한다면 문면에 드러난 서사를 통해 각혈이 작품의 결정적인 계기를 이루고 있다고 보기에는 다소 무리가 있다. 또 이상문학의 질병으로서의 결핵은 실제 육체적 질병보다는 정신적 질병의 은유적 성격이 더 강한 것으로 보아야 할 것이다.

나의지난날의일은맑앗케 이저주어야하겟다 나조차도그것을이즈려하는 것이니 자살 (自殺)은 몃번이나 나를 차자왓다 그러나 나는죽을수업섯다. (⋯중략⋯) 그러나 또한번나에게자살이차자왓슬째에 나는내가여전히 죽을수업는것을잘알면서도 참으로죽을것을몃번이나생각하얏다. 그만큼이번에 나를차저온자살은 나에게잇서 본질적(本質的)이요, 치명적(致命的)이엿기 째문이다. (⋯중략⋯) 모든것이 다 하나도무섭지안이한것이업다. 그가운데 에도 이 「죽을수도업는실망」은 가장큰좌표에잇슬것이다.

나에게 나의일생에다시업는행운이돌아올수만잇다하면 내가자살할수잇 슬째도잇슬 것이다. 그순간까지는 나는죽지못하는실망과살지못하는복수 (復讐) – 이속에서 호흡을계속할것이다.

나는지금희망한다. 그것은살겟다는희망도 죽겟다는희망도 아모것도아 니다. 다만이무서운기록을 다써서맛초기전에는 나의 최후에 내가차지할 행운은 차자와주지말앗스면하는 것이다. 무서운긔록이다.

펜은나의최후의칼이다.

一九三〇, 四, 二十六, 於義州通工事場 –(李 ○)[78]

이 서문이 작품 서두가 아닌 중간에 끼어듦을 생각해 볼 필요가 있다. 죽음에의 공포와 자살 충동에 압박당하면서도 '무서운 기록'을 남기겠다는 절규가 이 시점에 필요한 이유는 무엇인가. 이 소설이 단순한 허구의 영역을 넘어 자신의 한계를 초월하여 최후 순간까지 자신을 지켜주는 도구임을 선언한 것은 아니었을까.

그렇다면 이 글의 강조점은 자살충동이나 죽음의 공포 쪽이 아니라 글쓰기 행위 즉 칼로서의 펜의 힘, 이 편이라 봄이 마땅하다. '내가 죽을 수 없는 것'과 '죽을 수도 없는 실망'의 근거는 글을 써야 한다는 작가정신이다. 그러므로 이는 아무리 자살충동이 일더라도 쓰기를 마칠 때까지는 죽지 않으리라는 자기선언, 글쓰기를 통해 주체로서의 자신을 확인시키겠다는 의지의 표현이다. 이렇게 본다면 이 서문은 앞서 토로코 사고에서 다진 ×의 재생의지를 다시금 확고히 하려는 의도이자 본격적인 이야기는 이제부터 시작이라는 알림장이라 할 수 있다.

드디어 ×는 상당한 유산을 지니고 귀국의 길에 오른다. 고향으로 가는 삼등객차에서 한 신사를 만나고 이어 상봉한 친구 M과 동생 T, 그리고 업. 그들은 어색한 분위기 속에서 '웃을 만한 희극'을 서로 연출하며 하루를 보낸다. 그날밤 ×는 가슴 속에 '무엇인지 꽉 차 있는 듯하기도 하고 텅빈 것 같기도 한' 모순을 느끼며 이러한 모순의 상태가 진리라는 사실도 깨닫는다. 그리고는 "주위를 나의 몸으로써 사랑함으로써 나의 인생을 바치자"는 결정을 내리고 무의미한 자연 속에 자신의 생명만이 넘치는 힘을 소유한 듯 기쁨도 느낀다.

이후 ×가 T와 업을 위해 기울이는 노력은 가상하다. 그러나 일본에서 가져 온 유산을 종잣돈으로 함께 살기 위한 방법을 도모하고 학업을 포기한 채 향락에 빠진 업을 설득하는 등 아무리 노력을 해도 그

---

78) 『조선』, 1930. 5.(연재4회 서문), 115면.

들은 꿈쩍도 하지 않는다. 서사에는 불분명하게 드러나 있는 ×의 죄를 갚기 위해 지난하게 펼쳐지는 그의 사투는 꽤 길게 이어진다.

이즈음 등장하는 인물이 C간호부이다. ×의 '나 하나만을 위한 신'에 대한 언급은 바로 C와의 대화로부터 비롯된다. 그는 그녀가 이전에 죽은 명고옥 친구의 누이동생이라는 우연에 놀라며 작품 전체를 통틀어 그 어느 부분에서도 발견할 수 없는 매우 주관적인 감정을 드러낸다. 눈에 띄는 대목은 휴가를 청하는 C와 마주하며 ×가 보인 반응이다. (그의 얼굴에서는 웃을 때에 움직이는 근육이 확실히 움직이고는 있었다. 그러나 평상시에 아니 보이던 몇 줄기의 혈관이 뚜렷이 새로 보였다.) 그가 '우리 모두의 신'을 부정한 후 얻은 '나만의 신'에 대한 언급을 보자.

그는비오는속으로그대로나섯다.　머리우에서는우뢰와번개가여전히끈치
지안이하고닐엇다.
　「신은이제나를증벌하랴드는것인가」
　「나는죄가업다 - 자 - 내가무슨죄가잇는가 좀보아라 - 나는죄가업다.」
　그는자긔의선인임을나아가력설하기에는너무나약한인간이엇다.　자기의
오즉죄업슴을죽어가며변명하는데 긋칠줄밧게몰낫다.
　「만인의신! 나의신! 아! 무죄!」
　모든것은거더잡을수업이 뒤죽박죽이엿다.　자동차의 「헷드라잍」빗속에
서번개와어울어저서번적이엿다.79)

절뚝거리는 걸음으로 동생 문병을 갔다 돌아오는 빗길에서 ×가 생각하는 장면이다. 죄의식에 사로잡혀 괴로워하고 있지만 도대체 어떤 이유로 "걷잡을 수 없이 뒤죽박죽"이 되었는지를 문면으로는 추정하기 어렵다. 동생 T에게 도움을 주려 하나 완강히 거부하는 데서 받은 상처 때문인지 자살 충동에 휩싸인 나머지 신을 원망하는 데서 온 절

---

79) 『조선』, 1930. 7.(연재6회), 121면.

규인지 불분명하다. 가난으로부터 벗어나기 위해 낯선 이국에서 노동자 생활을 하다 불구까지 된 ×가 죄인이어야만 할 뚜렷한 이유는 그 무엇에서도 찾을 수 없다.

그렇다면 이는 '만인의 신'이 부재한 가운데 오로지 '나만의 신'을 찾지 않으면 안 되는 ×의 내면과 관련이 있지 않을까. 자아의 존재론적 회의가 그의 의식을 지배하고 이러한 생의 이면을 그가 진작부터 감지하고 있었기에 납득할 수 없는 자신만의 이유로 여전히 방황하고 있는 것이다. 그러한 가운데 그가 경험하게 되는 자신과의 대면은 주체로서의 자기를 반복 확인하는 계기가 된다. 이러한 의식은 죽음상황이 아닌 경우엔 "돌연적이고 찰나적이고 숙명적"인 세상의 이치로 인식되고, 주변의 죽음에 맞닥뜨릴 때는 허무의식으로 증폭되어 드러나는 것이다.

다시 C로 돌아가 보자. C에 대한 호기심(×는 앞에서 '이성적'(異性的)인 것은 아니라 함)은 업을 사이에 두고 커진다. C가 대화 말미에 돌아앉아 품속에서 작은 원형거울을 꺼내 화장을 고치자 이어 미목수려한 청년 업이 몸에서 눈부신 광채를 내며 들어선다. 이를 본 ×가 "거의 의식을 잃고" 다시 들어온 C와 업을 볼 때 "그의 눈에서 번개가 났다". 이는 무슨 심사인가. C간호부의 존재는 ×에게 매우 특별한 의미로 볼 수 있다. 비정상적인 심리상태와 업의 죽음을 초래하기 때문이다. ×가 업으로 하여금 해수욕 도구를 불지르게 한 납득하지 못할 상황은 업의 죽음과 T의 모멸감, C의 사라짐, C에게서 데려온 아기 그리고 그의 자살로까지 연결된다. 과연 무엇이 이러한 불가해한 행동을 유발시켰을까. 이는 C의 출현으로 인해 ×가 오랫 동안 묻어 두었던 에로스 충동이 발현된 것과 나아가 자기인식의 구체적인 계기를 찾은 데 그 원인이 있다고 본다.

×가 열차에 치여 죽는 장면은 죽음의 어두운 그림자만 드리워져 있었던 자살 전의 분위기와는 달리 유토피아의 동산을 향해 행진하는 듯한 분위기로 묘사되어 장엄한 천국을 연상시킨다. 심판의 궁정에서 ×는 월계수의 황금관을 쓰게 되고 열차에 부서진 일체의 육신도 온통 기쁨으로 충만해 있다. 그것은 곧 영웅이 마침내 차지하게 된 자유에의 길이며 허무의 깊은 늪을 통과한 자만이 누릴 수 있는 보상이다. 이야말로 육신의 죽음과 허무 정신의 반복적 부정을 통해 재생과 새로운 도약을 모색하고자 한 이상의 의지가 뚜렷하게 드러난 대목이 아닐 수 없다. 이로써 이상은 죽음을 통한 주체의 자기확인을 위해 4회 서문에서 천명한 글쓰기 정신을 온전히 구현한 셈이 된다.

×에게 아내의 죽음은 죽음 순례의 서막이었다. 이어지는 자식과 어머니와 친구들의 죽음은 그의 피폐한 의식 속에서 자신을 불안한 주체로 인식하게 만든다. 그러나 어느 정도 이를 불식한 후 재생의지를 품고 귀국 후 만난 C간호부는 좀 달랐다. 그녀는 ×가 자신의 과거를 초기화하고 재생의지로 무장한 이래 만난 가장 희망적인 인물이다. 또한 전편(全篇)을 통해 ×가 가장 평온하고 여유 있는 자세로 상대하는 유일한 존재이다. 그러나 그녀 역시 죽음 순례를 불러일으키는 존재가 되고 만다.

고국을 떠나던 십수 년 전, 속수무책으로 지켜볼 수밖에 없었던 과거와 달리 ×에겐 돈과 재생의지가 있다. 이러한 때 업과 대결관계에 서게 되는 부자연스런 상황은 정상적인 사고를 방해하며 주변인물 모두를 절망에 빠뜨린다. 문면에 한 번도 드러나지 않은 남녀의 미묘한 흐름이 ×와 업, 그리고 C 사이에 흐르고 있는 것이다. 평소 업에 대한 불만과 평형 잃은 자신의 감정이 복합되어 나타난 것이 해수욕 도구를 불지르게 한 사건이다. 업 또한 죽기 전 똑같은 방화 행위를 강제로 ×에게 청한다. 그리고는 목적을 이룬 사람처럼 그날 저녁에 숨을 거둔다.

업은 또 다른 ×라 볼 수 있다. 일반적으로 ×를 백부로 보고 업을 이상으로 보는 관점은 문면 그대로의 큰아버지와 조카로 보는 너무도 단순한 해석이다. 지금까지 드러난 ×의 의식세계를 볼 때 허무의식과 보편적 신을 부정하는 그의 태도는 알려져 있는 백부의 면모와는 차이가 있다. 오히려 ×가 이상에 가까우며 이는 이미 연재 1회 서문에 밝힌 대로 내포작가의 집필의도에서도 알 수 있다.(우리는 내포작가와 이상을 동일인으로 볼 수밖에 없다)[80] 그런 의미로 본다면 ×와 업은 동일인의 의미로 봄이 더 마땅하다. 주변의 죽음을 통해 자기확인을 해 나가는 ×는 업을 없앰으로써 온전한 하나의 주체로 남을 수 있기 때문이다. 업이 그 중요도에 비해 후반부에 등장했다가 사라짐은 이상의 이러한 의도가 아닐까 생각한다. 그렇다면 업의 죽음은 필연적이다.

업이 가고 없는 자리에 C가 남긴 아기가 있다. "희유의 방화범" T가 지른 불에 M군과 그의 집, 병원은 "벌써 타 버렸어야 옳은 것"으로, 아기는 "생명과도 바꿀 수 없는 보배를 건진 것과 같은 쾌감"의 원천으로 ×에게 남는다. 기차 오는 소리가 들리고 ×가 공사장 모닥불

---

80) 주인공을 '×'로 표기한 경우와 'X'로 표기한 두 가지 경우가 있다. 주인공을 '×'로 표기한 것은 『조선』(1930. 2.~12)에 게재한 초판본과 김주현의 『정본이상문학전집』 2(소명출판, 2005)뿐이며 「12월 12일」이 이상의 처녀작임을 발표한 이어령의 『문학사상』(1975. 9, 258~281면.)판본을 비롯하여 김윤식의 『이상문학전집』 2(문학사상사, 1991.) 그리고 가장 최근 권영민의 『이상전집』 3(뿔, 2009) 및 대부분의 논문 및 저서는 'X'로 표기하고 있다. 초판본의 경우 인물을 C, T, M 등의 문자로 표기하고 주인공 '×'만 복자의 형태로 표기한 것은 이상의 의도가 있다고 본다. 단락구분이나 복자로 쓰는 '×'를 인물의 이름으로 쓴 것은 이상 자신이 마지막까지 품고 있던 주체로서의 불확실성과 은폐의 표지라 할 수 있다. 따라서 이를 'X'의 오자로 보아 수정하는 것은 자신과 여타 인물과의 차이를 두고자 하는 그의 문학적 의도를 저버린 행위라 할 것이다.

을 피해 철로에 뛰어들어 죽음을 맞이한다. 그리고 아기만이 남아 '으아'하고 울어 댄다.

×의 자살에 앞서 이상이 들려주는 그의 죽음의 명분은 이러하다. — 그 자신을 완성시키기 위해 인간의 한 단편으로서의 종식을 위해서는 영혼을 부여하는 일 이외에는 구원의 방법이 없다. 그러므로 그를 죽게 만들어야만 한다는 것이다. 이는 앞서의 죽음들이 종국에는 ×의 구원을 향한 하나의 단계들임을 의미한다. ×는 첫 번째부터 여섯 번째 죽음에 이르기까지 자신의 내면 상황과 현실적 삶에 적합한 차원에서 주체확인을 한 것이며 마지막 단계인 자신의 죽음에는 죽음 자체, 영혼에 기댄 자기확인을 시도하고 있다. 즉 여러 차례의 죽음 순례는 자신의 죽음을 완성하는 과정으로 작용한 셈이다.

×의 죽음의 순간까지 함께 하는 존재는 아기이다. 어린것의 울음이 "그 막을 여는 또 다른 한 개의 비극"일지 "생기 충만한 것"인지 모르나 확실히 "인생극의 첫 막을 여는 사이렌"임이 분명하며 모닥불이 꺼지고 추위가 엄습할 때 일찌감치 행복의 세계(죽음)를 향해 떠날 수도 있다는 그의 의식은 죽음을 아름답고 편안하게 본 증거이다. 흔히 이 작품에 대해 거론되는 서사의 비극성은 유한한 존재로서의 삶에 대한 허무의식과 이를 통해 일상적 현실을 비극적 현실로 파악하며 현존재마저 부정하는 것을 내용으로 한다. 그러나 삶의 종료로서의 죽음을 안식의 세계로 표현한 장엄한 묘사와 홀로 남겨진 아기를 긍정도 부정도 아닌 그 무엇의 여백으로(죽더라도 이를 행복의 세계로 표현함) 둠은 비극적 서사라는 일반적 해석에 재고의 여지를 준다.

결국 ×는 자신의 죽음을 통해 영혼을 부여받아 행복의 세계로 드는 것으로써 자신의 존재를 확인한다. 여러 차례의 죽음 순례는 주체로서의 자기확인을 위한 역동적 과정인 셈이다. 자신 주변의 수 차례 죽음이 허무의식에 사로잡힌 절망적인 주체를 실감케 한 것이라면 자신의 죽음은 응분의 대가를 받은 이상적인 상태에서 적극적인 자기확인의 수단으로 작용했다고 볼 수 있다.

「12월 12일」은 이상의 가족적 갈등과 10대 후반의 예민한 감수성이 니체 철학적 영향과 식민지 현실의 논리하에 토로된 작품이다. 꼭 병이 아니어도 조숙한 감수성의 작가 지망생이라면 생각할 수 있는 주제가 죽음과 허무의 기록일 수 있다. 그것이 여느 평범한 사람이 아닌 이상이라는 데 그 심각성이 있다고 본다. 죽음에 대한 의문을 많이 가진 사람일수로 삶의 불가사의에 접근하고 싶어하는 법이다. 또한 삶을 제대로 알기 위해서는 거꾸로 죽음을 냉철한 눈으로 바라보고 사유해야만 할 것이다. 이것을 추구하는 사람이 작가라 한다면 이상은 죽음과 삶에 대한 형이상학적 질문을 던진 대표적 인물이다.

그는 이 작품을 통해 이러한 작가정신을 연재4회 이후인 후반부에서 적극적으로 드러낸다. 자신의 자살을 포함한 일곱 차례의 죽음은 시간과 공간의 이동과 함께 ×를 죽음 순례로 이끈다. 적빈으로 인한 초반부의 죽음은 그로 하여금 삶의 의미를 더욱 열중히 생각하게 만들며 후반부에는 재생의지를 도구로 주체로서의 자신을 보다 형이상학적이고 존재론적인 단계로 끌어올린다. 이른바 죽음의 문제를 본격적으로 거론하고 형상화하기 시작한 것이다. 이러한 과정에서 확연히 드러나는 것이 주체로서의 자기확인 작업이라 할 수 있다. ×는 시간의 흐름에 따라 소극적이고도 절망의식에 의한 자기확인에서 적극적이고도 능동적인 자기확인으로 변화하는 모습을 보인다. 주변의 죽음이 적빈과 허무의식에 기반을 둔 부정적인 환경에서의 강제된 자기확인이라면 자신의 죽음은 영혼을 부여받아 온전한 주체의 완성을 실현하기 위한 자발적인 자기확인이라 할 수 있다.

2. 세계에 대한 저항

욕망은 그 특성상 원칙적으로는 다가설 수 있으나 붙잡을 수 없기에 주체를 끝없이 방황하게 만든다.[81] 그것이 식민지 상황일 경우는 더욱 험난한 여정이 된다. 오로지 순수한 자신의 노력 안에서 타율적 근대화라는 모순상황과 함께 해야 하기에 이는 세계를 대상으로 하는 끝없는 운동이 된다. 타협이 불가능한 식민지 상황에서 진행되는 이 운동은 자아와 세계와의 싸움으로 전개된다. 더욱이 한국의 근대성은 주체의 내면으로부터 차오르는 동력이 아닌 왜곡된 사회구조에 근거하여 이루어질 수밖에 없기에 개인의 욕망에 근거한 근대성의 확립은 거의 불가능한 상태였다. 그러하기에 근대적 주체의 자아는 열정이나 사랑 혹은 저항의 형태로 작품에 녹아 있으면서 세계와의 균형을 위해 투쟁한다. 그러나 방향성 없는 불안감은 이 투쟁의지를 수포로 만들어 인물을 영원한 좌절 속으로 침몰시키기도 한다.

본 절에서는 인간을 욕망을 지닌 존재로 파악하고 그 욕망으로 인해 스러져 간 주체의 자살을 다루었다. 봉건유제의 식민지 세계에는 자아의 욕망을 억제하는 현실이 펼쳐져 있다. 그러나 그 안에는 자아를 훼손당하지 않으려는 주체의 의지도 동시에 숨쉬고 있었다. 이러한 주체의 욕망은 작품을 이끌고 가는 중추가 되며 현실과 부딪침으로써 세계와의 통합 의지를 드러낸다. 식민지시대에는 누구를 막론하고 현실과 이상의 괴리에서 느끼는 갈등이 가장 큰 고통이었을 것이다. 내면적 계기에 기반한 낭만주의의 수용은 자아의 해방과 개성의 분출 욕구를 가져왔으나 억압적 현실은 이를 허용하지 않았다. 낭만

---

81) 이사야 벌린, 앞의 책, 172면.

성이 식민지시대의 주요한 내적 모티브였음에도 불구하고 이 둘의 긴장은 균형을 잃어 개화하지 못하고 죽음 충동으로 변화하게 된다. 왜곡된 현실에 대한 자아의 저항이 자기 무게를 못 견뎌 세계와 충돌한 것이 자살이다. 그들의 죽음이야말로 각성한 자아가 폭력적 세계와 조화를 이룰 수 없기에 일어난, 비극적이고도 낭만적인 죽음이다.

본 절에서 살펴볼 다섯 편의 작품 중 개인적 차원의 욕망이 세계와 대결하는 양상을 다룬 것으로서 나도향의 『환희』와 「물레방아」, 이광수의 『유정』을 들 수 있다. 이들의 자살은 봉건유제하에서 이룰 수 없는 자아의 욕망을 실현하기 위해 감행한 것이었다. 속악한 현실과 규범적 세계에 맞서 투쟁하던 욕망이, 그것을 억제하는 힘에 저항하는 의미로 자살을 택한 것이다. 그런가 하면 김동리의 「무녀도」에 나타난 자살은 무너지려는 이상세계를 되찾기 위해 일어난 것으로 앞의 작품들에서 한 걸음 나아가 공동체적 운명을 그 바탕에 깔고 있다. 채만식의 「패배자의 무덤」은 범위가 더욱 확대되어 극도로 확장된 자아를 지닌 식민지 지식인의 자살을 통해 식민지 폭력세계에 대한 항거를 그리고 있다.

이 작품들 안의 '세계'는 식민지 근대화 과정에서 아직 떨쳐내지 못한 봉건유제의 인습이나 규범, 그리고 실재하는 식민지의 폭력적 현실 등을 포함하고 있다. 이러한 세계와 대결을 벌이는 자아는 거듭되는 갈등과 투쟁 속에서 욕망 실현을 위해 전력을 기울인다. 그러나 확장될 대로 확장된 자아의 욕망 실현을 방해하는 속악한 현실과 폭력적인 세계는 자아보다 더 큰 몸집으로 자아를 압박한다. 결국 이 크나큰 세계 앞에서 근대적 주체는 죽음으로써 타락적이고도 폭력적인 세계를 향해 저항적 에너지를 발산할 수밖에 없게 된다. 그들의 자살은 욕망을 지닌 자아가 세계를 향해 던지는 강한 저항의 몸짓이었다고 할 수 있다.

1) 현실에 맞선 욕망

(1) 나도향, 『환희』[82]

『환희』는 낭만적 사랑을 동경한 네 남녀의 비애의 기록이다.[83] 좀 더 축소하자면 두 여성 인물, 혜숙과 설화의 이야기이다. 이미지와 감성의 낭만성을 포유한 미성숙 상태의 혜숙과 자신의 한계를 정열과 의지로 넘어서려 분투한 설화. 당시 그들의 내면에 욕망으로 자리잡은 낭만적 사랑은 돈, 질병, 신분 등의 현실과 더불어 자못 복잡한 양상으로 전개된 바 나도향은 그들의 사랑을 실패로 귀결시킨다. 대신 마지막에 죽음을 놓음으로써 그들이 추구했던 낭만적 사랑의 완성을 소망하였다.

선행연구 중 장수익은 『환희』가 개별적 차원의 인간심리를 부분적으로나마 사회화된 심리로 변화시키는 성과를 거두었다고 보아 낭만적 사랑이 정욕보다는 금력, 권력 등과 대결한다고 설명한다. 그러나 이러한 대결 양상이 작품 전반에 걸쳐 관철되지 못한 채 서로간의 오해와 우연에 의해 사랑이 실패하였기에 두 인물의 죽음을 필연성이 없는 작위적인 것으로 진단하였다. 하지만 "영원한 침묵 속에 자신의 사랑을 남기고자 한" 설화와 자신의 사랑을 "아름다운 명예"로 간직하려 한 혜숙은 낭만적 사랑과 죽음의 관계에 대한 나도향의 생각을 피력한 것으로 인정하여 『환희』의 죽음이 비록 작위적이기는

---

82) 『동아일보』, 1922. 11. 21.~1923. 3. 21. 117회에 걸쳐 연재됨.

83) 우영의 존재가 혜숙-선용, 설화-영철의 서사에 일정한 요인이 됨은 분명하나 그들의 낭만적 사랑에 대한 동경은 보다 근원적으로 '욕망' 자체에 기인한다는 점에서 이 소설의 갈등이 '3각관계'에서 비롯된 것은 아니라고 본다.

하나 낭만적 사랑의 완성과 영속성을 이루는 계기로 간주하였다.[84]

낭만적 사랑을 자신의 온전한 힘으로 융합시킬 수 없는 현실 앞에서 죽음으로 스러져 간 두 인물의 최후는 의미심장하다. 먼저 설화의 죽음을 보자.

> (가) 사랑하는 영철씨, 저는가나이다. 아모것도원망하지안코 그대로갈곳으로가나이다. 마음과가치되지안는세상에 이것도쑈한 팔자로돌려보내이고 청산에쓴구름갓흔 이세상을하직하고 보이지 안는 저나라로 도라가나이다.
>
> 영철 씨, 모든것은 쑴이엇지요, 한업는장래를 쏫다웁게쑴인줄알엇든우리두사람은 그가운데약수삼천 리, 깁고쏘깁고 길고쏘긴 강물이나막힌듯이 서로만나보지 못하게된 것도 모도다 한세상낫다가사라지는우리사람의 한째운명이지요.
>
> (…중략…) 저가 이세상에 잇지안은줄을아시거든 적막하고쓸ﾉ한 묘지에 새로히생긴 붉은흙이덥인 무덤우에 영철씨의 짜뜻한눈물일지라도한방울쩌러트려주서요.[85] (…중략…)
>
> 영철씨, 그리하고그무덤속에소리업시 누어있는 설화는 세상에낫던 불상한사람중의한사람이엿든것을 알아주서요. 그리고 영철씨를사랑하는 한사람으로알어주서요.

> (나) 이세상모든것이 공허함을째닫고 무의미함을째달은 설화는 영철과 자긔사이에 쏘다시 녯적과갓흔 아름다운사랑의 쏫다운생활을 아모리하여도 하여갓지 못할것을 째달은그는, 자긔마음속에 감초이고감초여잇는사랑을 죽엄으로써 영철에게호소하는수밧게업슴을 쌔달엇다. 그리고 죽어뭇친 자긔의쓸ﾉ한무덤이 비록아모말은 하지안을지라도 영원한침묵속에 자기가품고잇든 귀하고 쏘귀한사랑의 애쓰니든 정을 영철에게 애소할수 잇슴을째달엇다. (…중략…)

---

84) 장수익, 「나도향 소설과 낭만적 사랑의 문제」, 『한국문화』23, 서울대학교 규장각 한국학연구원, 1999, 88－89면.

85) 『동아일보』, 1923. 3. 12, 4면.

(다) 설화는 죽는다. 영원한우주의 아모소리리업는 침묵속에 차디차게안
기인다. 죽엄에는 다만죽엄이잇슬뿐이다. 그리하고 아모희망이나요행이
그죽엄을더－아름답게 하지못하며 꼿다웁게할수업섯다. 안이 안이, 아름
다움이나꼿다움이라는것이 조곰도 그 죽엄이라는것에 간섭할수는업섯
다.86)

(가)는 설화가 마지막으로 영철에게 남기려 썼다가 태워버린 유서
이다. 죽음을 앞둔 설화의 심정은 한 마디로 '회한' 그 자체이다. 이루
지 못한 사랑에 절절한 안타까움을 표하고 자신의 처지를 한탄하며
결국 자신의 운명에 스스로 굴복할 수밖에 없음을 토로한다. "마음과
같지 않은 세상"이나 "팔자", "불쌍한 사람 중의 한 사람" 등은 서사
의 흐름상 설화가 기생 신분으로 인해 겪었던 고초를 대변한다. 그러
나 자신을 한 인간으로 존중하고 인정해 준 영철과의 이별은 운명으
로 받아들이며 그에 대한 고마움과 애정의 표시로 영원토록 사랑하겠
다는 약속을 덧붙인다. 설화는 자신에 대한 영철의 사랑이 동정에서
비롯되었고 그 역시 낭만적 사랑에 대한 욕망으로 참사랑을 추구한다
는 것을 알고 있다. 다만 돈과 정조의 압박으로부터 자유롭지 못한 영
철을 위해 자신의 내면에 있는 "십분의 구의 정열로써 십분의 일의
결함을 정화시키려"는 굳센 의지를 다진다. 십분의 구를 차지하는 그
녀의 정열은 "영철씨가 나를 잊으시는 날이 있다 할지라도 저는 영철
씨의 사랑을 위해 죽기까지 맹세하"는 낭만적 사랑에 대한 동경이다.
그리고 십분의 일로 남아 있는 결함은 설화의 불안감이다. 기생이라
는 그녀의 한계는 인간적인 이해는 물론 낭만적 사랑을 향한 욕망에
모종의 간섭작용을 일으킨다. 간섭의 원인은 물론 '정조'이다. 정조에
대한 설화의 위축심리는 언제까지나 그녀를 불안과 비애에 빠지게 하

---

86) 『동아일보』, 1923. 3. 13, 4면.

는 것이다.

『환희』 전반에 깔려 있는 정욕의 문제는 설화와 영철의 관계에 있어 가장 혼란스런 양상을 보인다. 내면의 감성에 관심을 기울이기 시작한 이즈음의 낭만주의 소설은 이광수의 『무정』류에서 이성이 간과한, 감각과 욕망의 측면을 살려 냈다는 데 그 의의가 크다. 당위로서의 관념에 대항하여 현재적 삶의 욕구를 적극 찬미한 점이 그러하다.87) 이렇듯 욕망을 인간 이해의 근본으로 삼아 이 문제에 관한 한 원천적 배제 대상인 기생 계층에까지 확대한 것은 『환희』가 일구어 낸 소중한 성과이다.

(나)에서는 마음 정리를 끝낸 설화가 죽음으로써 자신의 사랑을 영철에게 호소하려 다짐하고 있다. 당시의 그녀에게 죽음 이외의 어떤 방법으로도 자신의 감춰 있는 사랑을 표현할 길이 없기 때문이다. 그녀가 "이 세상 모든 것이 공허하고 무의미함을 깨달음"은 자신이 처한 현실에서 연유한다. 당당하게 희생을 요구하는 연적 혜숙(오빠인 영철을 위하려는 의도로 연극을 벌임)은 설화로 하여금 아무런 저항도 못한 채 눈물과 혼돈 속에서 미치광이처럼 방황하게 하고 그녀의 자괴감을 혹독하게 자극한다. 오해에 의한 이 만남은 설화를 죽음에까지 가게 만든다. 영철에 대한 원망과 세상 모든 것에 허무를 느낀 설화였지만 죽는 순간까지 감추고 품었던 것은 자신을 기생으로만 보지 않고 낭만적 사랑의 대상으로 보아 준 영철에 대한 고마움이었다.

설화는 누구보다도 현실을 잘 아는 여인이다. 자신의 처지만이 아니라 영철의 입장도 헤아려 생각하는, 사회적으로도 성숙한 성품이다. 그러하기에 철저한 자의식을 지닌 그녀의 사랑이 성공으로 가는 길은 십분의 일에 해당하는 그녀의 정조 문제를 십분의 구의 사랑으로 순

---

87) 박헌호, 「나도향과 욕망의 문제」, 『상허학보』 6, 상허학회, 2000. 8, 305면.

화시키는 것이었다. 설화는 당대의 속악한 현실 앞에서 자신의 낭만
적 사랑의 성취를 위해 부단히 노력한다. 그러나 영철은 그러하지 못
했다. 때때로 불거지는 내면의 문제-설화의 정조와 돈-와 갈등하며
자신의 욕망으로 현실에 맞서기보다는 이지로 포장된 현실에 어쩔 수
없이 흡수되는 경향을 보인다. 이러한 성향이 훗날 설화로 하여금 유
서를 불태우고 그에 대한 마음마저 거두어들이게 한 것인지 모른다.

(다)는 설화의 죽음을 작가의 개입으로 정리한 대목이다. 그녀의 죽
음은 식민지시대 작품들 가운데 가장 외롭고 가여운 죽음이다. 영철
을 기다리던 희망이나 요행도 버리고 전하고 싶었던 유서도 불태우고
원망과 비애 속에 끝나버린 생이다. 설화의 죽음을 방해할 그 무엇도
없는 순간에 그녀는 죽었다. 그야말로 죽음은 죽음일 뿐, 죽음의 절대
성과 완전성을 보여 준다.

그렇다면 한 가지 의문이 남는다. 설화가 동경한 것이 과연 낭만적
사랑뿐이었을까, 그래서 그 사랑의 완성을 위해 죽음을 택했는가이다.
그녀 스스로도 고민하듯 그들 사랑에 방해가 된 기생이라는 신분은 자
신의 존재 여부를 가르는 매우 중대한 요소이다. 그녀가 시골로 떠나
는 영철을 보지도 못한 채 혼몽중에 있다가 깨어난 후의 심경을 보자.

모든것은공허이다. 누어있는그에게는 왼우주가 적막히비인듯하엿다.
우연히태여난설화 한개의생(生)의경로는 아조행복스러웁지못하엿스며 아
조처량하엿다. 다갓흔생(生)을향수(享受)하여 쏙갓흔인생의한매듸를 채우
는 설화의생(生)에는 쏫도업고 우슴도업고 향내도업고 무르녹는그늘도업
고 아무것도업섯다. 다만눈물과한숨과비애와유린(蹂躪)의발자국이 사라지
지안코 박이여잇슬쑨이다. 그러하나다만 그쌀고쏘쌀은 일년동안이넘을낙
말낙한 영철사이에 꿀가튼사랑속에살든 그시간쑨이 설화의생(生)의쏘다시
업는 다만한마디 쏘쌀고쏘쌀은 유열(愉悅)과참생(生)의쌀은 마듸엿다.
그러나 그것도 한낫잠고대와함께 살어저업서지는꿈과가치어대로갓는

가? 업서지고말엇다. 조물(造物)의코우슴치는한째의희롱인지는몰으겟스나
설화에게는자긔생의모든 것이 다－비었다한것보다도 더－큰 무엇을일어
바리게되엿다.[88]

그녀가 추억하는 자신의 생은 영철과의 만남을 전환점으로 변모하
였다. 그러나 이러한 행복도 사라지게 되니 설화는 "영철이 설화에게
보이지 않고 들리지 않는 모든 것을 주었다가 도로 찾아가는 듯이 가
슴 속이 텅 비고 싱싱하고 기뻐 뛰는 뜨거운 생은 풀이 죽으려 하고
힘없이 쓰러지려 하여 미적지근하게 식으려 하"는 지경이 되어 버린
다. 그리고 비애와 처량의 극에 놓이고 만다. 설화는 보잘것 없는 자
신의 삶을 유열과 참생으로 돌아서게 해 준 영철이 자신을 떠나는 이
유를 순전히 자신의 탓으로만 돌린다. 본래부터 불행했던 자신의 생
이 영철로 인해 행복으로 바뀐 것만을 강조할 뿐 설화에 대한 영철의
욕망이나 사랑에 관해서는 별다른 언급이 없다. 두 사람이 일구었던
사랑이 깨지게 된 이유를 둘의 마음에서 찾지 않고 단지 눈물, 한숨,
비애, 유린 뿐인 자신의 생이 그로 인해 행복을 얻었고 이젠 그마저
떠나게 되었음을 슬퍼하고만 있는 것이다.

당시에 하나의 이념과도 같이 불붙듯 일어난 '욕망'은 근대적 개인
주의의 반영이었다. 연애에 대한 강력한 동경과 지향 역시 근대의 징
후였으나 이는 사랑이라는 상태 자체를 사랑하는 데 머무르고 만, 다
소 환상적인 측면이 있는 것도 사실이었다. 따라서 이미 사랑할 준비
를 갖춘 남녀가 자신의 욕망을 펼치려 함에 있어 어떤 방해물을 만나
는 것은 당연한 일이었다. 설화에게 있어 주체로서의 자존감이 욕망
안에 공존하며 함께 나아가는 것은 매우 희망적인 일이나 기생인 그

---

88) 『동아일보』, 1923. 3. 10, 4면.

녀가 이러한 자립적 주체의식을 끝까지 유지하기는 매우 어려웠을 것이다. 기생 신분은 그녀에게 절체절명의 요소이다. 설화는 전근대와 근대의 경계 또는 혼합 속에서 근대의 욕망과 전근대의 현실이 맞서는 지점에서 힘겨운 투쟁을 벌인 셈이다. 유문선은 이와 관련하여 『환희』가 개인적으로 한껏 부풀어 오른 근대적 영혼이 세계와 맞서는 모습을 그렸다고 보며 "근대의 국면을 지닌 비근대의 당대사회"를 '데몬'이라 칭하여 나도향이 굴절된 형태로나마 온 힘으로 데몬에 맞서 자신의 영혼을 입증하려 노력하였다고 평가하였다.[89] 그런 의미에서 설화는 낭만적 사랑을 향한 욕망을 당대 비천했던 자신의 처지와 끝까지 대결시킨 매우 의지적인 인물이다. 욕망에 의해 탄생한 자신의 사랑을 유지하기 위해서는 정조를 파는 속악한 현실과 맞서야 하고 자신의 의지로 그 균형을 끝까지 지켜야 했던 것이다. 그러하기에 영철과의 사랑만이 자신을 속박하는 굴레에서 벗어나는 길이라 믿은 설화가 영철이 떠남을 알고 처절히 낙담함은 필연적인 결과이다.

그녀는 영철을 사랑하는 마음 못지않게 자신을 사랑한 흔적이 역력하다. 자신을 인정해 주고 사랑하려 노력한 영철에 대해 고마움과 애정을 느낀 것은 사실이나 그가 떠난 후 그녀를 괴롭힌 것은 실연의 상심보다 애초의 초라하고 비천한 자신의 모습이었기 때문이다. 또 이에 대한 회한과 허무가 그녀를 죽음으로 몰아 간 것도 분명한 사실이다. 그러므로 그녀의 욕망 속에는 한 기생의 인간 해방을 향한 동경도 상당한 무게로 포함되어 있다고 볼 수 있다.[90] 결국 설화의 죽음은 욕망 지향을 방해하는 속악한 현실에 대한 힘겨운 항의였다.

---

89) 유문선, 「데몬에 맞선 영혼의 굴절과 좌절 - 나도향의 『환희』론」, 『장편소설로 보는 새로운 민족문학사』, 열음사, 1993, 15~29면.
90) 이는 일찍이 최원식도 주장한 바 있다.(「장한몽과 위안으로서의 문학」, 『민족문학의 논리』, 창작과비평사, 1982, 86면.)

　정열적이고 의지적인 설화와 달리 혜숙은 이미지로서의 낭만성을 추구하던 미숙한 인물이다. 선용을 처음 만나고 사랑하게 되기까지는 지식인이며 이복 오빠인 영철의 대리적 욕망에 영향 받은 바가 크며 돈과 이미지에 이끌려 우영과 결혼에 이르게 된 과정도 깊은 사고의 흔적이나 사랑의 고뇌는 없다. 그저 겉에 보이는 근사함이 자신이 꿈꾸던 낭만적 생활을 보장하리라 믿었기에 결혼은 얼마 못 가 명맥만 유지하는 상황에 이르게 된다. 선용은 가난한 자신의 처지를 비관하여 염려와 불안에 가득찬 청년이다. 혜숙에 대한 열정의 불길로 가슴을 태웠지만 감정의 지배보다는 이지의 힘이 강한 그이기에 참사랑이 무엇인가에 대해 고민에 빠져 있을 뿐 별다른 진전에는 이르지 못한다. 결국 혜숙의 결혼 소식에 칼로 자살을 시도하기도 하여 돈과 사랑에 모두 실패자로 남게 된다.

　이처럼 판단 결정에 있어 미숙함을 보이던 혜숙과 가난으로 인한 패배의식에 젖은 선용이 결합할 수 있는 가능성은 처음부터 적었다. 그런데 두 사람의 엉클어진 인연을 다시 이어주는 끈이 있었으니 그것은 혜숙의 폐병이었다.

　　그의얼굴은 그전 선용이가 영도사에서 볼 째와가치 피여올으는것가치 불그레하지도안코 조곰도 거리낌업시 해롱々하지도안엇다. 그의얼골은 몹시창백하여젓다. 화색잇고불그레하든 두쌤은 어느듯 여위여바리고 대리석(大理石)의 그빗과가치 희고노르고푸르럿다. 그의동그스름하고 맷긴하든목은 그전과 갓지안코 각(角)이지고 햇슥하여젓다. (…중략…)

　　그리고바다가에 발가버슨 정(精)이 검은머리를헛트리고서 돌벼개를베고 누어있는 듯 키 반쯤오만(傲慢)한듯하고 숭고(崇高)한듯한애교(愛嬌)가 그의왼몸을흐르는듯하면서소복(素服)한텬녀(天女)가 하늘에서 죄를짓고 쌍우에내려와 널고넙은광야로헤매이며불으지지는듯한 비애와통한(痛恨)의 그늘이 그를좃차다니는듯한것이 선용을 몹시가슴타게 하엿다.91)

갑작이정월은 기침을시작하엿다. 그리고 가슴을문질으며 못견대하엿
다. 달은사람들은 다만바라만보고잇섯다. 정월은두다리를모고 쏘글이고안
저 얼골이샛파랏케질녀 작고々기침을재처한다. 그러다가는입을가린흰비
단수건에 쌜간피쌩이가뭇어나왓다.
　이것을보는 선용의마음은 무엇으로 찔으는듯하엿다. 그리고그순결하고
고옵든혜숙이가 오늘저러케괴로워하는꼴을 보고 쏘는그쌜간피를토하는것
을보매 어린양이제단압헤서 피를흘리며 발으르쩌는것보다도 더불상한듯
하여 그는금치못하게나오는눈물을참지못하여 얼는얼골을가리이고 아모소
리업시 안방에서쮜어나와 자긔방으로드러갓다. 그리고는책상에고개를대
이고한참이나울엇다.92)

헤어진 지 3년 만에 선용이 만난 정월(혜숙의 개명)은 지난 날의 혜
숙이 아니었다. 우영과의 공허한 결혼 생활을 채우려 시, 소설, 음악
에 빠져들었고 그것은 그녀로 하여금 감상, 비애와 더불어 전에 알지
못한 유열을 깨닫게 하였다. 그리고는 이따금 선용을 떠올리며 그야
말로 자신의 사랑을 완전히 받아줄 이가 아닐까 하는 아쉬움에 젖게
도 하였다. 그즈음 폐병이 발병하고 더욱 커진 감상과 비애는 죽음의
그림자를 불러 울게 만들었고 죽음이 두려움을 깨달을수록 그 죽음을
속히 맛보고 싶은 지경에까지 이르게 된다.

　혜숙이 폐병을 앓으면서 이전의 미성숙하고 단순했던 세계에서 벗
어나 참사람과 참생을 추구함은 폐병이라는 기호에 대해 새로운 인식
을 필요로 한다. 참사랑과 참생을 추구하는 혜숙에게 중요한 것은 육
체와 더불어 자유로운 영혼과 의지적 삶이다. 도향을 비롯한 당대 많
은 작가들을 넘어뜨렸던 결핵은 질병 이외에 또다른 의미가 덧씌워진
채 인물의 성격을 형상화하는 도구로 쓰였다. 선용과의 끊어진 사랑

---

91) 『동아일보』, 1923. 1. 27, 4면.
92) 『동아일보』, 1923. 1. 28, 4면.

을 다시 이어보려는 혜숙의 욕망 역시 예술과 결핵이 조합하여 낳은 죽음에 그 끝이 닿은 것을 보면 질병으로서 결핵이 지닌 이미지는 독특하다 할 만하다.

결핵이 병적인 사랑, 소모되는 열정의 은유로 쓰인 것은 낭만주의 운동 이전부터였다.[93] 또 결핵이 다행증(근거없는 병적인 행복감)이나 격렬한 성적 욕망을 불러일으키고 이성을 유혹하는 비범한 재능을 준다는 상상도 위의 인용문을 보면 일견 수긍이 간다. 혜숙이 예술을 알면서 비애와 유열을 깨닫게 되고 그 연장선상에서 선용을 그리워하고 또 이것이 결핵의 발병으로 이어진 데는 나름의 의미가 있다. 혜숙의 욕망이 보다 구체적이고 개별화됨에 따라 그녀의 육체는 쇠하게 되고 정신은 고양된다. 그래서 혜숙의 병은 그녀의 욕망을 고조시키는 계기인 동시에 좌절하게 만드는 요소가 된다. '폐'라는 기관은 그 기능상 근본적인 생명의 의미를 지녀 심장과 가장 가까운 거리에서 육신의 생명을 인식한다. 그러므로 육신과 더불어 영혼의 부재를 알리는 것은 바로 '폐'이다. 또한 육체의 어느 곳에라도 자리잡을 수 있는 다른 질병과는 차이가 있어 가장 정결해야 하는 기관이기에 무엇보다도 순결한 백색의 이미지를 지닌다. 이렇듯 영혼의 질병으로 인식되는 결핵으로 인해 그녀가 죽음에 이르게 됨은 보다 높은 차원의 세계로 나아가는 과정이라 할 수 있다. 수잔 손택의 말대로 결핵은 이 작품에서 심리적으로 좀더 자각적이고 좀더 복잡해진다는 것의 가치를 긍정하는 수단으로 쓰였다.[94]

설화에 비해 훨씬 더 이지적인 정월은 선용과의 사랑을 이루기 위해 우영을 배반하거나 질서를 깨뜨리기를 원치 않는다. 오히려 완강

---

93) 수잔 손택, 이재원 역, 『은유로서의 질병』, 도서출판 이후, 2002, 36면.
94) 위의 책, 44면.

한 자세로 자신을 다독이며 제 위치를 잡으려 애쓴다. 인습과 환경으로부터 자유롭지 못한 혜숙이 자신의 욕망에 따라 선용에게 기우는 것은 낭만적 사랑에 대한 그녀의 동경이다. 그러하기에 다시 만난 선용에게 정월은 하소연과 용서를 빌고 싶은 마음뿐이며 어떻게 하든 자신의 사랑을 호소해 보려 안간힘을 쓴다. 그러나 자신의 욕망을 고조시켰던 폐병이 인도하는 길이 어쩔 수 없는 죽음임을 그녀는 안다. 폐병이 하나의 현실로서 혜숙이 넘어야 할 장벽임을 알기에 그녀는 욕망의 최대치인 죽음의 세계에 자발적으로 들어섬으로써 마지막 순간에 비로소 성숙한 모습을 보여 준다. 결국은 도달해야 할 죽음이기에 혜숙은 스스로 그 죽음을 끌어당겨 실행에 옮긴다. 다소 납득이 가지 않는 혜숙의 죽음은 이렇게 탄생된 것이다. 운명에 쫓기어 가는 자신의 처지를 낙화암 삼천 궁녀의 그것에 실어 죽음을 예견하고 있다.

> 그리하고 옥갓고 대리석(大理石)가치 고흔살이 을크러지고 터지어 쌜간 피가 지금도흘으는듯하다. 그리하고 그풀은물속에는 아직까지도 그머리털이 얼는〈 하고 고흔육톄의 부드러운윤곽이 선명히뵈이는 궁녀들의죽엄이 써나가지안코 그대로써잇는듯하다.95)

한편 선용은 정월이라는 시적(詩的) 이름으로 참생 가운데 살아 보려 한다는 그녀에게 한없는 기꺼움과 동정을 느끼며 지난 날을 원망하기도 한다. 그러나 "인습과 환경에서 벗어나지 못하"는 혜숙과는 "모순과 당착이 얽힌 세상에 사"는 자신이 또다시 "엉기지는 못하리라"고 직감한다. 더욱이 순결과 정조에 대한 선용의 각별한 사념은 "정월의 그림자가 보이면 보일수록 타오르는 정열 뒤에 냉담한 이지의 푸른 재를 뿌려 그 정열을 식혀버려 정월을 또다시 생각하지 않으

---

95) 『동아일보』, 1923. 3. 19, 4면.

리라” 다짐하게 만든다. 결국 두 사람의 낭만적 사랑에 대한 동경은 폐병이라는 암초를 만난 혜숙의 미성숙한 열정과, 영철만큼이나 이지적인 선용의 현실감이 만나 서로의 균열만을 확인한 결과를 낳고 말았다. 이지와 현실에 손을 들어 준 것은 나도향의 의중으로 보아도 무방할 것이다.

애초에 자립화된 욕망을 갖지 못한 혜숙은 자신의 죽음에도 여러 가지의 소망을 담음으로써 그 순정성을 감소시킨다.96) 그리고는 백마강에 몸을 던지고 만다.

> 정월은 백마강에 몸을던지엇다. 반작╳춤추는 물결속으로 죽은 스프링(精)이 가라안는것가치 정월의몸은 백마강물결속에 들어가바리엿다.97)

그녀는 죽기 직전에 이미 자신의 죽음을 예감하고 찬미한 바 있다. 달이 백마강에 떨어지는 광경을 상상하며 “은싸라기를 휙 뿌린 듯이 번득거리는 물 속”으로 가라앉는 “푸른 스피릿의 시체 — 달”을 델리킷한 것으로 느낀 것이다. 그리고 “푸른 달빛이 온 세상을 천사의 홑옷같은 빛으로 물들이고 잔잔한 물결이 가볍고 가늘게 춤을 출 때 푸르고 찬 달이 스스로 들어가는 아름다움”에 흠뻑 취한다. 자신도 정월(精月)이 되어 강물 속으로 사라져 버릴 순간을 꿈꾸는 것이다. “육체와 분리되어서도 불멸하는 영혼” — 스피릿(精)98)이 ‘죽은 스피릿’이 되

---

96) 혜숙이 죽음에 임박하여 여러 상념에 잠기는데 이에는 남편에게 멀리함을 당하는 굴욕과 병으로 인한 낙망 속의 생활, 그리고 설화에 대한 사과의 뜻과 자신을 돌보는 오라버니를 편케 해 주려는 의도와 함께 훗날 선용의 애끊이는 가슴에서 나오는 눈물을 받으려는 마음이 담겨 있다.

97) 『동아일보』, 1923. 3. 21, 4면.

98) 기타무라 도코쿠(北村透谷)의 ‘내부생명’과 연관된 것으로 그는 에머슨의 신비주의적 범신론에 영향받은 바 크다. 에머슨의 ‘심령’은 spirit에 해당하는 것으로 이는 육체와 분리되어도 사라지지 않는 영혼, 특히 기독교의 ‘성령’을 뜻하기도

어 가라앉는다는 상상. 여기엔 '죽음으로도 사라지지 않을 스피릿'이 그녀가 죽음으로써 소멸된다는 가정이 필요하다. 도향은 정월이 죽음으로써 그녀의 '스피릿'이 사라진다고 인식하였다. 스피릿까지도 소거시킬 수 있는 정월의 죽음, 이는 너무나도 비극적인 죽음으로 혜숙이 정월로 전환하였기에 얻은 산물이다. 그녀는 환경과 결핵의 현실에서 이룰 수 없는 사랑과 설화에 대한 자책감으로 목숨을 버리고 만 것이다.

(2) 나도향, 「물레방아」[99]

나도향이 추구한 절대적 가치는 사랑이다. 그러나 그 사랑은 욕망의 최대치에 다달은 순간 자체의 열정으로 산화하는 경우가 대부분이다. 이는 속악한 현실과 만난 낭만적 열정이 현실과 화합하지 못하고 어긋나기를 되풀이하기 때문이다. 「물레방아」 역시 방원과 처 사이에 가로놓인 욕망과 현실의 대립으로 볼 수 있다. 나도향의 소설엔 열정을 희구하는 인물이 주인공으로 등장한다.[100] 이는 낭만주의를 추구

한다.(이철호, 「영혼의 순례:한일 근대문학의 형성과 서학」, 『동아시아 서학 : 유통, 인쇄, 분기』, 인하대 한국학연구소 동아시아한국학 학술회의 자료집, 2009, 86~87면 참조.)

99) 『조선문단』, 1925. 9, 2~16면.

100) 서재원은 방원 처의 성격을 '도덕적 관념, 합리적 이성 너머에 존재하는 근대적 욕망의 개념'인 '열정'적이라 간주하고 나도향이 '이지를 몰각한 열정만의 인물'을 의식적으로 지향하여 '열정적 여성인물'을 창조하였다고 평가하였다. (「나도향 소설에 나타나는 열정의 의미 연구」, 『현대문학이론연구』, 현대문학이론학회, 2003, 147~167면.) 이는 작품 내용 중 그녀가 '무서웁게 이지적'이라는 묘사와도 어긋나며 더욱이 죽음의 극한상황에서 방원과 갈등을 빚는 대목은 그녀의 이지적인 냉철함을 더욱 강조한다고 볼 수 있다. 다만 '나하고싶흔짓'을 죽음을 불사하고도 성취하고자 하는 열정에 비길 수는 있겠으나 작품의 흐름으로 보아 이는 방원처가 자신의 현실적 충족을 위해 이지적 계산을 한 결과라 할 수 있다.

하는 작가의 지향으로 그의 열정에 대한 집중은 여타 작품에서도 드러난다.

> 우리人生에게는 두가지큰問題가 잇습니다. 그것은 熱情과理智입니다. 이세상의歷史는 이 두가지의싸흠입니다. 그러고 모든不幸의根源은 이熱情과理智가 서로容納하지안는곳에 잇는 것입니다. 그리운異性을 보고 자기마음을 披瀝지못하고 혼자 疑心하고 煩惱하는것도 이理智로因함이지요. 저는 엇더케하면 이理智를沒却한熱情만의인물이되랴하나, 그理智를沒却한熱情의인물이되겟다는것까지도 理智의부르지즘이지요.[101]

> 마치 언제 폭발이 될른지아지못하는 휴화산(休火山)모양으로 그의가슴속에는 충분한정열을 깁히 감추어노앗스나 그것이 아직 폭발될시긔가 일우지못한것이엇섯다. 비록 폭발이 되랴고 무서웁게 격동을 벙어리자신도 늣기지안은바는아니지만은 그는 그것을 폭발식힐 조건을 엇기어려윗스며 또는 자긔가 여태까지 능동뎍으로 그것을 나타낼수가 업슬만치 외게의 압축을바덧스며그것으로인한 리지(理智)가 넘어 그에게 자제력(自制力)을 강대하게하여주는 동시 또한 넘어 그것을 단념만하게 하야주엇다.[102]

"理智를 沒却한 熱情만의 인물"이 되고 싶다는 강렬한 소망은 그가 비록 '이지'의 간섭으로 내적 갈등에 처하기는 하나 본능과 감정에 충실한 정열의 인물이 되고자 하는 욕망의 표현이다. 또한 벙어리 삼룡이에게 체화된 '이지'도 결국 열정과의 대립에서 패배하고 마는 부정적 심상으로, 열정적 주체인 삼룡이는 죽음을 대가로 이를 떨쳐내버린다.[103] 즉 도향의 소설은 열정과 이지가 대립하여 열정이 최후의

---

101) 나도향, 「별을안거든 우지나말걸」, 『백조』 2호, 1922. 5, 18면.
102) 나도향, 「벙어리 삼룡이」, 『현대평론』, 1927. 8, 47면.
103) 황경은 나도향 소설의 갈등이 이지와 열정의 이중심리의 대립에서 일어난다고 보고 이지를 '이성, 자기규제, 의리' 등으로 해석한다. 따라서 인물들은 열정과 이지 사이에서 애정의 갈등을 경험하고 이러한 이중적 애정윤리로

승리자로 남는다. 그러면 방원의 경우는 어떠한가.

그는 고향에서 유부녀인 처를 만나 도망하여 신치규 밑에서 막실살이를 한다. 본능과 감정에 충실한 두 남녀의 결합은 이 년여 동안 부부의 연으로 이어졌고 더욱이 방원은 "사람이 조코 마음이 약하고 다정한 그는 무식하게 자라난 까닭에 무지한 짓을 하기는 하나 결코 그의 성격을 말함이 아니"기에 가장으로서의 책임감과 처를 사랑하는 마음을 가졌다. 이런 그가 돈과 정욕으로 결탁한 두 남녀, 신치규와 처를 용납하기는 힘들다. 방원은 자신의 열정에 충실하며 자신의 감정을 우선으로 하는 개인의식의 소유자이다. 다분히 디오니소스적 인물인 그는 도취적이고 격정적인 일면도 지니고 있다. 고향에서 전남편의 칼부림을 감수하며 처와 함께 도망한 일이며 처와 싸움(그에게는 이 싸움이 '주먹으로 하는 농담'이다)을 할 때의 심정, 그리고 이후의 사랑놀음이 그러하다.

> 방원이가 계집을치는것은 그것이 주먹을 가지고하는일종의롱담이다. 그는 주먹이나발길이 계집의몸에 다을째 거기에 으더맛는 계집의살이압흔것보다 더 찌르르하게 가슴복판을 찌르는압흠을 방원은 깨닷는것이다. 화김에 계집을 치는것이 실상은 자긔의마음을 자긔의닛발로 무러뜻는 것이나 다름이 업는것이다. 짜리는 그의게는 몹시 애처로움이잇고 불상함이 잇는 것이다. 그러나 자긔의화푸리를 바더주는사람은 아즉까지도 계집밧게는업섯다. 제일만만하다는것보다도 가장마음노코 화푸리할수잇슴이다. 싸홈한뒤 하로가못되어 두사람이 벼개를 나란히하고 서로 쏙찌고 잘째에는 그러케 고마웁고 그러케 감격이일어나는위안이 또다시 업슴이다. 계집을 치고 화푸리를하고난뒤에 다시 가슴을 어이는듯한후회와더쓰거운포옹으로 위로를 바들그째에는 두사람 안이라 방원에게는 그만콤 힘잇고 쓰거

인해 화해로운 사랑은 불가능하게 되어 대개 파멸적 서사로 끝난다고 보았다.(「나도향 소설의 사랑에 대한 고찰」, 『작가연구』 9호, 새미, 2000. 4, 225~229면.)

운 미듬이 쏘다시 업는 까닭이다.104)

이에 반해 방원처의 심성이나 외양, 행동은 방원과 견주어 볼 때 두드러진 차이가 있다. 그것은 그녀가 매우 '이지적'(理智的)이라는 사실이다. 보통 '본능, 감정'에 대립되는 '이성, 지혜'로 규정되는 '이지'는 '침착하며 잇속에 밝은' 성정으로 해석할 수 있다. 또한 현실을 중시하는 계산적 심리로도 풀이할 수 있다. 이러한 그녀의 '엄격한 자기 규제와 서두르지 않는 냉철한 주관'은 내부 열정과 격동에 싸인 방원을 압도하고도 남음이 있다. 이러한 그녀의 성정은 여러 곳에서 엿볼 수 있다.

(가) 새침한얼골이파루쪽쪽하고 기다란눈섭과 검푸른두눈가장자리에 입분입 쑈두통한쌤이며 콧날이웃쪽한데다가 후리후리한키에 쩍버러진엉둥이가 아모리보드래도 무서웁게 리지적(理智的)인동시에 쏘는창부형(娼婦型)으로생긴녀자이다.

(나) 계집은 천천이 두어거름 짜러가다가
『령감!』
하고 무츰하고서잇다
『왜그러니』
계집은 다시 말이업시 서잇다가
『안예요』
하고
『먼저 드러가세요』
하며 도라슨다.

(다) 계집은 령감가슴에안키어서 정욕이가득한눈으로 그를 보면서

104) 『조선문단』, 1925. 9, 7면.

『령감』

말한마대하고 침한번삼키엇다

『령감이 거짓말은안하시지오』

『안이』

그의말은 썰리엇다. 계집은 령감의팔을 한손으로잡고 쏘한손으로는 방 앗간속을 가리켰다.

『저리로 드러가세요』

령감과 계집은방앗간에서 이삼십분후에다시나왓다.[105]

(라) 방원은 달려드러서 계집의 팔목을 잡엇다. 그러고 니를 악물고 부르 르썰엇다.

『나는 네가 이럴줄은몰랏다』

계집은

『무얼이럴줄을 몰라?』

하며 파란눈을 흘겨보더니

『나종에는 별꼴을 다보겟네 의레히 그럴줄을 인제알엇나? 놔요! 왜 남의 팔을 잡고요모양야오늘부터는 나를 당신이 그리함부로하지를 못해요! 더 러운녀석가트니! 계집이실타고 그러면 국으로 물러갈일이지 이게 무슨 사 내답지못한일야! 놔요』[106]

　(가)는 방원처의 외양과 성품을 단적으로 표현하고 있다. "무서웁게 이지적"이라는 평가는 앞으로 전개될 그녀의 현실적인 잇속 챙기기를 암시하고 있으며 '창부형' 이미지는 사랑에 대한 낭만적 동경과 기대 를 지닌 방원의 열정과 부정합을 이룰 수밖에 없음을 암시한다. 또한 그녀는 신치규와의 관계에서도 (나)에서 망설임과 결심을 거쳐 (다)에 이르러 재차 확인을 거친 후 거래를 완성한다. 그녀가 추구하는 현실 충족 욕구는 죽기 직전 현장에서 스스로의 발설을 통해서도 확연히

---

105) 『조선문단』, 1925. 9, 3~5면.
106) 『조선문단』, 1925. 9, 9면.

드러난다. 그녀에게 "비겁한 짓"은 다른 사내와의 정사가 아니라 계집이 싫다고 하는데도 물러나지 않는 사내의 행동이다. 효용가치와 감정을 실리적으로 계산할 줄 아는 그녀는 "무서웁게 이지적"인 인물이다.

정욕이든 돈이든 자신의 잇속에 따라 행동의 방향을 바꾸는 그녀는 방원과는 매우 대조적이다. 그녀에게는 방원 역시 자신의 현실적 충족을 위해 선택된 대상일 뿐이다. 처의 현실적 충족을 위해 방원이 남을 배신하기도 하고 자신이 배신당하기도 하는 사실은 매우 아이러니컬하다. 그녀의 놀랄 만한 이지는 죽음을 앞둔 극한상황에서 더욱 극적으로 드러난다. 함께 도망가자는 요구를 죽음과 맞바꾸며 거부하고 칼 앞에서도 "구차하고천한생활"은 더 이상 싫다고 악을 쓰는 완강한 결단. 그녀의 무서운 '이지'는 방원의 격동의 '열정'을 압도하며 자신은 물론 방원까지 죽음으로 이끌고 간다. 열정의 방원은 자신의 사랑을 성취하기 위해 허망한 복수와도 같은 자살로써 자신의 소망을 이룬다.

『말요? 님자의말을 드르랴것가트면 발서드럿지오. 여태까지잇겟소? 님자도 남의마음을 알지오. 님자와 나와 이년전에이곳으로 도망해올적에도 전넘편이 나를 죽이겟다고 칼로 허리를 질러 그험이잇는 것을 날마다밤에 당신이 어루만지엇지오? 내가 그까짓 칼즘을 무서워서 나하고십흔짓을 못한단말이오. 힝 이게 무슨비겁한짓이오. 사내자식이 자! 질르랴거든질러보아요 자 자』 (…중략…)
계집의눈에는독이올러왔다. 광채가 어두운밤에번개가티번쩍어리며
『실혀요 나는 죽으면죽엇지가기는실혀요. 이제나는 고만 그러케구차하고천한생활을다시하기는실혀요 고만 물럿세요』 (…중략…)
『나는 언제든지 당신손에죽을것까지도알고잇소! 자! 오늘죽으나 래일죽으나 언제든지죽기는일반 이러케된이상 나를 죽이시요』
『정말이냐? 정말야?』

『정말요!』
　계집은 결심한쯧을 나타내엇다.[107]

　욕망을 추구하며 살아온 그가 애초에 고향을 떠난 것은 상당한 의미를 지닌다. 고향이란 가장 전통적이고 안전한 안식처인 동시에 일상의 반복과 권태를 의미한다. 그러므로 고향은 편안하고 익숙한 상태에서 현실을 초월하여 '어디론가 멀리 떠나보고 싶다'는 동경을 불러일으키는 진원지이기도 하다. 방원의 열정은 자신의 상대로서 처를 발견했고 낭만적 동경의 표출로 '고향 떠남'을 감행한다. 타향을 미지의 것, 자기와 대립적인 것으로 인식하기에 고향 떠남은 동경의 발단이 된다. 그러나 반대로 고향은 회귀의 원천으로서 동경의 대상이 되기도 한다. 새로움을 동경하여 고향을 떠난 그가 타관에서 갖는 이질적 존재감은 자신의 정체성과 고향에 대한 회상과 동경을 유발하기 때문이다. 방원이 처를 죽이는 마지막 순간에 자신이 끝내 고향에도 돌아갈 수 없음을 토로함은 자신의 근원에 대한 동경과 과거 지향의 낭만성을 드러낸다.

　　"너의입으로 정말그런말이 나오느냐? 저는 나를 우리고향에 다시 도라가지도못하게만드러노코 나의모든것을다일허버리게한후에 쏘 나중에는 세상에서지옥이라고하는감옥소에까지가게하얏지! 그러고도 나의맨마즈막 원을 들어주지 안을터이냐?"[108]

　방원처는 방원에게 있어 욕망의 대상이기도 하며 그 실현을 방해하는 '현실'이기도 하다. 처와 고향에서 도망나와 막실살이를 하는 동안

---

107) 『조선문단』, 1925. 9, 15~16면.
108) 『조선문단』, 1925. 9, 16면.

방원의 열정적인 욕망은 현실 안에서 이상적으로 실현되었다고 할 수 있다. 그러나 신치규의 돈과 처의 이지적 욕구가 만난 순간 이것은 방원에게 극복할 수 없는 현실로 다가오게 된다. 감옥에서 나온 후 방원의 심경이 남녀간 애정이나 치정에 관련한 것이었다면 첫 번째 피살자는 당연히 신치규였을 것이다. 그러나 방원은 신치규에 대한 응징에는 관심을 두지 않고 처에게 달려가 애원하다시피 함께 귀향하기를 강권한다. 그러자 구차한 생활로는 절대 돌아갈 수 없다는 처의 강한 반발만 돌아온다. 방원의 앞에는 고향도 사랑도 모두 사라진 비극적 현실만이 놓이게 된다. 이에 방원은 자신에게 더 이상 욕망은 필요치 않다는 사실을 절감한다.

그의 자살은 이 지점에서 설명될 수 있다. 신치규의 돈 자체는 방원에게 그다지 심각한 현실로 인식되지 않으나 돈에 대한 방원처의 이지적 계산은 그에게 분명한 현실이었다. 현실적 이지를 지닌 처를 자신에게 끝까지 되돌리려 모든 것을 걸어 보지만 죽음을 불사하고 반항하는 처에 대해 방원이 품은 감정은 더 이상의 욕망은 실현될 수 없으리라는 좌절감뿐이었다. 낭만적 주체의 입장에서 욕망이 사라져 버린 현실은 더 이상 의미가 없게 된 것이다.

이렇듯 이지와 열정이 용해된 삶 안에서 나도향이 건져올리려 한 것은 오로지 열정을 바탕으로 한 낭만적 사랑이었으나 현실과 꿈은 이지와 열정의 대립, 어긋남 그 자체였다. 서로 대립적인 것을 동경하며 그 대립을 종합하여 높은 차원으로 승화하려는 노력이 낭만적 아이러니이다. 「물레방아」에서 사랑을 성취하고자 하는 방원의 열정은 현실과 부딪쳐 계속 어긋난다. 방원 처의 이지는 속악한 현실적 논리로 낭만적 주체인 방원의 열정을 더욱 고조시켜 그로 하여금 열정의 극한치인 죽음으로 치달리게 한다. 결국 방원의 자살은 현실과의 불완전한 통합으로 세계를 잃어버린 자아의 마지막 몸부림이었다.

2) 규범적 세계와의 투쟁 - 이광수, 『유정』109)

'계몽기획'은 이광수의 소설을 말할 때 자동으로 적용되는 지표이다. 그가 민족을 말하건 연애를 말하건 그의 손에서 탄생된 것들은 표층적으로나 심층적으로 계몽기획의 소산이라는 혐의를 받아 왔다. 이러한 의심은 그가 초기 저술에서 강조한 민족 계몽 의지에 근거를 둔 것이며 그 또한 끊임없이 글을 통해 민중을 교화함으로써 자신의 의욕을 현실화한 것이 사실이다. 이광수가 지닌 식민지 지식인으로서의 각성과 그에 따른 소명의식은 시대 정신에 비추어 상당 부분 타당성을 지니고 있다. 그러하기에 그의 작품은 당대나 후대 연구자들로 하여금 관념과 형식논리에 기반한 판단을 중심으로 그를 이해하게끔 하였다.110) 더욱이 근래에는 그의 대표작이라 불리우는 작품에 대해 예외없이 근대 계몽의 일환으로 취급하는 연구 성과가 늘어나고 있

---

109) 『조선일보』, 1933. 10. 1.~12. 31. 76회에 걸쳐 연재됨.

110) "조선의 소설가 가운데서 그 지식의 풍부함과 그 경험의 광범함과 교양의 많음과 정력의 절륜함과 필재의 원만함이 춘원을 따를 자 없다."(김동인, 「조선근대소설고」, 『조선일보』, 1929. 8. 1, 3면.)
　　"춘원은 그가 신문학 초창기의 선구자라는 사실을 논외로 하더라도 여전히 우리 문학사의 거 장임을 부인할 수 없을 만큼 비중이 큰 작가인 것이다."(이형기, 「춘원연구의 재검토」, 『문학 사상』, 1972.10, 363면.)
　　"그러나 불행하게도 그는 일제말엽의 훼절로 말미암아 그가 지녀오던 삶의 자세에 전변을 가 져왔을 뿐더러 그의 문학마저도 작품이 지니는 정당한 평가보다는 편견적인 선입견이 작용하기 쉬우리만큼 인간과 예술의 양면에 걸쳐 수난의 역정을 지속하였던 것이다. 인간으로서 그리고 작가로서의 훼절이 없었다면 그는 분명 오늘날 추앙을 받는 인물로서 그리고 그 작품의 긍정적인 면에 더 강한 조명을 받는 작가로서 문학사에 좀더 빛나는 자리를 차지할 수 있었을 것이다."(전광용, 「이광수연구서설」, 『동양학』 4권, 단국대학교출판부, 1974, 87~126면.)

다.111) 이러한 현상은 그 공과와는 별개로 이광수 소설의 전체 모습을 올바르게 읽는 데 방해가 되며 문학 본연의 예술적 가치를 희석해 버리는 결과를 낳는다.

『유정』을 근대 계몽 의지의 일환으로 본 최근 연구의 공통점은 최석의 정열이 도덕과 상충되고 상실된 도덕성을 죽음을 통해 회복한다고 보는 것이다. 즉 자기 몸을 희생하여 스스로 도덕적 영웅이 되는 길을 택했다고 평가한다. 또 이러한 선택이 종국에는 공동체적인 선을 추구하고 감정과 이성, 두 힘 중 이성이 승리하는 결과로 이어짐을 인정하고 있다. 이광수의 계몽기획이 확인되는 지점이다.

인물들의 편지와 일기로 주로 구성된 이 소설에서 '연애'는 16년 전 이광수 자신이 피력한 혼인관에 기대어 해석되고 있다.112) 그의 연애관이 '이지적 만족을 수반한 정'에 기반을 둔 것이라 볼 때 연애 완성의 두 가지 요소인 '영적 만족'과 '육적 요구' 중 '영적 만족'이 우선시됨은 당연하다. '영적 만족'은 자아완성을 위해 무한히 고양되어야 하나 '육적 요구'는 이지로써 통제해야 할 대상이기 때문이다. 따라서 빈약한 서사를 통해서나마 최석의 정임에 대한 넘치는 사랑이 정열과 추앙으로 그려짐은 그가 '영적 만족'만을 추구한 증거가 된다. 편지 공개 또한 "남정임과 나의 관계를 분명히 하고 세상에 남아 있

---

111) 이경훈, 「인체 실험과 성전」, 『동방학지』 117집, 연세대학교 국학연구원, 2002, 205~243면 ; 서영채, 『사랑의 문법』, 민음사, 2004, 97~104면 ; 이동재, 「이광수의 '정'과 한국 근대문학」, 『현대문학이론연구』, 현대문학이론학회, 2005, 247~264면 ; 배개화, 「이광수 초기 글쓰기에 나타난 '감정'의 의미」, 『어문학』, 어문학회, 2007, 349~376면 ; 박혜경, 「이광수 소설에 나타난 사랑과 계몽의 기획」, 『한국문학연구』 33집, 동국대학교 한국 문학연구소, 2007, 247~275면. 위 연구들은 최근에 『유정』을 근대성과 관련시켜 행한 것으로 나름대로 상당한 가치가 있어 시사받은 바가 크나 작품 본령에 대한 천착보다 시대성과 연관된 정치사회적 측면을 우선한다는 측면에서 본고의 관점과는 거리가 있다.
112) 이광수, 「혼인에 대한 관견」, 『학지광』 12호, 1917. 4, 28~34면.

을 정임의 누명을 씻는 데 도움을 주기 위한” 것이니 만큼 자신의 행동은 추호의 부끄러움이 없음을 증명하려는 의도이다. 그러나 문면에 담긴 그의 심경은 육적인 요구에만 빠져 들지 않았을 뿐(충동은 있었음) 이를 웃도는 엄청난 정열이 사랑의 분자로서 그 무엇보다도 강력한 요소로 작용하고 있다.

그렇다면 이것은 무엇을 의미하는가. 고뇌와 죽음에 이르게 한 도덕적 수치는 단지 자신이 육적 요구에 빠져들지 않았음을 증거하는 것만으로 해결되리라 믿었다는 이야기가 된다. 이광수의 연애관에 따르면 육의 요구에 부응하지 않은 영과 영의 사랑은 기존의 결혼 제도를 위반하는 비도덕적인 것이 아니기에 이에 대한 세간의 오해를 푸는 것이 편지의 목적이다. 또한 죽음과 맞바꿀 수 있는 격정적 사랑은 도덕적 수치에 해당하지 않는, 오히려 “분명히 해야 할 남정임과 나의 관계”이기에 ‘영적 만족’ 측면에서는 더욱 순수한 사랑이 된다. 그리고 소설 말미에 덧붙인 “여러분은 최석과 정임에 대한 내 기록을 믿고 그 두 사람에 대한 오해를 풀라”라는 당부도 그들이 당시 도덕 표준에 어긋난 육적 요구에 부응하지 않았음과 두 사람이 보여 준 빛나는 영적 사랑의 위대함을 알아달라는 부탁인 것이다. 결국 이광수는 자신의 연애관에 부합되는 인물을 창조하였다고 볼 수 있다.

그러면 한 가지 의문이 생긴다. 도덕적 수치를 가져오지는 않았으나 “두 별 무덤”으로까지 남고 싶은 그의 열정적 사랑은 과연 무엇이란 말인가. 단순히 도덕과 대립하여 패배당한 개인적 비애의 산물로만 보아야 하는가. 그렇게 보기엔 최석의 고뇌가 너무 깊고 죽음의 절대성이 확고하다. 따라서 그의 죽음을 계몽기획으로서의 ‘도덕적 승리’로 간주함은 온당치 못하다고 할 수 있다. 그의 죽음을 육체의 욕망을 넘어서는 정신의 도덕적 자기 완성으로 인식하여 영의 사랑이

거둔 승리, 문명적 사랑과 이성의 승리, 도덕적 승리로 봄[113]은 열정
과 이지의 측면 중 이지에 크게 중점을 둔 결과이다. 그러나 이 승리
자에게 나가떨어진 패배자가 육이나 비문명, 감정이나 열정은 아니다.
교육자요 장로인 최석이 에로 교장이라는 추문으로 도덕성에 큰 위협
을 받은 것은 분명하나 그를 실제 압박한 것은 도덕적 수치감과 정교
하게 직조되어 있는 정임을 향한 격정적인 사랑이다. 이에 대한 최석
의 격렬하고도 깊은 고뇌는 사랑의 발아기에서 마지막 죽음의 순간까
지 너무나도 선명하게 그려져 있다.

(가) 형! 나를 책망하시오. 심히 붓그러운 말이지마는 나는 정임을 힘껏
쩌안아주고십헛소. 나는몃번이나 정임의 등을 굽어보면서 내 팔에 힘을
너흐랴 하엿소. 정임은 심히 귀여웟소. 정임이가 그처럼 나를 사모하는 것
이 심히 기뻤소. 나는 감정이 재우쳐서 눈이 안 보이고 정신이 몽롱하여짐
을 깨달앗소. 영어로 엑스타지라든지 한문으로 무아(無我)의 경이란 이런
것이 아닌가 하엿소. 나는 사십평생에 이러한 경험을 처음 한것이오. (…
중략…)
그러나 형! 나는 나를 눌럿소. 내 타오르는 애욕을 차디찬 의지의 입김
으로 불어서쓰려고 애를 썻소.[114]

(나) 형아. 사람이라는 존재가 우주의 모든 존재중에 가장 비상한 존재
인것 모양으로 사람의 열정의 힘은 우주의 모든 신비한 힘 가운데 가장
신비한 힘이 아니겟소? 대체 우주의 모든 힘. 그것이 아모리 큰 힘이라고
하더라도저자신을 깨트리는 것은 업소. 그러치마는 사람이라는 존재의 열
정은 능히 제 생명을 깨트려 가루를 만들고재생명은 살라서 소지를올리지
아니하오? 여보, 대체이에서더폭력적이오 신비적인 것이어듸 잇단말이요?
이 째 내 상태, 어깨 뒤에서 열정으로 타고섯는 정임을 늣기는 내 상태

---

113) 박혜경, 「이광수 소설에 나타난 사랑의 계몽의 기획」, 『한국문학연구』 33집,
동국대학교 한국문학연구소, 2007, 268면.
114) 『조선일보』, 1933. 11. 4, 3면.

는 바야흐로대폭발, 대충돌을 기다리는 아슬아슬한 째가 아니었소. 만일 조금만이라도 내가 내 열정의 곱비에 느츰을 준다고 하면 무서운 대 폭발이 닐어낫슬 것이오.115)

　(다) 최석이가 자긔의 싸홈을이기고 죽엇는지 또는 끗까지 지다가 죽엇는지 그것은영원한 비밀이어서 알도리가업섯다. 그러나 이것만은 확실하다 — 그의 의식이 마즈막으로 끗나는 순간에 그의 의식에 떠 오른 오직 하나가 정임이엇스리라는 것만은.116)

　(가)는 최석이 '세상의 믿을 수 없음'에 낙망하여 집과 조선과 세상을 떠나버리자고 작정한 후 마지막으로 정임을 만나러 일본에 갔을 때의 장면이다. 사실 그는 일기를 통해 정임의 마음을 알고 나서도 오히려 불쾌의 감정과 동정심을 느꼈었다. 그가 도덕적 수치심으로 정작 세상을 떠날 결심에까지 이른 것은 수업 시간에 비롯된 것으로 학생들이 칠판에 "에로 교장 최석, 에로 여자고등 사범학교 남정임"이라 적어 놓고 적의와 모멸의 웃음을 표한 사건 때문이었다. 아내 이외의 여성을 이성으로 대해 본 적이 없는 그에게 부녀지간과 같은 정임과의 추문은 당시의 높은 도덕 표준으로는 용납될 수 없는 것이었다. 따라서 그가 죽기 전에 마지막으로 정임을 찾음은 일종의 동병상련의 심정으로 봄이 마땅할 것이다. 아무런 비도덕적 행위가 없음에도 함께 돌을 맞아야 하는 처지와 아버지 자격으로 보호해 주지 못한 미안함이 작용한 것이다. 이는 최소한 (가)장면 이전에 남녀로서의 감정 교류가 발견되지 않는 점을 보아도 알 수 있다.

　그러나 죽음을 결심하고 일본에서 만난 정임은 최석에게 다른 의미로 다가 온다. 가정과 나라를 버린, 그리고 세상을 버릴 그 앞에 우뚝

---

115) 『조선일보』, 1933. 11. 13, 3면.
116) 『조선일보』, 1933. 12. 31, 3면.

서 있는 것은 오로지 자신만을 바라보며 사모하는 정임뿐이었다. 그리고 철저하게 비참해진 자기 자신뿐이었다. 동정에서 시작된 정임을 향한 마음은 세상 밖에 버려진 비애의 상황에서 자신도 모르게 타오르는 애욕으로 변해 그를 놀라게 만든다. 그리고 한번 불붙은 열정은 걷잡을 수 없이 타올라 (나)의 상태에 이르고 최석은 이를 이지의 힘으로 누르려 엄청난 에너지를 발산한다. 그리하여 최후의 순간까지 영과 영의 사랑으로 남고자 내면의 싸움을 계속한다.[117] 모든 것을 포기한 최석이 죽음을 염두에 둔 상황에서 자신과 같은 입장의 정임과 의기투합하려는 욕구는 인지상정이다. 하지만 이러한 욕구를 끊으려 애쓴다는 사실 자체가 최석의 내면에 이지 못지않게 열정 또한 강하게 자리잡음을 대변한다. 또한 최석이 죽은 후 화자가 서술한 (다) 내용은 그가 마지막 순간까지 정임의 환영을 버리지 못하고 타오르는 열정으로 함께 했음을 보여 준다.

앞서 살펴본 바와 같이 최석의 갈등은 본능이 일으킨 격렬한 열정과 그것을 억누르려는 이지와의 싸움이다. 그가 일본을 떠나고 정임과의 영적인 사랑의 서사가 막을 내린 이후에도 계속된 이 싸움은 '이기고 짐'을 문제 삼고 있지 않다. 죽는 순간까지 그가 갈등했다는 사실은 승패나 해결이 불가능했음을 전제로 한다. 그의 싸움은 해결을 목표로 한 싸움이 아니라 최후 순간까지 둘 다를 놓지 않음으로써 자기 완성을 추구하려는 주체의 강력한 내면 활동이다. 그 결과, 열정과 이지는 끊임없이 교류와 간섭을 거듭하고 비로소 '정임의 이데아'

---

117) 최석이 자신의 사랑을 '영혼간의 만남'으로 남기려는 이러한 노력은 성적인 충동으로서의 열정적 사랑이 아닌 찰나적 매혹을 함축하는 낭만적 사랑이라 할 만하다. 이는 낭만적 사랑 자체가 어떤 정신적 커뮤니케이션, 즉 부족한 부분을 메워 주는 역할을 하여 자신의 결여를 메움으로써 완전한 전체를 만들어 주기 때문이다.(A. Giddens, 배은미·황정미 역, 『현대사회의 성·사랑·에로티시즘』, 새물결, 1999, 81~93면 참조.)

를 안은 최석이 탄생된 것이다. 그러므로 이지의 통제로 정의 만족을 추구하던 그가 끝내 죽음을 선택한 것은 둘 중 어느 하나도 포기할 수 없다는 명백한 증거이다. 이러한 그의 죽음을 실현하기 위해 동원된 것이 시베리아의 원시적 자연이다.

일찍이 1913년 11월부터 1914년 8월까지 중국, 만주, 시베리아에서의 방랑생활 체험은 자유로운 상상력과 창조적 충동을 자극하여 그의 주요한 작품 창작에 주요한 모티프가 되었으며[118] 『유정』을 연재하던 해에도 만주, 몽고, 간도 등지를 여행하였다.[119] 『유정』 창작 이전 그의 동북아 체험은 문학적 상상력에 절대적 영향을 끼쳤다. 오산학교를 떠나 바이칼호와 치타로 가기 위해 하얼빈행 열차를 타고 대흥안령 산맥을 넘어 국경을 가로질러 갈 때 그의 눈에 비친 풍경은 심히 충격에 가까웠을 것이다. 눈 속에 파묻힌 숲의 장엄함은 원시 자연의 경건함과 신비감으로 낙망한 식민지 지식인의 정신세계를 압도하였고 현실적 괴로움에 지친 이광수의 자아는 광막한 자연 안에서 새롭게 재탄생하는 기쁨을 맛보았을지도 모른다. 이처럼 시베리아 체험은 그에게 이국적 정취와 함께 오랜 동안 몰각했던 감성을 일깨워 이성과 융합된 자아를 완성할 수 있는 중요한 계기가 되었다. 사람이 살 수 없는 춥고 삭막한 시베리아가 이광수에 이르러 낭만적 꿈의 공간이 되었고 질곡의 조선과 열등감의 원천인 일본을 떨쳐낼 수 있는 제

118) 윤홍로, 「이광수의 치따에서의 체험과 그의 작품배경」(『어문연구』 105집, 한국어문교육연구회, 2000. 3, 219~220면.) 이광수는 당시 체험을 담은 이광수의 「나의 고백－망명한 사람들」(『이광수전집』 13권, 삼중당, 1962, 219면.)에서 “눈덮인 몽고 사막과 홍안령을 넘어서 시베리아로 달리는 감상은 비길 데 없이 광막하여서 청년 나의 꿈을 자아냄이 많았다. 나의 소설 『유정』은 이 길을 왕복하던 인상을 적은 것이다”라고 쓰고 있다.

119) 이광수는 자신이 방랑벽으로 인해 소년시대에 시베리아를 돌아다니던 일과 1933년 즈음 만주를 여행한 일을 좌담회에서 밝힌 바 있다.(「이광수씨와 교담록」, 『삼천리』, 1933. 9, 662~663면.)

3의 장소, 동경의 공간이 된 것이다. 이러한 그의 동경이 구체화된 것이 '두 별' 이야기이다.

> 문득 나는 해를 짜라가는 별 두개를 보앗소. 하나는 앞을 서고 하나는 뒤를셧소. 압헤 별은 좀 크고 뒤엣 별은 좀 작소. 이런 별들은 산 만흔 나라-다시말하면 서쪽 지평선을 보기 어려운 나라에서만 생장한 나로는 보지못하던 별이요. 나는 그 별의 이름을 모르오. '두 별'이요. (…중략…)
> 나는 자꾸 것소. 해를 짜르든 별을 짜라서 자꾸 것소. 별들은 진 해를 짜라서 밧비달리는것도 갓고 헤매는 나를 엇던 나라로 쓰는 것도 갓소.
> 아니 두 별 중에 압선 별이 반작하고는-최후로 한 번 반작하고는 지평선 밋헤 숨어버리고 마오. 뒤에 남은 외별의 외로움이어! 나는 울고십헛소.
> 그러나 나는 하나만 남은 작은 별-외로운 작은 별을 따라서 더 쌜리 걸음을 걸엇소. 그 한별마자 넘어가버리면 나는 엇지하오?
> 내가 웬일이오. 나는 시인도 아니오, 예술가도 아니오. 나는 정으로 행동한 일은 업다고 밋는 사람이오. 그러나 형! 이째에 미친것이 아니요? 내 가슴에는 무엇인지 모든것을 짜르는 요샛말로 이른바 동경을 찻소.
> 「아아 저 적은 별!!」
> 그것도 지평선에 다앗소.
> 「아아 저 적은 별. 저것마자 넘어가면 나는 엇지하나?」[120]

시베리아는 자신을 버린 세상을 피하고 자신의 결백을 증거해 줄 순백의 고결한 공간이다. 그에게는 누구의 간섭도 받지 않으면서 욕망으로서의 열정과 규범으로서의 이지를 자신의 내면에서 통합할 수 그런 곳이 필요했다. 바이칼호에서도 깊고 깊은 숲을 지나 들어가야 하는 죽음의 장소는 그의 내부에 숨어 있던 짐승들을 감추고 이에 맞서는 자신의 이지도 감추기에 마땅한 장소이다. V라는 대삼림지대로 들어가기 전 그의 내면 싸움을 보자.

---

120) 『조선일보』, 1933. 11. 24, 3면.

　　형! 그 이상야릇한 즘생들이 입대껏 사십년간을 어느구석에 숨어잇섯
　소? 그러다가인제 쮜어나와 각각제권리를주장하오?121) (…중략…) 지위,
　명성, 습관, 시대사조 등등으로 일생에 눌리고 눌럿던 내 자아의 일부분이
　혁명을 이르킨것이오? 한번도 자유로 권세를부려보지못한 본능과 감성들
　이 내생명이 끗나기전에 한번날쮜어보랴는것이오?이것이 선이오? 악이오?
　(…중략…) 나는 도저히 이 혁명을 용인할 수가 업소. 나는 죽기까지 버티
　기로 결정을 하엿소. 내속에서 두세력이 싸호다가 승부가 결정이 못한다
　면나는 승부의 결정을 기다리지 아니하고 살기를 고만두랴오.122)

　　그가 편지 쓰기를 마치고 '끝'이라는 글자를 썼다 지운 후 첨부한
이 글에는 자신의 가장 솔직하고도 격렬한 심정이 토로되어 있다. 그
동안 논리학, 윤리학적으로 살아 왔고 의지력과 이지력밖에 없다고
믿은 자신이 환경을 벗어나 호호탕탕한 넓은 세계에 처하니 "내 마음
의 하늘"에 일어나리라 상상도 하지 않았던 '열정'이 불길, 광풍, 물결
처럼 밀어닥쳤다는 것이다. 이지적인 자신이 싸워야 할 상대가 분명
해진 만큼 그는 용인할 수 없는 이 혁명에 의욕적으로 전의를 불태운
다. 그러나 승부욕에 대해서는 유보 결정을 내린다. "두 세력이 싸우
다 승부가 결정되지 못한다면 이를 기다리지 않고 죽겠다"는 것이다.
싸움을 건 주도권자가 '이지'요, 그 상대가 열정이라 할 때 승리가 판
가름나지 않는 이유는 도전자인 열정의 기세가 의외로 강렬하기 때문
이다. 이 팽팽한 대결을 최석은 마지막 순간까지 강행할 결심을 한다.
더욱이 다음과 같은 덧붙임을 보면 그가 이 싸움에서 이지의 승리를
목적으로 하지 않음과 자신의 여생을 이지와 열정의 온전한 연소로
마감하겠다는 비장한 각오를 느낄 수 있다.

---

121) 『조선일보』, 1933. 12. 5, 3면.
122) 『조선일보』, 1933. 12. 6, 3면.

> 만일 단순히 죽는다 하면 구태어 멀리 차자갈 필요도 업지마는 그래도
> 나 혼자로는내 사상과 감정의 청산을 하고십소. 살수잇는 날까지 세상을
> 쩌난 곳에서 살다가 완전한 해결을 엇는날 나는 혹은 승리의 혹은 패부의
> 종막을 다칠 것이오. 만일 해결이안 되면 안되는대로 그치면 고만이지
> 오.123)

눈보라 속에 떠나려는 정임을 미칠 듯이 부르다 잠이 깬 최석이 편
지의 마지막에 털어 놓은 아래 고백은 표면적으로는 열정을 무찌를
이지를 강조하는 듯 보인다. 그러나 심층적으로는 자신에게 너무나도
무도한 이 반란을 대상으로 스스로에게 진압 명령을 내리는 강박행위
에 다름 아니다.

> 나는 결코 내속에서일어난 혁명을 용인하지아니하랴오. 나는 그것을혁
> 명으로인정하지아니하랴오. 아니오! 아니오! 그것은 반란이오! 내 인격의
> 통일에 대한 반란이오. 단연코 무단적으로 진정하지아니하면 아니될 반란
> 이오. 보시오! 나는굿게서서 한 걸음도뒤로물러서지아니할것이오. 만일에
> 형이 광야에 굴르는 내시체나 해골을 본다든지 쏘는무슨 인연으로내무덤
> 을 발견하는 날이있다고 하면 그째에 형은내가이모든반란을 진정한 개선
> 의 군주로 죽은것을 알아주시오.124)

이제 최석의 죽음에 대해 좀더 가까이 가 보자. 그는 열정과 이지
의 강렬한 싸움과 함께 죽음을 선택하였다. '사랑을 죽이기 위해 제
목숨을 죽'인 것이다. 제 목숨을 죽여야 비로소 죽는 '사랑'이란 그의
내부에 타오르는 열정적이고도 격렬한 정임을 향한 애정이다. 그렇기
때문에 '사랑은 목숨을 빼앗는다'는 공식이 가능하며 그가 얼마나 이
사랑을 지키기 위해 이지 못지 않은 열정을 불태웠는가도 짐작할 수

---

123) 『조선일보』, 1933. 12. 6, 3면.
124) 『조선일보』, 1933. 12. 7, 3면.

있다.

그에게 죽음이란 이지와 열정을 완전 연소시켜 절대세계에 도달하게 만드는 최후의 도구이다. 윤리적이고 이지적인 자신의 내부에 깃들여 있던 본능적이고 감성적인 열정을 발견하고 그 둘을 조화시켜 하나의 완전한 세계를 이루어 내어 자아를 완성하려는 것이다. 죽기 전 오랜 번민을 거친 후 그가 내린 죽음의 개념은 '완전함' 그 자체이다. 화자가 최석을 만나 그로부터 얻은 일기 맨 마지막 장에는 다음과 같은 구도의 구절이 적혀 있다.

> 나는 죽음과 대면하엿다. 사흘재 굶고 알흔 오늘에 나는 극히 맑고 침착한 정신으로 죽음과 대면하엿다. 죽음은 검은 옷을 입었스나 그 얼굴에는 자비의 표정이 잇섯다. 죽음은 곳 검은 옷을 입은 구원의 손이엇다. 죽음은 아름다운 그림자엿다. 죽음은반가운 애인이오 결코 무서운 원수가 아니엇다. 나는 죽음의 손을 잡노라. 감사하는 마음으로 죽음의 품에 안기노라. 아멘.[125]

『유정』은 이광수의 작품 중 보기 드물게 문학적 구조에 충실을 기한 소설이다.[126] 그리고 철저히 최석의 내면 서사이다. 이광수라고 보아도 좋을 최석은 규범과 싸우며 자신의 욕망을 추구하는 개인으로 살다가 고통을 감내하며 죽는 비극적 인물로 묘사됨으로써 이 작품의 계몽기획 혐의를 벗게 하였다. 개인의 삶을 사회와 국가에 현저하게

---

125) 『조선일보』, 1933. 12. 26, 3면.

126) 한용환은 『유정』의 인물들이 상호간 충실한 반응에 의해 충실한 소설적 정황을 달성하고 있다고 평하였고 (「이광수소설 연구 방향의 새로운 모색」, 『동악어문논집』 제17집, 1983, 425면.) 또 다른 논문에서는 『유정』이 '감각적 정열에 집착하다 좌절하는 순수한 개인적인 삶'을 그리기 위해 모방적 가치, 주제적 가치, 형식적 가치를 효과적으로 통합하여 표현한 이광수의 최초작이라 고평하였다.(「유정연구」, 『국어국문학논문집』 제13집, 1986, 1 ~2면.)

드러내 놓는 이전 작품에 비해 온전히 자신의 세계 안에서 자신의 경영하에 죽음에 이르는 구성은 자기지향적이고도 심미적인 삶의 모습을 제시했다고 할 수 있다. 이러한 경향은 자기발견이나 자아완성으로서의 낭만성과 연관된 것으로 보다 개별적이고 주관화된 인격을 발견하게도 한다. 여기에 크게 일조를 한 요소는 꿈의 장소로 그려진 시베리아라는 소설 공간이다. 배경이 주제적 의미는 물론 정신적 의미를 포함한다고 볼 때 시베리아는 작가의 무의식까지 내포한 의도적 공간이다.

근대 지식인 최석이 추구한 것은 욕망으로서의 열정과 손상받지 않는 규범, 둘 다였다. 그리고 이를 실현하기 위한 공간이 시베리아였다. 그는 감성과 이성을 포유한 온전한 개인으로서 완성된 자아성립을 지향하였다. 이를 위한 노력이 둘 사이에 끊임없는 싸움으로 형상화되었고 결국 최석은 둘을 다 소유하기 위해 죽음을 선택한 것이다. 따라서 그의 죽음은 열정과 이지, 그리고 욕망과 규범을 육화하여 절대세계로 나아가고자 하는 자기완성의 기획이라 하겠다.

3) 이상세계로의 회귀 - 김동리, 「무녀도」[127]

「무녀도」는 영험력을 잃은 무당이 제의 중에 스스로 물에 빠져 죽은 사건을 중심으로 한다. 무당 모화는 신과 인간의 매개자로서 자아와 세계가 일치된 존재로 볼 수 있다. 인간의 세계와 신의 세계를 넘나들며 신적 지위를 누리던 그녀의 자아는 애초부터 세계와 융합된 상태였다. 자아의 확대로서 세계가 존재했으며 세계와 더불어 자아가 활동한 것이다. 자아와 세계의 조화로 그녀는 자신의 이상을 현실 안

---

127) 『중앙』, 1936. 5, 118~133면.

에서 실현하였기에 늘 충만한 삶을 누릴 수 있었다. 동리 사람들도 그
녀의 영험함을 믿고 위로를 받으며 그 안에서 살아간다.

> 그러나 그들 가운데 누구든지 사람이 아프거나 죽거나 하면 반드시 모
> 화를 찾았다. 한번 찾은 사람은 자칫하면 또 찾고 했다. 그만치 그들은 모
> 화를 보는 것이 위안이 되었었다.
> 모화는 큰 고을에서도 제일 이름난 무당이었다. 산ㅅ굿이고 용신ㅅ굿이
> 고 언제던 큰 굿이면 반드시 모화를 불러 갔다.
> 모화가 불린 굿을 모화 굿이라 했다. 모화 굿이라면 여인들은 이십리
> 삼십리 산고개를 넘기 쯤은 예사고 오십리 육십리 밖에서도 밥을 싸서 모
> 여들었다. 모화굿을 보고는 울지 않는 사람이 없는것이라 하였다.[128]

> 믿기 어려우나 이러한 이야기도 있다. 그가 산에 가 기도를 올릭적엔
> 아무리 밤중이라도 무서움을 모른다는 것이었다. 한번은 마을 장난꾼들이
> 그를 놀려 주려고 그가산에서 내려 오는 다리우에 허수아비를 맨들어 세
> 우고는 몇 사람이 다리 아리 있다가그의 옷 자락을 잡어 댕겼다 한다.
> 이때 모화는 한숨을 쉬고
> 「이 구신이 모화를 몰르나?」
> 태연히 서서 이렇게 호령 하매 다리 아래 있던 사람들이 모두 넋을 잃
> 고 쓰러져 버리었고 이통에 그들은 무서운 병을 얻어 그뒤 한사람은 죽고
> 다른 몇 사람은 모화가굿을 해서 도루 병을 낫게 한것이라 한다.
> 모화는 큰 굿뿐 아니라 객귀도 곳잘 물리쳤다. 남의집 장사일 같은데나
> 가서 부정한 음식을 먹고 갑자기 오한이 들고 조갈이 나고 눈이 캄캄 어
> 두워지고 머리가 갈라지는듯 벌룸거리고 할적엔 모화가 와서 물밥이나 한
> 바가지 물리면 당장 시언해지며 잠이 드는것이라 한다.[129]

무속은 본래 현세적 삶의 충동을 바탕으로 하는 생명 추구의 성향
이 강하다. 죽음에 있어서도 단지 죽은 자의 원한을 푸는 데 많은 관

---

128) 『중앙』, 1936. 5, 121면.
129) 『중앙』, 1936. 5, 122면.

심을 쏟는다. 그러하기에 아직 새로운 사상이 전파되기 이전, 모화의 신적 지위는 막강한 영향력을 발휘하게 된다. 이승과 저승을 왕래하며 인간과 귀신 사이에서 영매 역할을 하기에 그녀의 자아는 세계를 향해 항상 열려 있다. 그러나 '자아와 융합된 세계'가 '자아와 대립하는 세계'로 차츰 변화함으로써 모화의 내면은 긴장에 휩싸이기 시작한다. 자아와 조화를 이루고 있던 세계 속으로 이질적 존재가 틈입함으로써 그 세계가 순수성을 잃어 자아와 차츰 분리되는 것이다. 이 긴장은 아이러니하게도 욱이와 낭이에게서 비롯된다.

모화는 낭이를 수국 「꽃님」의 화신이라했다. 그가 꿈에 용(龍)신님을 만나 복숭아를 받아 먹고, 꿈 꾼지 일헤ㅅ만에 낭이를 낳은것이라 하였다.
그에게 들으면 수국 용신님은 따님이 열두 형젠데 첫재는 달님이요 둘재는 물님이요 셋재는 구름님이요…… 이렇게 열둘재는 꽃님이었는데 산신님의 열두아드님과 혼인을 시키게 되어, 달님은 해ㅅ님에게, 물님은 나무님에게, 구름님은 바람님에게 이렇게 차례대로 하려니까, 끝의 꽃님은 본시 연애를 좋아하시는 성미라, 자기 차례를 기둘르다 못해 열한재형, 열매님의 낭군이 되실 새님을 가로 채어 버렸더니, 용신님 크게 노하사 벌을 내려 꽃님의 귀를 먹게 하시고 수국을 추방하시니, 꽃님에서 그만 복사꽃이 되어, 봄바다 강ㅅ가로 산 발치로 붉게피지만, 새님이 가지에 와 아무리 재잘거려도 지금까지 귀가 먹은냥, 말없는 벙어리 되어 있는 것이라 한다.130)

낭이는 어두운 밤으로 한숨을 짓고 그의 오빠에게 잘 뛰어들었다. 그리고는 그 「반디ㅅ불」같이 투명한 얼굴을 그의 가슴에 묻고 흐느껴 울군 하였다.
오빠는 문득 문득 목 덜미로 입 가장으로 누이의 싸늘함 손과 입술을 느낄적 마다청처짐하게 무뚝하게 서서 손으로 그를 떼어 밀처 버리곤 했다. 그러나 낭이가 까물어칠 듯이 사지를 떨며 또 뛰어 드는 다음 순간이

---

130) 『중앙』, 1936. 5, 123면.

면 그도 당황히 누이의 손을 쥐어주며 히미한 종이 등ㅅ불이 걸린 처마밑
으로 끄으렀다.131)

오빠는 욱이(昱伊)란 이름이었다. 낭이와는 이성(異姓) 형제이었다. 즉
모화가 낭이아버지를 보기 전 옛날 그가 좋아하던 어느 화랑이의 아들이
었다.
욱이는 그동안 늘 감옥에 있었었다.
그 넓고 창백한 이마며, 빛이 쏘는 굵은 눈이며 그는 한 사람의 무당의
아들로서는너무도 거창하였다.132)

몇 달 전부터 조곰씩 달러 오던 낭이의 배가 그지음 와서 그만 드러나
게 불러저보였다.
이것을 본 마을 사람들은 무당의 자식이란 헐수 없는 것이라 했다.
「인제 열너댓 된 것이 별일이라」했다.
그리고 「누구겠소」 「누굴가」하고 그럴듯한 마을 사내 아이들을 손 꼽
아 보았으나 그애들 모두 모르노라 하고 머리를 둘렀고 평시에 그집에 드
나들던 사람이라고는거이 없었을뿐더러 간혹 있다 해도 모두가 여자이었
고 그렇다고 낭이가 질겨 돌담 밖을 나다니는 법도 없었고 극히 드물게
그의 푸른 얼국이 돌담밖에 보인다 해도 마을사람들을 보는 품이 가당찬
히 쌀쌀했고 이렇게 따저 보면 그의 어미의말마따나 사람아닌 신령을 느
껴 잉태했는지도 모른다.133)

탄생부터 신화적 특이성을 지닌 낭이와, '살인범'과 '윤리적 위인'
이라는 칭호로 동시에 불리우는 욱이는 모화에게 위협적인 존재이다.
더욱이 이들의 근친상간적 결합은 모화에게는 거대한 도전이다. 자아
와 세계의 조화로운 질서하에 살아 온 모화에겐 "수국 꽃님의 화신"
인 낭이가 장차 자신보다 더 영험한 무당이 되리라는 예감이 있다.

---

131) 『중앙』, 1936. 5, 124~125면.
132) 『중앙』, 1936. 5, 125면.
133) 『중앙』, 1936. 5, 130~131면.

"땅 밑에 사는 머리 검은 귀신의 화신"인 욱이도 그 스스로 신령님의 이복형제쯤으로 여기니 모화에겐 '가장 두려운 존재'이다. 이렇듯 욱이와 낭이는 무당과 화랑이, 신령님과 용신의 교합에 의한 태생적인 특이함으로 모화에게는 상당한 긴장감을 유발시키는 인물들이다.

신령님을 정점으로 대결과 경쟁 양상을 보이는 모화와 욱이. 모화를 초월하여 이성형제 욱이와 근친상간에 이르며 모화에게 이적 실현의 욕구를 불러일으키는 낭이. 신인(神人)적 존재인 세 인물이 벌이는 눈에 보이지 않는 경쟁은 모화의 '자아와 융합된 세계'를 '자아와 대립하는 세계'로 변모시킨다. 여기에 또 하나의 '구원'을 들고 나타난 기독교는 그녀로 하여금 더욱 저항적 에너지를 갖게 만든다. 이른바 '예수교'는 무속과는 매우 이질적인 요소를 안고 모화의 세계 속으로 끼어 들어 그녀를 혼란에 빠뜨리는 것이다. 모화의 자살은 이 과정에서 형성된 '자아와 대립하는 세계'와 불화하여 발생하게 된다.

(가) 예수교가 들어 왔다.
그것은 바람에 불같이 온 세상에 뻗었다. 그리하야 모화가 사는 마을에도 들어왔다.
앞 골목 방영감은 집사, 그 마누라는 권찰부인, 며누리는 곡조(찬송)를 잘 부르고 그 아들은 셍경(성경)책을 잘 보고, 방영감네 사돈 영감은 영수, 그 마누라는 교회 일에, 함지 밥을 잘 해내고 (…중략…) 이 양조사의 이종 팔촌 처 할아버지인 방영감을 중심하야, 이 마을에도 입실댁 김씨 부인도 믿게되고 안강댁 허씨부인도 믿게되고 건너ㅅ집 월성 김씨 부인과 그 친정 어머니, 우ㅅ녁서 온 윤씨 마나님과 그의 손자들…… 나날이 교도가 늘어 간다.[134]

(나) 그들은 밤낮으로 나발을 불고 북을치고 말했다. (…중략…)

---

134) 『중앙』, 1936. 5, 127~128면.

「무당과 판수를 믿는 것은 거룩 거룩 하시고 절대적 하나밖에 없는 우리하느님 아바지게 죄가 됩니다. 무당이 무슨 능력이 있습니까. 보십시오. 무당은 썩어 빠진 고목나무나 듣도보도 못하는 돌미력 한테 빌고 절을 하지 않습니까. 판수가 무슨 능력이있습니까. 보십시오. 제 앞도 못보아 지팽이로 더듬거리는 그가 어떻게 눈 밝은 사람들을 구원할수 있겠습니까. 우리 인생을 만든 것은 하느님아바지 올시다. 그러므로 아버지께서 말슴하셨습니다. - 내 앞에 다른 신을 두지말라……」이렇게 시작하면 거륵거륵하시고 전지전능 하신 하나님 아바지와 여자는 남자의 갈비뼈 하나로 된 이야기와 예수주검에서 다시 살어나신 이야기가 한정이 없이 쏟아진다.

모화는 픽 웃고 했다.[135]

(다) 이러는 판에 또 서울서 부흥 목사가 내려왔다. 그는 기도를 해서 병을 고치는능력이 있다는 것이다. (…중략…)

그가 병자의 머리우에 손을 얹고 이렇케 기도를 올리면 여지의 월수ㅅ병 대하ㅅ증쯤은 거이가 「죄씻음」을 받을수 있었고 그 밖에 소경이 눈을 뜨게 되고 앉은뱅이가걷게 되거 귀머거리가 듣게 되고 벙어리가 말을 하게 되고 반신불수와 지랄병든 자들까지 저이 「믿음」여하에 따라 모두 「죄씻음」을 받게 되는것이라 한다. [136]

예수교의 출현은 그녀의 자아이자 세계인 무속신앙을 새로운 긴장에 빠뜨리는 결과를 낳는다. (가)에서 (다)에 이르는 동안 기독교의 기세는 점차 거세고 이에 따라 모화도 힘이 꺾이게 된다. 징을 울리고 꽹과리를 치며 외쳐도 예수꾼들은 그녀를 "몇십 년이나 묵은 원수"와 같이 대하고 그녀도 "불길같은 질투"가 치민다. 이에 모화는 어려운 상황에서 벗어나기 위한 방책으로 벙어리 낭이의 입이 열리리라는 이적을 공언하고 사람들은 자못 기대에 찬다.

---

135) 『중앙』, 1936. 5, 128~129면.
136) 『중앙』, 1936. 5, 129~130면.

「아직도 낭이 따님을 의심 하량이면 그가 벙어리ㄴ것을 잘 기억했다
따님이 해산하는날 아침에봐라. 아기의 울음 소리와 함께 낭이 따님의 입
이 열릴 터이니!」

이 소리를 들은 마을 사람들은 전날에도 더러 모화의 경력을 보아온 터
이라 대단히긴장하야 그날 아침이 오기를 기둘렀다. (…중략…)

이리하야 날과 밤이 갔다.

드디어 그는 미쳤다. 그것은 낭이가 의외로 속히 유산을 해 버린 것과
어미가 열리리라 이적을 약속한 그의 입이 여전히 굳게 닫혀저 있은것과
가장 긴장해서 그의 이적을 기둘르던 마을 사람들이 그를 비웃게 된 것과
동시에 그들의 무자비한 눈짓들이일제히 그의 아들에게 쏟아지게 된 것이
었다.

그는 전날 달ㅅ밤으로 산에 가 기도를 올릴적처럼 고요하고 정숙한 얼
굴로 그의 아들을 향해 두 손을 부비며 「신령님, 신령님 우리 신령님, 모
화를 모릅나이까 모화를 어이 모릅나이까」하고 서서 빌다가 갑자기 그의
굵은 두눈의 힌자위 거믄자위가 태극도 같이 돌아가며 하늘을 처다보고
징, 깽과리를 울리고 하였다.[137]

들불 번지듯 퍼지는 예수교에 대적하기 위해 모화는 안간힘을 쓴
다. 그러나 얼굴빛이 점점 변하고 나날이 징과 꽹과리를 울리며 욱
이의 신령한 힘에도 애원을 해 보았건만 이적은 실현되지 않는다.
모화가 가장 두려워 하던 절대적 힘의 소유자, 욱이를 '신령님'으로
부르며 빌어도 모화는 비웃음의 대상이요 욱이에게는 무자비한 눈
짓이 쏟아질 뿐이다. 이제 모화 앞에는 오로지 적대적 세계만 남게
된 것이다. 장차 자신을 능가할 무당이 되리라 여겼던 낭이는 이적
실패로 절망적 상태에 처했고, 태생적 한계로 평범하지 않은 성장과
정을 거친 욱이도 모화의 세계에 균열을 일으키는 요소가 되었다.
또한 모든 이적과 영험함은 예수교로부터 나온다고 믿기 시작한 동

---

137) 『중앙』, 1936. 5, 131~132면.

리 사람들도 모화에게는 모두 폭력적인 세계로 다가온다. 그녀가 지금까지 누려 오던 이상과 현실의 조화는 이제 깨질 수밖에 없는 상황이 된 것이다. 모화는 자신의 몸으로 더 이상 이상세계를 실현할 수 없으리라는 불안에 빠진다.

마지막 굿이 열리는 날, 어느 때보다 구슬픈 음성과 율동의 화신이 된 모화는 예기ㅅ소에 몸을 던진 부자집 며느리의 혼백을 건지려 물로 들어간다. 그리고는 목소리와 함께 물에 잠겨 버린다. 자신의 몸을 죽은 이의 혼백과 일치시켜 현실에서 사라진 이상세계를 찾아내고, 그럼으로써 자신의 영험함을 확인하고자 한 것이다. 따라서 그녀의 자살은 자아와 세계가 융합된 과거로 돌아가기 위한, 잃어버린 이상세계로 회귀하려는 욕망의 실현이라 할 수 있다.

김동리는 구체적인 식민지 현실에 관심을 두지 않고 신의 세계인 반근대에 주목하였다. 그는 식민지시대의 폭력적 세계 대신 자아와 세계의 통합을 방해하는 '국외자로서의 세계'로 욱이와 낭이, 기독교를 들고 그 세력에 저항하는 모화를 그렸다. 그러나 더 이상 자아와 대립하는 세계와 화해할 수 없다는 사실을 인식하기에 이른다. 이전처럼 융합된 자아와 세계를 가질 수 없게 된 상황에서 무당의 신적 행위를 활용하여 자살에 이르게 된 것이다. 그러므로 모화의 자살은 자신의 이상세계로 다시 돌아가고 싶은 자아의 마지막 투항이라 할 수 있다.

4) 식민지 폭력세계에 대한 항거 – 채만식, 「패배자의 무덤」[138]

「패배자의 무덤」은 자기분열을 겪는 식민지 지식인의 자살을 다룬

---

138) 『문장』, 1939. 4, 27~57면.

작품이다. 이 소설의 특징은 1920년 이래 식민지 현실과 지식인의 좌절을 그린 많은 작품 중 좌절을 가장 격렬한 방식으로 해결한다는 데 있다. 주인공이 달리는 열차에 몸을 던져 처참하게 죽은 것은 자기각성에 이른 자아가 폭력적인 세계와 부딪쳐 일어난 비극적 사건이다. 자신을 둘러싼 세계가 너무도 강고하여 감당할 수 없을 때 자아는 절망에 빠진다. 더욱이 날로 가중되는 식민지 억압은 지식인으로 하여금 환경과 더욱 불화하게 만든다. 풍자마저 불가능해지는 시대에 주인공은 자신의 생명을 도구로 세계와의 투쟁을 벌인 것이다. 이는 확장될 대로 확장된 자아가 그 방향을 외부로 향함으로써 타락한 세계에 맞서 저항하는 양상으로 전개된다.

주인공 종택의 자아가 폭력적 세계와 어떤 방식으로 투쟁하는지 전반부 줄거리를 통해 알아보자. 잡지사의 전임필자로 촉망 받는 소장논객 종택은 인텔리 출신 경순과 행복한 신혼 중에 종택의 부친 강진사의 편지를 받는다. 그렇지 않아도 일에 별 보람을 느끼지 못한 종택은 이를 계기로 사표를 내고 집에 들어앉는다. 경순은 이 기회에 불란서 같은 데 가서 공부하기를 권유하고 종택도 솔깃해진다. 그러나 종택이 사회주의 사상에 뛰어들어 고초를 겪은 일이 암시적으로 표현되면서 자신이 양행으로 자기분열의 가책을 면하려니 싶었던 것이 착각임을 깨닫게 된다. "거추장스런 자기분열은 오늘 여기서도 짊어지고 있어야 하고 내일 양행을 한다면 거기서도 짊어지고 다녀야 하고 그리고 모레 돌아와서도 끝끝내 짊어지고 살아야 할 것이 아니냐"는 생각에 무위무능하기는 마찬가지이리라 결론을 내린다. 그리고 두 주일쯤 후에 "예기하지 못했던 그러나 당하고 보니 당연한 – 일"이 벌어지고 만다.

추상적인 사건전개에도 불구하고 문면에 드러난 종택의 직접적인 자살 계기는 마호메트와의 만남이다.

> 종택이 마호메트의 초청을 받아 아라비아 땅에를 갔던 것이다.
> 아침에 떠났던 남편을 근심으로 기대리던중 오정만하여 무사히 돌아오
> 는 것을 맞는 경순의 안심은 그러나 단지 그순간윗 것이요, 역시 짐작한대
> 루 일은 크고 절박했었다.
> 마호메트는 매우 친절하게 코 – 란과 또 한가지 다른 명물을 내보이면
> 서 어느것이 마음에 드느냐고 종택더러 물었다.
> 종택은 둘 다 일 없으니 좋은 낙타나 한 마리 주었으면 그놈을 타고 끄
> 으덱 끄으덱세상 구경이나 다니겠노라고 대답을 했다.
> 마호메트는 무얼 그대지 겸사를 하느냐고 정으로 주는것이니 물리치지
> 말고 제발 둘중에 한가지를 골라가져 달라고 간곡히 권을 했다.
> 종택은 그래도 사양을 하니까 마호메트는 필경 울면서 세 번째 졸랐다.
> 종택은 그러면 몇일 말미를 주면 집에 돌아가서 자알 생각해 본뒤에 작
> 정을 하겠노라고 수유를 타가지고 돌아왔던 것이다.
> 무서운 진통의 사흘이 저물어 올때 오후에는 어떤 낯 모를 신사의 방문
> 을 받았다. 그리고 그날 밤 늦어서 불시로 출입을 한 종택은 영영 돌아오
> 지 않고 말았다.[139]

두 가지 중 하나를 택하라는 마호메트와 둘 다 싫다는 종택. 그러
나 울기까지 하면서 선택을 강권하는 마호메트로 인해 종택은 말미를
얻어 돌아온다. 선택을 미루며 무서운 진통을 견디어 보나 결국 종택
은 그날 밤 급행 열차에 스스로 뛰어들어 처참한 몰골로 자살해 버린
다. 왜 하필 '아라비아, 코란, 마호메트'인지는 알 수 없다. 다만 작가
가 서재적 사회주의를 추구한 것에 기대어 해석해 볼 수는 있다. 종택
에게 '코란과 또 한가지 다른 명물' 중에 선택하라고 한 것은 사상투
쟁과 무장투쟁 중 하나를, 혹은 소시민적 생활과 이념적 지향 중 하나

---

139) 『문장』, 1939. 4, 36~37면.

를 택하라고 한 것일 수 있다.[140] 그가 이 시점에서 진정으로 원한 것은 '낙타 한 마리'였다. 비유적 의미를 지닌 두 가지 이외의 것, 낙타. "그놈을 타고 끄으떽 끄으떽 세상 구경이나 다니고 싶"은 종택은 자기 부탁을 건성으로 들은 마호메트 때문에 끝까지 선택을 강요당한다. '코란'이 암시하는 것은 이미 다 꺾여버린 종택의 '주의자로서의 신념'이라 할 수 있다. 코란의 엄격함을 따라 자신의 엄중한 신념을 실천에 옮긴 바 있으나 이미 실패하였기에 종택은 코란을 선택할 수 없다.

> 종택은 일찍이 바람 거칠지 않을 절기에 조고마한 돛을 만들어 달고 바다로 나왔었다. 했다가 그는 힘에 부치는 강풍을 맞났다.
> 돛은 여지없이 찢어졌다. 그리고 배는 바다의 낮 선 섬에 표착이 되었다. 종택은 지금에 참혹한 파선의 형해를 바라보면서 해안을 두루 배회하고 있었다.
> 다시금 든든한 돛을 만들어 달고 저 강풍이 불어 치는 바다로 달릴 의욕은 불타 오르나 그에게는 그러한 돛을 만들 힘 – 체력이 없었다. 천지에 바다와 맞붙어 단판 씨름을 않고는 살수가 없는 판백이 뱃사람이 아니라 거기 어디 되는대루 주저앉아도 넉넉할 팔人자 이것이 그의 타고 난 유리한 약점이었던 것이다.[141]

세계는 이미 종택에게 힘이 부치는 상대이다. 조고마한 돛으로는 해결할 수 없는 거친 세계이기에 그리고 든든한 돛을 만들 체력도 없기에 그저 해안을 배회할 뿐이다. 이것을 스스로 "타고난 유리한 약점"이라 여기는 태도에는 어쩔 수 없이 짊어져야 할 식민지 지식인의 절망감이 니힐리즘과 함께 배어 있다. 아무것도 할 수 없기에 절망하

---

140) 염무웅, 「식민지적 민족 현실과의 대결」, 염무웅 편, 『한국대표명작 채만식』, 지학사, 1985, 273면.
141) 『문장』, 1939. 4, 34면.

고 텅 비울 수밖에 없는 그의 니힐리즘은 이미 작가가 자신의 정신상
황으로 제시하기도 했던 것이었다.

> 그것은 가령 내 죄가 아니라고 하더라도 책임은 내가 져야만 할 것인데
> 「소망」에서 은근히 싹이 트더니 앞으로 금년 일년 중에 쓰려는 단편 「선
> 인의 집」(가칭)이나 「홍보의 집」(가칭)이나 「소망이후」(가칭)나 「금의환향」
> (가칭)이나, 그리고 장편 『원장(怨章)』까지도 뚜렷이 자리를 잡고 앉는 니
> 힐리즘의 독한 호흡이다.142)

작가의 이러한 경향은 여러 방향에서 평가된 것으로 결국은 니힐리
즘이 사회 역사적 상황에 대한 반응이라는 데 일치한다.143) 그렇다면
이러한 정신을 이끌어낸 시대는 어떤 상황이었나를 살필 필요가 있
다. 이 작품이 발표된 1939년, 일본 제국주의는 완전한 군사체제에 돌
입하여 식민지는 물론 자국내의 사회주의·자유주의도 탄압하기에
이른다. 이런 상황에서 식민지 지식인이 할 수 있는 일은 침묵하는
것, 그것이었다. 종택의 자살은 이런 의미에서 충격적이다. 서사의 흐
름에서 납득이 잘 가지 않는 듯 보이는 그의 자살은 침묵할 수 없는
자의 저항이다. 코란을 거부하고 나머지 하나는 그 실체를 알 수 없으

---

142) 『청색지』, 1939. 5.

143) 홍기삼은 채만식의 허무주의가 사회적 현실에 대한 비판으로 연결된다고 보
  았고 (「풍자와 간접화법」, 『문학사상』 15호, 1973, 305면.) 이래수는 니힐리즘
  이 니체나 뚜르게네프의 허무주의가 아니라 기존가치와 질서를 부인하고 인
  생이나 세계를 허무하고 허망하다고 보는 사회심리현상으로서의 니힐리즘이
  며 기분으로서의 니힐리즘이라 보았다.(「채만식 소설 연구」, 동국대 박사논문,
  1985, 129면.) 조남현은 이 시기 작품 검증을 통해 허무주의가 "세태소설로 빠
  지는 것을 구출한 힘"으로 해석하였으며 (「채만식 문학의 주요모티프」, 『한국
  현대소설연구』, 민음사, 1987, 212~218면.) 우한용도 니힐리즘이 역사적 상황
  에 대한 대응방식을 이끌어낼 수 있다고 강조하였다. (『채만식 소설 담론의
  시학』, 개문사, 1992, 66면.)

며 낙타는 포기해야 하는 상황에서 그의 자아는 세계와 강하게 부딪칠 수밖에 없다. 점차 가중되는 식민지 압박은 지식인을 갈등에 빠뜨리는 정도를 넘어 점차 자기분열에 이르게 하다 '백 년을 가고도 남을 풍랑'에 스스로 좌초하게 만든 것이다. 그리고 부딪쳐 깨지고 파멸되는 이 과정에서 강력한 저항의 힘을 발휘하게 된다.

그러나 죽음이라는 강력한 저항이 불쑥 생겨난 것은 아니다. 「명일」부터 서서히 드러나기 시작한 이 기운은 인물을 시대와 더불어 풍자의 대상으로 삼다가 점차 소거시키는 과정을 밟는다. 자기분열을 일으키는 지식인의 자아가 세계와 정면 대결하는 국면으로 치닫게 된 것이다. 작품의 후반부가 새로운 세대에 대한 희망을 담아 이후로 이어지는 중요한 지점임에도 불구하고 전반부 종택의 죽음은 앞에서 이어받은 저항의지를 완결하는 매우 중요한 기능을 한다. 엄중한 식민지 말기 지식인의 자살은 타락한 세상에 그가 전하고자 하는 무언의 항변이다. 세계와 화합할 수 없는 자아가 생명을 도구로 한 마지막 저항이기에 무엇보다 비극적이다.

「명일」(1936)의 주인공 범수는 직업을 얻지 못해 가난에 시달린다. 한 집안의 가장이지만 대학까지 나왔음에도 불구하고 어떤 경제활동도 하지 못한다. 미래에 대한 이렇다 할 아무 희망도 없는 상황에서 대학을 나온 자신에 대해 오히려 조소를 보낸다.

> 자기앞으로 땅마직이나 있는것을 톡톡파러서까지 학자를삼어 대학까지 마치었다.
>
> 그러나 지금와서 생각하면 비록 의식하지는 못했으나마 천하 어리석은 짓을 하고만것이다.
>
> − 만일 학문을 하지아니하고 그대로 그땅을 파고 있었다면… 좌우간 머리속에 학문을 집어넣기때문에… 심신이 이렇게 약비해지지 아니했다면 내게는 명일(明日)이 있었을 것이다. − 144)

이 작품은 범수와 그를 이렇게 만든 사회를 동시에 풍자하고 있다. 일제는 우민화교육을 통해 그들의 부림을 받는 하급관리나 사무원 등을 양성하고 민족말살의 황민화교육으로까지 나아간다. 하지만 고등교육을 받은 한국인들은 식민지사회에 대한 눈을 뜨게 되고 식민정책에 비판적 안목을 지니게 된다. 이에 일제는 진로를 차단하여 그들을 룸펜 지식인으로 전락시키고 지식인들 역시 일제에 의해 교육을 받고 일제에 의해 버림받는 아이러니한 시대의 희생자가 되고 만다. 식민지하 의식 있는 지식인으로서는 아무 것도 할 수 없다는 현실이 범수를 자조적 인물로 떨어뜨린다. 이 자조적인 자기풍자는 이후 자기분열로 가는 근거로 작용하게 된다. 때마침 들어선 프랑스 블룸의 인민전선 내각은 작가로 하여금 세계정세에 기대어 한국 미래를 바라보게 하나 결국 이도 깨어지고 만다.

한편 「소망」(1938)은 「명일」에서 한 걸음 나아간 모습을 보인다. 조소의 몸짓이 너무도 강하여 주체를 미치는 지경에 이르게 한 것이다. 작품의 서두는 이렇게 시작된다.

> 男兒여든 모름지기 末伏날 冬服을 떨쳐 입고서 鐘路 네 거리 한복판에 가 버티고 섰어 볼지니…… 외상진 싸전 가개 앞을 闊步해 볼지니……145)

작품 전체를 모두 포괄하고 있는 이 대목을 풀어보면, 남자는 삼복염천에 겨울 양복을 입고 겨울 모자를 눌러 쓰고 검정 구두에 와이셔츠, 넥타이까지 겨울 것으로 차리고 종로 한 복판에서 당당히 버티고 서 있을 수 있어야 하며 외상을 진 쌀가게 앞을 당당하게 고개를 들고 팔을 휘두르며 지나갈 수 있어야 한다는 것이다. 이는 현실적으로

---

144) 『조광』, 1936. 10, 388면.
145) 『조광』, 1938. 10, 285면.

볼 때 미치광이 모습 그대로이다. 작년에 신문사를 그만 둔 남편은 건넌방에 처박혀 출입도 하지 않으며 주위 모든 것에 대해 독설을 쏟는다. 그리고 한증 가마 속 같은 건넌방에 꼼짝 않고 누워 있는 것은 더위와 싸우기 위한 것이라 주장한다. 이러한 그의 언행은 현실에 대한 극도의 증오에서 비롯된 것이다. 이상과 현실의 괴리를 이겨낼 수 없기에 신문사를 뛰쳐나오고 미치광이와 같은 행세를 하게 된 그는 「명일」의 범수보다 한층 적극적이다. 아예 직업을 구할 수 없어 자조적일 수밖에 없는 범수에 비해 그는 가지고 있던 직업을 팽개치고 본격적으로 들어앉아 작정하고 시대와 사회에 불화의 화살을 던지고 있다. 자신의 무력함을 미치광이 행동을 통해 반어적으로 표현한 것이다.

이를 이어 받은 「패배자의 무덤」은 가장 강렬한 방식으로 자신의 저항의지를 드러낸다. 종택은 「명일」이나 「소망」의 인물들이 자기 목숨을 끊으면서까지 도달하려고 하지는 않았던 '세계와의 투쟁'을 과감하게 실행한다. 다시 회복할 수 없는 생명을 담보로 하기에 그의 저항의지는 무엇보다 완강하고 강렬하다. 한 순간 양행에 대한 꿈에 부풀기도 했지만 그것이 도피에 불과함을 깨닫고 거추장스런 자기분열이 피할 수 없는 자신의 과제임을 인식한다. 그리고 마호메트의 만남 뒤에 이내 자살을 결행한다.

> 무위와 무능에서 다시 나아가 나의 육체는 나를 망신되게 하는 것으로밖에는 쓰일곳이 없는게 되고 말았다. 푸로메슈-스의 후손은 불초하여 약행(弱行)할지언정 불을도루 빼앗지 않기 위하여서는 육체를 처분할강단조차 없지는 않다. 그대에게 미안하다. 그러나 그대의 총명이 결코 그대의 전정을 어리석게 인도하지 않을 것만은 자못안심이다. 새로히 탄생되는 생명은 그대의 의사에 있는 것이지 나의 간섭할 배가 아니다. 다만 참고로 그 생명에서 새로운 진리를 하나 창조할 적극적 의욕이라면 모르거니와 맹목적인 모성애로 쓰잘데없는 육괴나 보육하느라고는 청춘의 재건을 묵

살할필요가 없으리라는 말을 해두고 싶다.[146]

종택의 유서 내용이다. 자살은 삶에 대한 전망이 부재한 가운데 절망에 빠진 그가 성찰을 통해 얻은 결론이다. 「명일」이나 「소망」의 인물이 프로메테우스적 고난을 견뎌 왔다면 종택은 무위 무능과 자기 분열의 심한 자책으로 인해 프로메테우스의 흔적마저 지워버린다. 그의 자살은 더 이상 무위 무능에 머무르지 않고 자신의 육체를 처분해서라도 타락한 세계에 부딪쳐보려는 강한 몸부림이다. 완강한 저항과 전복의지로 폭력적 세계에 맞서는 그의 저항은 낭만성 강한 식민지 주체의 마지막 자살이 되었다. 이제는 풍자의 대상도 되기 힘든 룸펜 인텔리에게 작가는 저항적 죽음을 수행하게 한 후 패배자라는 반어로써 사형선고를 내린 것이다.

---

146) 『문장』, 1939. 4, 37~38면.

<table><tr><td>제4장</td><td>결론</td></tr></table>

본 논문은 식민지시대 소설에 나타난 '자살'에 관한 고찰을 목적으로 씌어졌다. 작품 속 자살 중 특히 주인공의 자살은 문제적 개인이 자신의 의지를 적극적으로 드러내고 저항성을 띤다는 점에서 강력한 의미를 갖는다. 자살은 성격이 적대적 환경에 완강히 저항하는 방식으로 그 내면에 강력한 낭만성이 깃들여 있다.

한국 근대소설은 봉건체제와 식민지체제의 틈에서 싹이 텄다. 그리고 봉건체제를 극복하고자 하는 주체적 욕망과 식민지 체제를 감수해야 하는 데서 오는 절망감 속에서 성장하였다. 이 가운데 형성된 비극적 세계관은 서구나 일본과는 다른 형태로 작품에 드러났다. 한국 근대소설은 절망 상황에서 발아한 낭만적 저항의지를 주요한 동력으로 삼아 왔다고 할 수 있다. 식민지시대 한국 근대소설 속의 주인공의 죽음, 특히 자살에 대한 고찰은 이런 의미에서 매우 중요하다. 자살은 좌절의 결과물이기도 한 동시에 좌절을 승인하지 않는 주체의 강력한 저항과 투쟁의지의 산물이기 때문이다.

본고는 이러한 판단을 가설로 삼아 식민지시대 소설에 담긴 자살이 낭만성과 어떠한 연관을 맺는가를 살펴보았다. 김억의 주도하에 수용된 서구와 일본의 낭만주의는 당시 낭만주의를 비애의 감각으로 인식한 우리 문단의 정서와 융합하여 한국적 낭만주의를 형성하였다. 식민지하 근대성의 왜곡된 실현으로 인해 서구 낭만주의의 큰 흐름인 낙관성을 벗어나 죽음 추구의 타나토스가 강하게 나타나게 된 것이다. 자아와 세계의 대결을 추구하는 낭만성은 죽음에 대한 인식을 식민지 이전에 비해 훨씬 강력하고 구체적인 파토스로 바꾸어 놓았다. 그리고 이 에너지가 저항으로서의 자살로 분출된 것이다.

본 연구는 식민지시대에 자살을 다룬 소설 중 주인공이 자살의 주체인 작품 10편을 대상으로 하였다. 주인공의 자살로만 한정한 것은 본고가 자살을 자아와 세계의 투쟁의 산물로 보기 때문이다.

본고에서 자살의 양상은 자아의 최종적인 방향에 따라 두 유형으로 구분할 수 있다.

첫째는 세계와 대결하던 자아가 무한히 확대된 내면을 자신에게 향하게 하는 경우이다. 이는 자아를 발견하고 확립, 강화시키는 과정에서 일어난 자살로 나도향의 「출학」(1921)과 김동인의 「전제자」(1921), 염상섭의 「제야」(1922)와 김동인의 「눈을 겨우 뜰 때」(1923), 그리고 이상의 「12월 12일」(1930)을 들 수 있다. 이 작품에서 주인공의 자살은 자아의 형성과 강화의 양상으로 나타난다.

「출학」과 「전제자」는 자아발견이라는 측면에서 유사한 양상을 띤다. 「출학」의 영숙이 자신의 감정에 충실한 가운데 자아의 소중함을 깨달아 죽음에 이르는 경우라면 「전제자」의 순애는 죽음을 자아의 존재감을 인식하게 하는 유용한 수단으로 인식한 경우에 해당한다. 그러나 두 인물의 자살이 「제야」의 정인처럼 강력한 저항을 나타내는 것은 아니다. 풍속과 제도 안에서 끝끝내 환경에 굴할 수 없던 정인의 자아는 낭만적 주체의 능동적 선택으로 자살을 행한다. 자아와 세계의 팽팽한 긴장이 유지되는 가운데 자유연애와 사랑, 결혼이 빚은 혼돈을 일소하기 위해 죽은 것이다. 그녀의 자살은 낭만적 주체의 저항적 자기선언이라 할 수 있다. 그렇게 본다면 「눈을 겨우 뜰 때」의 금패의 자살도 능동적 실천으로서의 죽음이라 할 수 있다. 그녀는 다른 어떤 주인공보다도 실존적 삶과 죽음을 인식한 인물이었다. 단계적으로 서서히 죽음의 문제를 깨닫고 인식하여 실행함으로써 삶의 전체성으로서의 죽음을 실천에 옮긴 것이다. 끝으로 주체로서의 자기완성을 위한 자살로는 「12월 12일」에서 ×의 죽음을 들 수 있다. × 주변의 죽음이 부정적인 환경에서의 강제된 자기확인이라면 ×의 자살은 영혼을 부여받아 온전한 주체가 되기 위한 자발적인 자기확인이라 할 수 있다.

이렇듯 주인공들은 식민지 근대에 자아를 형성하고 강화시키는 노력을 기울였다. 그들은 자아를 발견하는 데서부터 자기 주관의 진실성을 주장하는 데 이르기까지 자살을 하나의 도구로 택하고 있다. 주인공은 자살을 통해 자아를 발견하고 소중함을 깨닫기도 하지만 더 나아가 낭만적 주체로서의 강력한 자아를 실현하기도 하였다. 자아각성의 욕구가 식민지시대의 절망의식에서 잉태된 비애와 저항심을 바탕으로 자아를 인식하고 자아 강화의 수단이 된 것이다.

둘째는 왜곡된 세계와 투쟁하던 자아가 세계에 대한 저항을 외부로 항변하는 경우이다. 이는 주인공이 적대적 세계에 부딪쳐 세계에 대한 구체적 저항을 드러낸다. 대상작품으로 나도향의 『환희』(1922)와 「물레방아」(1925), 이광수의 『유정』(1933), 김동리의 「무녀도」(1936), 그리고 채만식의 「패배자의 무덤」(1939)을 꼽을 수 있다.

『환희』의 설화와 정월은 자아를 둘러싸고 있는 '환경'을 매우 의식한 인물들이다. 기생 설화는 욕망 지향을 방해하는 속악한 현실에 대한 항의로, 혜숙은 낭만적 사랑에 대한 동경과 폐병의 절망으로 자살하고 만다. 봉건유제의 식민지 현실에서 사랑을 성취하고자 하는 「물레방아」의 주인공 방원의 열정은 현실과 부딪쳐 계속 어긋난다. 방원처로 대변되는 속악한 현실은 낭만적 주체인 방원의 열정을 더욱 고조시켜 그를 죽음으로 치달리게 한다. 방원의 자살은 동경과 불안에 깃든 자아가 현실과의 불완전한 통합하에 행한 강력한 저항이다. 한편 『유정』의 근대 지식인 최석은 당시로서는 용납될 수 없는 열정과 규범, 이 두 가지를 소유하기 위해 죽음을 선택하였다. 그의 죽음은 자아 안에 열정과 이지, 그리고 욕망과 규범을 육화시키기 위해 감행한 적대적 세계에의 저항이었다. 「무녀도」의 신적 주인공 모화는 자아와 세계의 융합이 대립상태로 빠져 더 이상 세계와 화해할 수 없는 상황에 이르자 무당의 신적 행위를 활용하여 자살한다. 모화의 자살은 자신의 완전한 세계로 다시 돌아가고 싶은 일종의 투항으로 눈 앞에 펼쳐진 적대적 세계에 대항하여 몸을 던져버린 것이다. 마지막으로 「패배자의 무덤」에 나오는 자살은 달리는 열차에 몸을 던진, 가장 격렬한 자살이다. 식민지 지식인이 취할 수 있는 저항 중 가장 완강한 이 방식은 더 이상 무위 무능에 머무르지 않고 자신의 육체를 처분해서라도 타락한 세계에 부딪쳐 보려는 강한 몸부림이다. 완강한 저항과 전복의지로 종택의 죽음은 낭만성 강한 식민지 주체의 마지막 자살이 되었다.

이들의 자살은 확장될 대로 확장된 자아가 폭력적인 세계와 부딪치며 일어난 비극적인 사건이다. 봉건유제의 타락한 세계와 식민지 환경의 폭력적 세계는 주인공을 자살로 이끌었다. 왜곡된 세계에 대한 자아의 저항이 자기 무게를 못 견뎌 세계와 충돌한 것이 자살이다. 그들의 자살은 자아와 세계의 투쟁이라는 근대적 인간 실현 의지를 보여 주고 있다. 그들의 죽음이야말로 각성한 자아가 폭력적 세계와 조화를 이룰 수 없기에 일어난 비극적이고도 낭만적인 죽음이다.

이상으로 본론의 내용을 정리해 보았다. 식민지시대 자살을 낭만성과 연관하여 고찰한 본 연구를 밑거름으로 하여 앞으로 식민지시대 문학을 보다 큰 틀에 놓고 보는 계기로 삼고자 한다. 미흡한 연구를 끝내며 결함이나 아쉬움으로 남는 문제들을 정리하면 다음과 같다.

첫째, 식민지시대 소설에 나타난 자살을 규명함에 있어 인물의 내면적 동기에 주목하고자 한 의도가 섬세하게 부각되지 못했다는 점이다. 선행연구와 달리 낭만성에 기대어 개인의 발견과 완성에 초점을 맞추려는 노력은 자아와 세계의 대결이라는 근대소설의 특징적 요소를 드러냈지만 식민지 상황을 감안하는 과정에서 기존의 시각과 부분적으로 유사한 결과를 낳기도 한 것이다.

둘째, 낭만주의의 수용과 더불어 당시 작가들의 문학과 세계관 형성에 영향을 준 인물에 대한 고찰이 누락되었다. 나아가 이들의 영향 관계에 관한 연구를 통해 낭만주의와 근대성 문제와의 관련을 밝히지 못한 아쉬움이 있다.

셋째, 해방 후 1950년대와 1960년대 그리고 그 이후의 많은 작품에 나타난 자살은 앞으로 필히 다루어야 할 과제로 삼을 것이다.

이외에도 연구자가 의식하지 못한 본고의 결함은 무수히 많을 것이다. 추후 보완을 다짐하며 애정어린 질정을 기대해 본다.

2부

희생제의 실현으로서의 죽음

 # 심미적 가치의 추적과 획득

-김동인의 「배따라기」, 이태준의 「가마귀」,
황순원의 「별」을 중심으로 -

1. 서론

김동인의 「배따라기」(1921)와 이태준의 「가마귀」(1936), 황순원의 「별」(1941)은 창작시기나 주제, 작가성향 등을 볼 때 상호 연관성을 찾기 힘든 작품들이다. 각각 1920년대, 1930년대, 1940년대에 발표되었고 플롯의 유사성도 전혀 없다. 그러나 세 작품을 작가의식 측면에서 본다면 시대의 차이를 뛰어넘는 동질성을 발견할 수 있다. 세 작품 모두가 작가의 미의식을 실현하기 위해 인물의 '죽음'이 동원되었다는 사실, 즉 희생제의를 통해 심미적 가치를 구현하고자 한 점이 그러하다.

이에 본고는 김동인, 이태준, 황순원이 작품을 통해 자신들의 미의식을 확립하고자 한 사실에 착목하여 이를 인물의 죽음과 연관하여 살펴보고자 한다. 그리하여 「배따라기」의 아내와 「가마귀」의 여인, 그리고 「별」의 누이가 어떠한 방식으로 기꺼이 죽음을 헌사하는지를 살필 것이다. 이는 작가가 동원한 희생양으로서의 '죽음'이 심미적 가치를 획득하는 데 어떻게 이바지하는가를 고찰하는 일이 될 것이다.

또한 이 과정에서 삶과 예술의 융합을 기도하는 미적 근대성을 발견
하는 계기가 되기를 기대한다.

2. 방랑과 미완의 노래 -「배따라기」[1]

김동인의 「배따라기」는 형제간의 비극적 운명을 애상적인 민요 가
락에 실은 작품이다. 그러나 작가의 실제 내면은 형제의 비극을 초래
한 아내를 '미'(美)로 설정하고, 죽음으로 소거된 '미'를 배따라기를 통
해 추적함으로써 절대미를 지향하고 있다. 이러한 심미적 측면에서의
연구는 작가가 스스로도 천명한 예술지상주의적 경향을 토대로 많은
관심의 대상이 되어 왔다.[2] 본고는 이에 동의하는 입장에 서되 아내
의 죽음에 보다 적극적인 의미를 부여하고 아내가 왜 심미적 가치의
대상이 되는가를 희생제의적 측면과 연관하여 살피고자 한다.[3]

우선 내부서사와 외부서사를 연결하는 '나'는 심미적 가치를 추적
하는 작가의 대변자로 볼 수 있다. 주인공 '그'에 대한 서사를 이끌어
내기 위해 쓰였다고 보기에는 그 비중이 꽤 큰(초반부에 등장하여 작품

1)『창조』, 1921. 6. 2~13면.
2) 이병기·백철,『국문학전사』, 신구문화사, 1957, 284면 ; 천이두,『한국현대
   소설론』, 형설출판사, 1969, 19~20면 ; 김윤식·김현,『한국문학사』, 민음사,
   1973, 163면 ; 김윤식,『한국근대작가론고』, 일지사, 1974, 31면 ; 조연현,『한
   국현대작가론』, 어문각, 1977, 164~165면 ; 유기룡,「심미적 추적과정의 작품구
   조」,『국어국문학』79·80집, 1979 ; 김우종,『한국현대소설사』, 성문각, 1980,
   238면 ; 신동욱,「시점과 소설미학」,『대동문화연구』18집, 대동문화연구원,
   1984, 65면 ; 이문구,「김동인의 미의식 연구」,『어문연구』14집, 1985. 이후 학
   위논문은 위의 논의를 바탕으로 이루어진 것이므로 생략함.
3) 본 논문이 아내와 배따라기의 유기성을 다룸에 있어서는 유기룡의「예술작품
   으로 승화하는 죽음과 재생」, (『여성문제연구』, 대구가톨릭대학교 사회과학연
   구소, 1981)와 그 맥을 같이 하고 있음을 밝혀 둔다.

전체 분량의 1/3을 차지함) '나'는 이미 미의식에 관한 한 고유의 가치관과 충동을 지닌 인물이다. 봄날의 아름다운 경치와 이에 따른 심미적 충동은 그로 하여금 감상적 비애를 자아내게 하여 급기야는 유토피아를 동경하게 만든다.

> 구름은 작고 하눌을 나라단니는모양이다. 그밀우에 비최엇던구름의 기름자는 그구름과홈쎄 저편으로몰녀가며 거긔는 세계를 아싸만드러 노은 것가튼 새로운 록빗이 퍼저나간다. 바람이나 조곰 부는째는 그 잘-자란 밀들은 물결과가치 누엇다 니러낫다 —綠—靑으로 춤을춘다. 그러고 봄의 한가함을 찬송ㅎ는 솔개들은 노픈하눌에서 동그럼이늘그리면서 더욱더 아름다움봄에 향수를 부읏는다.
> 나는 이러흔 아름다운 봄경치에 이러케 마음쩟 봄의 속색임을 드를째는 언제던 유-토피아를 생각지아늘수업다. 우리의 시시각각으로 애를 쓰며 수고ㅎ는 것은—그목뎍은 무엇인가. 역시 유-토피아건설에잇지아늘가. 유-토피아를생각홀째는 언제던 그 「위대훈 인격의 소유쟈」며 「사람의 위대흠을 쯧싸지 즐긴」진나라 시황을생각지아늘수업다.4)

낭만주의의 정신적 기조는 동경이다. '나'가 푸르른 봄의 아름다움과 정다움을 눈앞에 두고 유토피아를 꿈꾸는 것은 현실을 부정하고 끊임없이 자신을 유추할 근원을 찾으려는 욕구에 다름 아니다. 이러한 김동인의 유미주의적 성향은 유토피아로서의 영원한 예술 추구를 그린 「광화사」나 「광염소나타」에도 잘 드러난다. 이상향의 상념에 빠진 '나'의 귀를 울리는 것은 배따라기 가락이다. 배따라기는 '나'와 '그'가 만나 융합하는 접점으로 '그'를 심미적 가치의 추적자로 만들고 '나'를 감동에 취한 고독한 주체로 남게 한다.

다소 긴 전사를 지나 내부이야기로 들어가 보자. 그와 아우는 동일

---

4) 『창조』, 1921. 6, 3면.

한 환경하에서 거의 쌍둥이와 같은 삶을 살았다. 바다를 향한 조그만 동리에서 고기잡이를 하며 사는 형제 부부는 어려서 부모를 여의고 서로 의지하며 물질적으로나 정신적으로 풍요로운 삶을 누렸다. 글도 읽을 줄 알고 배따라기도 빼어나게 잘 불렀다. 형제간에 다른 점이라고는 아우가 "촌사람에게는 다시 없는 늠름한 위엄이 있고 만날 바닷가 바람을 쏘였지만 얼굴이 희"다는 사실 뿐이다. 이 사실이 아우에 대한 아내의 친절을 "억울하도록 시기를 하"게 하며 결국 형제 사이에 갈등을 일으키고 비극을 낳게 한다.

그와 아우는 거의 같은 형태의 욕망을 지닌 인물이다. 고향을 떠나지 않고 고기잡이를 하며 자연과 환경에 순응하는 생활은 형제에게 어떠한 차이도 유발시키지 않는다. 그러나 아내의 등장이 이들의 감추어진 차이를 표면화시킨다. "촌에서 드물도록 연연하고도 예쁘게 생긴, 평양 덴주골을 가두 그만한 거 쉽지 않"게 아리따운 아내를 그는 무척이나 귀히 여긴다. "남에게 우습게 보이도록 부처의 사이가 좋아 동네 늙은이들이 계집에게 혹하지 말라고 권고할" 정도로 사이가 좋기에 그는 오히려 시기도 많았다. 그리하여 아내의 행동거지에 촉각을 세우며 남정네와 관련된 어떤 행위도 용납하지 않는다. 그 대상에 아우가 빠질 리 없으며 오히려 더욱 민감한 반응을 보인다. 아내에 대한 그의 집착은 병적이라 할 만하다. 아내가 동리 남정네들은 물론 아우의 마음까지도 흔들어 놓는다고 여기는 그의 질투는 더욱 쌓여만 간다. 여기에 몇 가지 사건이 얹혀지고 그 배후에는 근친상간의 혐의마저 깔려 있다.

그동리에서는 무슨명절이나되면 집이그듕 정함을핑계삼아 젊은이들은 모도 그의집에 모히고 ㅎ엿다. 그젊은이들은 모도 그의안해의게 「아즈마니」라 부르고 그의안해는 안해나 「아즈마니〈」하며 그들과 지거리고 즐

기며 그 웃기잘흐는입에는늘 우슴을흘리고이섯다. 이럴때마다 그는 한편
구석에서 눈만힐근거리며잇다가 젊은이들이 도라간뒤에는 불문곡직흐고
안해의게 덤뷔어들어 발길로차고 째리며 이전에 사다두엇던 것을 모도 거
두어올린다. 싸홈을홀째에는 언제던 겻집에이슨 아우부처가 말리러오며
그러케되면 언제던 그는아우부처까지째렷다.5)

아내는 동리 집단에서 가장 어여쁘며 주목받는 미(美)의 화신이다.
외모는 물론이요 주위를 압도하는 외향적이고도 사교적인 성품도 모
든 이의 관심을 끈다. 바닷가 마을에서 별다른 변화 없이 살아오던 형
제에게 그녀의 존재는 일종의 놀라움과 경외의 대상이 된다. 더욱이
"아무에게나 말 잘하고 애교 잘 부리는" 아내의 성격은 그로 하여금
욕망의 대상으로서 한층 강렬한 욕구를 불러일으키며 자신보다 우월
하다고 생각하는 아우를 향해 열등감과 조바심나는 경쟁심을 갖도록
만든다.

그는 미(美)로 대변되는 아내를 은근하게 때로는 폭력적인 방법으로
욕망한다. 그러나 누구보다도 아내를 욕망 대상으로 삼는 그의 곁에
는 아우라는 중개자가 있다. 아우도 똑같이 아내를 욕망 대상으로 여
긴다고 믿는 그는 아우의 욕망을 견제하며 아내를 갈망한다. 그리고
때때로 욕망의 상호 충돌로 인해 폭력을 휘두르나 형제라는 전통적
혈연 관계로 그들 사이에 폭력의 교환은 일어나지 않는다. 형제는 하
나의 욕망 대상을 바라보는 일종의 짝패가 된 것이다. 그가 장자의 우
위에서 항상 초석(礎石)적 폭력6)을 휘두르나 이것으로 둘 사이의 질투

---

5) 『창조』, 1921. 6, 7면.
6) 짝패갈등은 모방본능의 인간에게는 숙명적이라 할 수 있다. 그러므로 이것은
  인류가 그 위에서 출발해야 하는, 언제 터질지도 모르는 폭력(잠재적인 폭력)이
  라 할 수 있다. 지라르는 이것이 가장 본질적이면서 근본적인 기초가 된다는
  점에서 '초석(礎石)적 폭력violence fondatrice' 혹은 '본질적 폭력violence essentielle',
  그리고 상대방의 보복을 수반하면서 끝없이 계속 모방되면서 되풀이된다는 점

나 선망, 시기나 경쟁 등의 짝패 갈등을 해소할 수는 없다. 그가 행하는 보복 역시 언제든 아우가 모방할 여지가 있기 때문이다. 즉 둘 사이에는 보이는 않는 긴장감 아래 늘 폭력이 존재하고 있는 셈이다. 이 폭력이 진짜 폭력이요 작품의 갈등이다. 그러나 이 폭력은 빨리 끝을 내야 하는 폭력이다. 그들은 형제이기 때문이다. 전통적 가치로 보아 형제 사이의 반목은 반인륜적이며 조속히 소거해야 할 악이므로 이들 사이에 존재하는 진짜 폭력은 다른 수단으로써 종결해야 할 위급한 사안이다. 이 위급함을 수습하기 위해 동원된 것이 희생제의로서 아내의 죽음이다.

이는 형제간의 진짜 갈등을 속이기 위해 수행된 것으로 상존 폭력을 끝내기 위해 동원되었기에 당연히 이로운 폭력이자 좋은 폭력으로 간주된다. 그렇다면 아내의 죽음이 이로운 폭력으로 위장될 명분은 무엇일까. 이는 아내가 지닌 반전통적이고도 반도덕적인 여인상이다. 앞서 언급한 대로 "대단히 쾌활한 성질로서 아무에게나 말 잘하고 애교를 잘 부리는" 그녀의 모습이 당대 조선의 여인상은 아니다. 물론 그녀를 식민지 근대기에 변형을 거듭하며 형성되는 여인의 모습으로 볼 수도 있지만 배따라기 가락으로 심성을 가다듬고 아름답고 평화로운 자연 안에서 사는 동리 사람들에게는 파격적인 것이 사실이다. 또 시아우의 일을 도가 넘치게 참견하거나 옷매무시를 흩뜨리며 쥐잡이에 그토록 열중하는 일 등은 완고한 성격의 그로서는 포용하기 힘든 정황이다. 그렇기에 세 사람 사이의 갈등이 되풀이되었던 것이다. 따라서 이러한 아내의 특성은 상존 폭력을 일소하고 질서를 회복하려는 목적과 함께 '이 폭력은 모두를 위해 이로운 폭력이며 이 제의는 성스럽다'는 위장성의 명분을 갖게 한다. 형제 사이의 폭력을 수습하기

에서 '상호적 폭력violence reciproque'이라고도 부른다.

위해 실행된 제의가 아내의 자살인 셈이다. 결국 아내는 이 동리의 '대표적 사람'인 형제간의 갈등을 해소하고 마을의 안녕과 질서를 세우는 데 필요한 희생양이 된 것이다.

희생양은 보통의 경우가 그렇듯 '아주 나쁜 것'과 '아주 좋은 것' 두 가지 속성을 지닌다.

아내의 입장에서 볼 때, 반도덕적 성향으로 인해 마땅히 희생당해야 한다는 '이로운 폭력의 위장성'은 '아주 나쁜 것'에 해당한다. 반면에 상존 폭력을 말끔히 해소시킨 이로운 폭력은 '아주 좋은 것'으로서 일종의 '성스러움'에 해당한다. 이 '성스러움'은 사실상 희생제의에 수반되는 또다른 폭력이면서 동시에 '끝까지 지향해야 할 심미적 대상'이 된다는 점에서 중요한 의미를 지닌다.

죽음을 통해 '성스러움'으로 승격된 아내는 남은 사람들에게 특별한 존재이다. 전례 없는 생동감과 활기를 마을에 풍기던 그녀가 형제간의 갈등으로 스스로 목숨을 끊었다는 사실 자체가 동리 사람들에게는 영원한 아름다움과 안타까움으로 남는 것이다. 비록 비극적인 결말을 맞이했으나 그녀는 그 동리에서 최고의 미적 존재였다. 특히 모태로 상징되는 바다에 빠져 죽음은 원래 생명으로 회귀하여 다시 살기를 추구하고자 하는 의미가 있다.

내부서사 전반부의 핵심이 형제간의 갈등이라면 후반부의 핵심은 당연히 그가 부르는 배따라기이다. 그가 방랑하며 부르는 배따라기는 아내와 아우에 대한 죄책감과 그리움에서 우러난 감상적인 것만은 아니다. 아무리 배따라기를 불러도 아내가 다시 살아오지는 않는다. 아우와의 해후도 좀처럼 이루어지지 않는다. 배따라기는 그의 몸에 새겨진 고유의 흔적이며 가족으로 살던 아내와 아우와의 공동체적 유대감의 표지이다. 그가 젊은 시절 심미적 이미지로 받들던 미ー아내ー

가 소거되고 난 후 이를 대신 채워 줄 미적 이미지가 배따라기이다. 자책과 회한 속에서 모든 것을 운명이라 체념하며 긴 세월을 통해 이루어낸 그의 '배따라기'. 이것은 하나의 예술작품이다. 죽은 아내와의 심미적 결합만이 자신의 죄를 씻을 수 있다고 믿는 그가 온 바다를 유랑하며 가꾸어 낸 결과물이다. 그런 의미에서 아내와 배따라기는 동일한 가치물이라 할 수 있다.

배따라기에 대한 작가의 관심과 애착은 여러 곳에서 발견된다.

> 이째에 긔자묘근쳐에서 이상훈 슬픈소리가 쩔리면서 봄공긔를 진동시키며 나라오는것을드럿다. 나는 무심중 귀를기우럿다.
>
> 영유배짜락이다. 그것도 웬만훈 광대나 기생은 발꿈치에도 밋지못흐리만훈 그만큼그배짜락이의주인은 잘부르는 사람이엇섯다.
>
> 비나이다. 비나이다.
> 산쳔후토 일월성신
> 하누님젼 비나이다.
> 실낫가튼 우리목숨
> 살려달나 비나이다.
> 에 – 야. 어그여시야. (…중략…)
>
> 영유. 일홈은모르지만 X山에올라가서 내다보면 아페는 망〻훈창해이니 거긔 져녁쌔의경치는 한번본사람은 영구히니즐수가업스리라. 불덩이가튼 커다란 싯밝언해가 남실〈 넘치는바다에 도로쌰질듯도로소사오를듯 춤을추며 거긔서 쌔〻로 보이지는안는 배에서 「배짜락이」만 슬프게 나라오는거슬 드를째엔 눈물만흔나는 쌔〻로 눈물을흘럿다. 이로보아서 어썬 원의안해가 자긔의 모든영화를 낡은신과가치내여던지고 빗사람과 덩처업는 물길을쩌낫다함도 밋지못훌말이랄수가업다.[7]

위의 글에는 '나'의 영유 배따라기에 대한 남다른 식견과 찬탄이

---

7) 『창조』, 1921. 6, 3~4면.

담겨 있다. 유토피아에 대한 동경과 애착이 한껏 극에 달했을 때 어디선가 들려 온 가락. 일몰의 황홀경 속에서 구슬피 번지는 배따라기에는 모든 부귀영화도 마다하고 홀리듯 물길을 떠나게 하는 비장한 아름다움이 있다. 심금을 울리는 곡조는 원의 아내뿐 아니라 '나'의 심상도 흔들기에 충분하다. 배따라기를 말하기 위해서는 그의 방랑을 이야기해야 한다. 그와 아내, 아우 사이의 삼각관계는 반복적인 폭력과 평화가 거듭되던 중 쥐잡이 사건으로 인해 심화된다. 그가 아내를 위해 "당시 촌에서는 둘도 없던 귀물"이던 거울을 사서 방 안에 들어서니 흐트러진 옷매무시의 아내와 아우를 목격하게 된다. 둘의 부정을 의심치 않았던 그의 폭력에 시달려 자신의 무고함을 죽음으로 항변한 아내와 이튿날 고향을 등진 아우. 이후 그들은 그의 마음에 죄책감을 불러일으키는 크나큰 상처로 남게 된다. 불행의 모든 죄를 씻으려 마침내 뱃사람이 된 그는 아내를 삼킨 바다와 늘 접하며 가는 곳마다 아우의 소식을 알아내려 애쓴다. 이십여 년 간 여기저기를 흘러 다니며 부르던 가락이 아우가 잘 부르던 배따라기이다.

그러나 긴 세월 동안 제 아무리 불러도 그 속에 잠겨 있는 "썩이지 못할 뉘우침과 바다에 대한 애처로운 그리움"을 잠재울 수는 없다. 그의 배따라기 가락에는 "고향에서의 아름답게 빛나던 자신의 삶"을 회복할 수 없다는 좌절감이 담겨 있는 것이다. 즉 그에게 있어 고향은 아내와 아우와 더불어 행복하게 지내던 유토피아이다. 아내와 아우 역시 유토피아를 이루게 하는 절대적인 아름다움으로서 그의 마음 안에 존재한다. 이러한 절대적 공간으로서의 고향을 잃게 한 것이 그 자신이라는 생각은 더욱 그를 죄책감으로 몰고 간다. 그의 회한과 뉘우침이 깊고 진실해질수록 그의 배따라기 가락은 원숙미를 더하게 된다. 그러므로 미숙했던 그가 방랑을 거쳐 이루어낸 배따라기의 성숙함은 그의 죄책감과 뉘우침의 결과이다. 결국 이러한 원숙함을 이끌어 낸 요인은 아이러니컬하게도 애초에 미숙했던 그의 끓는 피를 마음껏 폭력으로 발산하게 한 아내에게 있다고 할 수 있다.

오로지 아내만을 미의 원형으로 믿고 독점욕으로 살아 온 그가 미를 잃은 후 때 늦은 후회로 이를 되찾으려 방랑을 거듭한다. 그리고 이 방랑 중에 고향의 노래 '배따라기'를 스스로 완성해 간다. 아내를 잃은 후 본격적으로 그의 삶에 침입한 배따라기는 미적 이미지로 볼 때 아내의 대체재이다. 떠난 후 그 가치를 절감하고 끝없이 찾아 헤매게 만드는 심미적 대상. 그녀가 남긴 '성스러움'의 폭력성은 누구보다도 그로 하여금 그녀의 심미적 가치를 인식하게 하고 새로운 미를 찾아 나서게 하는 기폭제가 된다. 그녀의 죽음이 있었기에 처절한 그의 뉘우침이 있고 끝없는 방랑이 있는 것이다. 그리고 원숙미의 배따라기도 있다.

방랑은 그가 영원히 감당해야 할 운명이다. 젊은 시절 고향에서 아내를 통해 온전한 미를 성취할 수 없듯 배따라기 또한 바다가 있는 한 영원히 계속되는, 완성되지 못하는 노래가 된다. 그의 방랑이 배따라기의 미완을 증거하고 있다. 이렇듯 작가가 추구하는 미는 끝없는 방랑과 반복을 되풀이할 수밖에 없는 미완의 가치이다. 그렇기에 아내의 죽음은 그로 하여금 배따라기를 영원히 노래하게 만드는 근원적 동력이다.

3. 충만한 예술가 정신의 실현 - 「가마귀」[8]

일찍이 지라르는 자신이 어떤 대상을 욕망하는 것이 사실은 타인에

---

8) 『조광』, 1936. 1, 100~113면.

의한 비자발적 욕망임을 주장한 바 있다. 자기 스스로 어떤 대상을 욕
망한다고 믿고 있지만 실제로는 제삼자의 중개에 의해 욕망하기에 이
제삼자는 욕망의 중개자이며 전범이 된다는 것이다. 결국 자신의 주
관에 의해 어떤 대상을 욕망한다고 믿지만 실상은 중개자가 욕망하는
것을 그대로 따르는 데 불과한 것이다. 그러므로 그의 욕망은 모방 욕
망이다. 이태준이 욕망의 중개자로 선택한 이는 E. A. Poe이다.

　그가 포를 작품에 원용한 사실은 이미 여러 차례 밝혀진 바이나[9)
본고는 특히 그가 펼쳐 보이고 싶은 예술가 정신이 어떤 과정을 거쳐
드러났는가에 주목하고자 한다. 그리고 그 과정에서 자신이 희구하던
예술가 정신을 고양, 완성하기 위해 왜 희생물이 필요했는가를 밝히
고자 한다. 이태준은 예술가가 지녀야 할 심미안적 요소와 정신적 괴
벽 등을 작품의 바탕에 깔고 거기에 포의 작품 「The Raven」을 얹는다.
그러나 그의 목적은 「The Raven」과 유사한 플롯의 창조에 있지 않다.
'죽음'을 매개로 하여 완성시킬 수 있는 예술가 정신과 이 예술가 정
신을 어떻게 높은 차원에서 드러내는가가 그의 큰 과제이다. 따라서
「가마귀」에 등장하는 여인은 이태준의 예술가 정신을 완성시키는 데
있어 결정적인 요소로 작용한다.[10)

---

9) 최재서의 『최재서평론집』(청운출판사,1961)을 시작으로 민충환(『이태준 소설의
　　이해』, 백산출판사, 1992), 장양수(「이태준 단편 '가마귀'의 탐미주의적 성격」,『
　　한국문학논총』 13, 1992), 박진숙(「이태준의 '까마귀'와 인공적인 글쓰기」,『현
　　대소설연구』 16, 2002), 김동식(「'가마귀'에 관한 몇 개의 주석:계몽의 변증법과
　　관련해서」,『상허학보』 11, 2003)의 연구가 있으며 특히 박진숙이 천착한 이태
　　준의 '타자를 통한 주체구성방식'과 김동식이 언급한 '예술의 대속 가능성'은
　　본고의 주제와 긴밀한 연관성이 있다.
10) 까마귀에 중심을 둔 기존 연구들은 대부분 까마귀가 죽음을 예견하고 이 작
　　품이 인간 존재에 대한 깊은 성찰을 요구하며 탐미적인 죽음의식을 담고 있
　　는 것으로 본다.(김영옥, 「이태준 단편소설연구 –죽음의 의식을 중심으로」(단
　　국대 석사, 1996) 또 여인의 죽음을 체념과 상실감에 의한 당대 현실의 반영으
　　로 보기도 한다.(박덕규, 「이태준의 단편소설에 나타난 죽음의식 연구」, 배재대

스토리 라인을 따라가며 그가 추구한 예술가 정신을 살피기로 한다.

동향이어서 여름에는 늦잠을 자지 못할 것이 험일까 겨울에는 어느 방
보다 밝고 따뜻할 수 있고 미닫이와 들창도 모다 갑창까지 드린 데다 벽
장문과 두껍다지에는 유명한 화가인지 아닌지는 몰라도 낙관(落款)이 있
는 사군자(四君子)며 기명절지(器皿折枝)가 붙어 있다. 밖으로도 문 우에는
추성각(秋聲閣)이라는 추사(秋史)체의 현판이 걸려 있고 양쪽 처마 끝에는
파－랗게 녹쓸은 풍경이 창연하게 달려 있다. 또 미닫이를 열면 눈 아래
깔리는 경치로 큰 사랑만 못한 것 같지 않으니 산기슭에 나부즉이 섰는
수각과 그 밑으로 마른 연닢과 단풍이 잠긴 연당이며 그리고 그 연당 언
덕으로 올라 오면서 무룡석으로 산을 모으고 잔디밭 새에 길을 돌린 것은
이 방에서나려다보기가 기중일 듯 싶었다. 그런데다 눈을 번뜻 들면 동편
하늘이 시퍼렇게 틔이고 그 한편으로 훤칠한 늙은 전나무 한 채가 절벽처
럼 가려 섰는 것이다. 사슴이뿔같이 썩정기가 된 상가지에는 히끗히끗 새
똥까지 무치어서 고요히 바라보면 한눈에 태고(太古)가 깃드리는 듯한 그
윽한 경치였다.
오래간만에 켜 보는 남포불이다. 펄럭－하고 성냥불이 심지에 옮기드니
좁은 등피 속은 자옥하게 연기와 같이 서리였다가 차츰 차츰 밝어지는 것
이였다. 그렇게 차츰 차츰 밝어지는 남포불에 뼁－ 둘러앉었든 옛날 집안
사람들의 얼굴이 생각나게 그렇게 남포불은 추억 많은 불이었다.
그는 누어 너무나 고요함에 귀를 빼앗기면서 옛사람들의 얼굴을 그려
보다가 너무나가까운 데서 까악－까악－하는 가마귀 소리에 얼른 일어나
문을 열었다. 밖앝은 아직 아주 어둡지 않었다. 또 까악－까악－하는 소리
에 치여다보니 지나가면서 우는 소리가아니라 바로 그 전나무 썩정가지에
시커먼 세 마리가 앉어서 그리는 것이었다.[11]

그가 바깥채 작은사랑에 앉아 둘러본 풍경이다. "남포에 석유를 붓
고 등피를 닦고 까마귀 소리를 들으며 어둠을 맞이하"는 태도도 그러

석사, 1998)
11) 『조광』, 1936. 1, 102면.

러니와 사군자, 기명절지, 추사체 등은 그의 고완적 취미를 보여 준다. 그의 고완적 취미는 과거의 정신을 숭상함이 아닌 심미성의 차원으로 인식해야 하는 것으로서 식민지 근대 자본주의의 부정적 영역으로부터 한 걸음 떨어져 있으려는 예술적 정신의 발로이다. 이태준이 골동품이나 난 등을 통해 추구하는 아름다움은 자본주의가 표방하는 '생활'과 거리를 둔 순전한 의미로서의 아름다움이다. 미의식을 전통문화 영역으로 확산시키는 그의 노력은, 아직 자본주의적 가치에 물들지 않은 옛것을 통해 심미성을 확보하려는 작업이 된다. 이러한 시도가 평자들로 하여금 반시대적이고 전통지향적이라는 평가를 내리게도 하나 이는 이태준이 보여 주는 옛것에 대한 관조적인 태도나 전통과 객관적 거리를 유지하는 점에서 볼 때 그릇된 선입견이라 할 수 있다.

자본주의적 속물성과 대립되는 정신적 가치에 대한 표징으로 그가 택한 것은 예술적 미의식을 작품으로 구현하는 일이다. 이러한 그의 의식은 자신의 저작인 『무서록』에도 잘 나타나는데 그가 강조하는 것은 소재가 전달하고자 하는 내용보다 그것을 감상하는 과정에서 느껴지는 심미적 체험과 감각이다.[12] 이는 시간을 뛰어넘서도 형성되는 정서적 교감을 말한다. 그렇기에 그가 추구하는 예술가 정신은 아름다움 자체로서의 가치이며 어떤 것에 의해서도 훼손되어서는 안 될 순전한 정신이다.

까마귀는 여인의 등장을 위한 본격적인 장치이다. 그가 사랑에 앉아 하나하나 방 안을 더듬고 처마를 거쳐 정원의 풍경을 그리다가 눈

---

12) 수필집 『무서록』에 실린 「소설의 맛」, 「소설가」는 소설의 내용보다 표현을 중시하여 소설가의 눈과 손에 의해 소설의 맛이 정해짐을 강조하였다.(『이태준 문학전집』 15, 서음출판사, 1988, 178~183면.)

을 번뜻 들어 시퍼런 하늘의 전나무와 까마귀를 묘사하는 이 구도는 그를 중심으로 볼 때 가장 멀리 보이는 까마귀를 가장 큰 이미지로 그리려는 의도이다. 배경의 입체 ─ 까마귀 ─ 를 전경에 비해 크게 그리고 중심을 향해 집중할 선을 반대로 확산시키는 역원근법의 방식인 것이다. 이는 까마귀가 지니고 있는 작품 내의 의미를 선명하게 부각시키면서 동시에 포와 연계하려는 작가의 의지를 드러낸다. "까치나 비둘기를 본 것만 못하다. 그러나 까닭없이 저주할 필요를 느끼지 않았다"는 그의 언급은 어찌할 수 없는 동양적 관습과 포를 수용해야 하는 그의 상황이 만나 빚어진 결과이다. 그래야만 '까르르'를 'GA 아래 R이 한없이 붙은 발음'으로 표현 가능한 것이다.

　일찍이 김명순에 의해 번역된 「大鴉」의 처음 세 연(『개벽』 28호, 1922. 10, 총 18개 연 중 1~3연, 김명순은 '惡魔派의 詩'라는 제목하에 '18절 중 3절'로 씀)과 「The Raven」의 창작과정을 소개한 청파생의 「창작철학(The Philosophy of Composition)」(『시학』 2집, 1939. 5.)은 「가마귀」와 「The Raven」의 영향 관계를 짐작케 하는 글이다. 이 중 「창작철학(The Philosophy of Composition)」은 「가마귀」보다 후에 발표되었으나 그가 일본에서 「The Raven」과 「창작철학(The Philosophy of Composition)」을 읽었음을 추측하기란 어렵지 않다.

　「가마귀」의 탄생 기원을 추적해 보자면 포가 1841년, Charles Dickens의 *Barnaby Rudge*에 대한 서평에서 갈가마귀의 상징적 중요성을 밝힌 이후 1845년 「The Raven」을 창작하고 이를 이태준이 원용한 것으로 보인다.[13] 「The Raven」은 정서적 가락이 회화체가 아닌 큰 소리로 외치는 소리로 알려져 있는데 풀이 죽고 성나고 체념한 것이 교대

───────────────

13) 작품에 인용된 르나르('루날 ─')도 「까마귀」(『박물지 외』, 손석린 역, 을유문화사, 1972)를 발표한 바 있다.

로 나와 하나의 농축된 극이라고도 평가된다.14) 포 개인의 불행했던 일생과 아내의 죽음에 대한 감정을 담았기에 음울미가 주조를 이루었으며 이 부정적이고도 낙백한 정서는 이태준에게 건너오는 사이에 문학가의 갈증으로 대체된다. 자신의 세계를 온전히 구축하지 못한 예술가의 불완전성은 자신을 당대와 조화시키지 못하고 또 세계 안에 가두게 만들었다. '그'의 비타협적이고도 고고한 이미지는 다음 구절에도 잘 나타나 있다.

> 늘 괴벽한 문체를 고집하여서 독자를 널리 갖지 못하는 그는 한 달에 이십 원 남짓하면 독방을 차지할 수 있는 학생층의 하숙생활조차 뜻대로 되지 않았다. 궁여의 지책으로 이렇게 임시로나마 겨우내 그냥 비여 두는 친구네 별장방 하나를 빌린 것이다.15)

또한 무엇보다 그의 예술적 가치에 대한 신봉은 예술을 생활과 유리시킨 데 잘 드러난다. 먹고 자는 것을 얄미운 습관과 모욕으로 치부하고 공복의 공간을 예술적 가치로 채우려는 그의 의지는 인간의 기본적 욕망마저도 무화시키려는 강렬함을 풍긴다. 오로지 산장에서의 호젓한 글쓰기에 충만한 행복을 느끼게 만든다.

> 『어디선가 루날 – 은 예술가는 빵 한 근보다 꽃 한 송이를 꺾는다고. 그러나 배가고프면? 하고 제가 묻고는 그러면 그는 괴로워하고 훔치고 혹은 사람을 죽일지도 모른다. 그렇드라도 글쓰기를 버리지는 않을 게라고 했다. 난 배가 고파할 줄 아는 그 얄미운 습관부터 아애 망각시켜보리라. 잉크는 새 것이 한 병 새벽우물처럼 충충히 담겨 있것다. 원고지도 열아문 축 쌓여 있것다……』

---

14) 홍일출, 『에드거 알란 포우』, 건국대 출판부, 1996, 60~62면.
15) 『조광』, 1936. 1, 101면.

그는 우선 그 문 앞으로 살랑살랑 지나다니면서 「쌀 값은 올르기만 허
구……석탄두드려야겠는데」를 입버릇처럼 하든 하숙주인 마누라의 목소
리를 십 리나 떨어져서 은은한 풍경소리와 짙은 어둠에 홈박 째인 이 산
장 호젓한 방에서 옛 애인을 만난 듯한다정스런 남포불을 돋우고 글만을
생각하는 데 취할 수 있는 것이 갑자기 온 몸이 비단에 째이는 듯 살이 찔
듯한 행복을 느끼었다.[16]

심미성의 차원으로 인식해야 할 '전통'과 식민지 지식인이 포유하
고 싶었던 '전통적 가치'는 이태준으로서는 갈증의 대상이었다. 자본
주의의 파탄에 맞닥뜨린 그가 현실로 나아가지 않은 채 자신의 세계
를 구축하는 길은 오직 순전한 미의식의 정립이었다. "새벽 우물처럼
충충히 담긴 잉크"와 "열아문 축의 원고지", 그리고 "옛 애인과도 같
은 남폿불"은 그를 온 몸이 비단에 감기는 "살이 찔 듯한 행복"에 잠
기게 한다.

이렇듯 모처럼 예술가 정신이 충만한 가운데 드디어 여인이 등장한
다. "장정 고운 신간서"와 같이 호기심을 불러일으키는 그녀는 외양
만으로도 그의 관심을 끌기에 충분하였을 뿐 아니라 병인이라는 사실
이 더욱 큰 호기심으로 다가 온다. 독자를 자처하는 그녀야말로 자신
과 예술을 논할 수 있는 적임자이기에 그는 즐거움을 감추지 못한다.

펫병! 그는 온전한 남의 일 같지 않게 마음에 씨였다. 그렇게 예모 있고
상냥스러운대화를 직거릴 수 있는 아름다운 입술이 악마와 같은 병균을
발산하리라는 사실은 상상만 하기에도 우울하였다.
그러나 그 다음날부터는 정원에서 그 여자를 만나 인사할 수 있는 것이
즐거웠고 될 수만 있으면 그를 위로해 주고 그와 더부러 자기의 빈한한
예술을 솔직하게 비평도 받고 싶었다.[17]

---

16) 『조광』, 1936. 1, 103~104면.

그러나 여인과의 대화에서 알게 된 그녀의 죽음에 대한 감상은 그로 하여금 고민에 빠지게 하고 만다. 처음에는 행복스럽다고 생각하던 병이 그녀에게 이젠 겁이 나는 무서운 것이 되고 자신의 주검을 일깨워 주는 까마귀 소리가 싫으며 주검이 아름답게 생각될 때 죽는 것이 그지없는 행복이라고 믿게 된 것이다. 여인에게 호감을 갖던 그가 "어떻게 하면 그 여자에게 주검이 다시 한번 꽃밭으로 보힐 수 있을까"를 고민하다 드디어 답을 얻는다. "내가 그 여자를 사랑하리라"는 것. 이것이 바로 해결 방법인 것이다. '주검'과 '꽃밭'과 '사랑'. 이는 모두 동일의 가치물이다. 그가 여인에게 아낌없이 주고자 하는 '사랑'은 예술가로서 그가 지닌, 사실상 허구적 '정렬'이다. 이 '정렬'의 정체는 그가 담지해 온 훼손되지 않은 전통미를 기초로 하고 오염되지 않은 충만한 글쓰기 정신을 근간으로 하여 미적 자의식을 고양하려는 예술가 정신이다.

여기에 그가 적극적으로 참조한 것이 포의 방식이다. 포를 중개자로 삼아 그를 모방함으로써 자신의 예술가 정신을 드러내고자 한 것이다. 포의 시가 지닌 음울미는 여인의 폐병과 까마귀의 우수적인 색채로 환치된다. 「The Raven」이 레노어에 대한 화자의 사랑을 다룬 것처럼 「가마귀」의 '그'도 여인에게 온 정렬을 바치리라 결심하나 이미 그 여인에게 사랑하는 남자가 있다는 사실에 큰 낭패를 느낀다. 이어 그녀의 심경을 드러내는 이야기가 등장하는데 이는 이태준이 추구하는 예술가 정신을 절대화하기 위해 동원된 것들이다.

여인이 사랑하는 이는 식량문제를 연구하는 지극히 '생활'적인 인물로 자신의 사랑을 증명하기 위해 여인이 각혈한 것을 삼키기도 한다. 그럼에도 불구하고 여인은 자신들을 삶과 죽음을 포유한 이질적

---

17) 『조광』, 1936. 1, 106면.

인 존재로 간주한다. "같은 병자가 되는 것이 아니고는 진정한 동정이 될 수 없다"는 여인의 심정은 '죽음'과 '삶'이 결코 병존할 수 없다는 우울감을 낳는 동시에 자신이 감내해야 할 죽음의 불가피성을 드러낸다. 따라서 '그' 또한 "여인의 주검을 지켜 주는 슬픈 애인"이 되겠다는 야심찬 계획에 실패하고 만다. 정렬로 대신하려던 그의 예술가 정신이 제 자리를 잃게 되니 정렬이라는 허구에 포획된 그의 예술가 정신은 어떤 방식으로든 표출이 되어야 할 시점이 되어 버리고 만다. 이 때 이태준이 쓴 도구가 그녀의 죽음이다.

강력한 수단인 그녀의 죽음은 여인의 각혈을 삼키는 애인의 엽기적인 사랑을 넘어서, 그리고 예술적 미의식에 기인한 그의 정렬도 초월하여 선명한 이미지로 다가 온다. 여인이 내뱉은 각혈을 삼켜 자기 것으로 하려는 애인이나 정렬로써 끝까지 주검을 지켜 주려는 그나 둘 다 온전하게 그녀와 일치될 수는 없다. 같은 병자가 되어 함께 죽는 것만이 진정한 동정이라 여기는 여인은 그것이 현실적으로 불가능하다는 것을 안다. 여인이 기대하는 동정은 일치의 단계이다. 결국 누구의 동정도 받을 수 없는-함께 죽을 수 없는-그녀는 그저 혼자 죽어야만 한다. 그래야 죽음의 순전성과 신비성이 보장된다. 지극히 생활적인 애인과 환상적 소설가인 그가 도달하지 못할 그 세계가 여인의 '죽음'인 것이다. 병의 철학이 낭만주의적 세계관에서 나왔다는 근거는 병이 일상적이고 평범한 것, 이성적인 것의 부정을 의미한 데 있다.[18] 이는 명확하고 지속적인 모든 것의 가치절하를 뜻하며 이태준은 병에서 비롯된 죽음을 통해 문학의 자율성을 확보하려 하였다.

---

18) 아르놀트 하우저, 염무웅·반성완 역, 『문학과 예술의 사회사』 3, 1999, 235면.

4. 현실을 통과한 이미지의 세계 - 「별」19)

황순원의 「별」은 죽은 어머니의 이미지를 찾아 헤매는 한 소년의 이야기이다. 또한 작가가 스스로 밝힌 바와 같이 "모성의식이 민족의식과 대응하"고 있는 작품이기도 하다.20) 이 경우 망국으로 인해 결여된 현실 앞에서 소년으로 하여금 어머니의 이미지를 끝없이 찾게 만드는 것이 민족의식과 연계된다. 따라서 '어머니'는 조국의 표상이요 누이의 죽음에 소년이 흘린 '눈물'은 새롭게 다가오는 '미래'의 징표로 보아도 좋겠다.

그간 「별」의 미학적 특성에 기반한 연구들은 유종호 이후에 이재선, 이인복, 김용희, 양선규, 임진영 등에 의해 제의적 측면과 신화학적 차원에서 이루어져 왔다. 유종호는 이 소설이 "인간 심리의 델리커시한 일면"에 초점을 두어 미추에 대한 자각을 다루었다고 평가하였고 이어 이재선도 앞의 의견을 수용하는 가운데 죽음에 대한 충격적 경험과 성숙의 과정을 다룬 입사소설로 간주하였다.21) 그러나 미추의식에 관한 한 죽은 어머니와 생전의 누이를 단순히 이상/현실, 선/악, 아름다움/추함의 대립상황으로 보아 소년이 끝까지 어머니의 세계를 추구했다고 보기에는 무리가 있다. 왜냐하면 어머니의 존재는 소년의 무의식 속에서 형성되어 자신도 인식하지 못하는 가운데 축조된, 가상의 관념적인 이미지이기 때문이다. 이 점이 「별」을 누이 중심

---

19) 『인문평론』, 1941. 2. 146~154면.

20) 황순원, 『황순원전집』1, 문학과지성사, 1980, 213~214면.(황순원은 「별」이 수록된 창작집 『기러기』에 붙인 '책머리에'에서 "명멸하는 내 생명의 불씨가 그 어두운 시기에 이런 글들을 적지 아니치 못하게 했다고 보는 게 옳을 것 같습니다"라고 밝히고 있다.)

21) 유종호 외, 『한국인과 문학사상』, 일조각, 1964, 297면 ; 이재선, 『한국현대소설사』, 홍성사, 1979, 472~476면.

의 플롯으로 보아야 하는 이유이다.[22]

소년은 누이를 어머니와 연관하여 진지하게 생각해 본 적이 없다. 이는 어머니에 대해서도 마찬가지이다. 누이가 죽은 어머니를 닮았다는 과수 노파의 발언으로 인해 그는 처음으로 자신의 무의식에 감추어진 어머니의 이미지를 꺼내 현실의 누이와 비교하게 된다. 그리고 어렴풋하게나마 누이가 죽은 어머니의 대체재였음을 깨닫는다. 그 누구도 어머니와 누이의 유사점이나 차이점을 말해 준 바 없으며 누이 역시 어머니의 역할을 잘 해 왔기에 누이가 무엇의 대체재였나를 생각할 필요가 없었던 것이다. 누이는 소년이 어머니를 그리워하고 생각할 틈도 없을 만큼 대체재로서의 자신의 역할을 원재 못지않게 수행하였다. 어머니이자 누이인 그녀가 평상시 지니고 있던 소년에 대한 심경은 다음 구절에도 잘 나타나 있다.

> 누이가 갑자기 혼자말처럼 사실 나 혼자였드믄 벌서 죽구 말었어. 죽구 말지 않구. 살믄 멀하노. 그래두 네가 있어서 그러치 둘이 있다 하나가 죽으믄 남는 게 더 불상할 것 같애서 난 정말 그래 하며 바람 때문인지 약간 느끼는 듯 하였다.[23]

---

22) 이인복은 「별」을 황순원이 잃어버린 조국의 이미지를 찾아 각고하는 과정으로 보고 어머니의 '이미지'가 누이의 죽음을 통해 '실체'로 바뀜을 관찰하였다. 소년의 눈물도 '누이의 죽음'이라는 희생의 대가로서 과거 집착에서 벗어나 미래 지향의 징표로 간주하여 조국의 미래를 희망으로 바라보는 작가의식의 상징으로 풀이하였다.(이인복, 『한국문학에 나타난 죽음의식의 사적 연구』, 열화당, 1979, 274~275면.)
양선규도 역시 누이와 소년 중심의 이야기로 보는데 그는 과수 노파의 신탁에 의해 나타난 어머니의 존재가 이미 선험적 차원에서 형성된 누이의 모성에 방해자로 기능함을 지적하였다. 또 소년의 진짜 어머니는 누이이며 누이 없는 모성은 관념으로 간주하고 있다.(양선규, 「어린 외디푸스의 고뇌」, 『문학과언어』, 문학과언어학회, 1988. 10, 103~118면.)
23) 『인문평론』, 1941. 2, 153면.

그럼에도 불구하고 소년은 자신의 의식 안에서 둘을 분리해야 할 필요성을 느낀다. 그리고 누이를 부정하기 위해 현실을 비틀기 시작한다. 아름다운 어머니의 이미지를 의식 안에서 존속시키기 위해서 누이가 어머니와 같아서는 안 된다는 마음의 결정은 이미 해 놓았기에 어머니와 누이 사이에는 부자연스럽고 인위적인 차이가 만들어진다.

> 산애는 누이의 문득 지나치게 큰 입술 새로 들어난 검은 잇몸을 발견하면서 산애의누이에게서 죽은 어머니의 그림자를 찾든 마음은 온전히 사라지고 없은 어머니가 누이처럼 미워서는 않된다고 머리를 옆으로 저었다. (…중략…)
> 그러나 누이가 마치 어머니나처럼 굴 적마다 도리어 없는 어머니가 누이와 같지 않다는 생각으로 해서더 누이에게 냉정할 수 있는 산애는 내민 누이의 손을 처 쌍둥이를 떨궈 버리고 말았다. (…중략…)
> 그러나 산애는 싸움터로 가까이 가자 누이의 흥분된 얼굴이 전에 없이 더 추하게 느껴지면서 문득 어머니가 저래서야 될 말이냐는 생각으로 냉연하게 그 곳을 지나쳐버렸다. (…중략…)
> 누이는 죽는 한이 있드래도 도리어 어머니다운 애정으로 산애의 하는 대로만 내매끼고 있을 것 같은 생각이 들자 산애는 누이가 죽은 어머니와 같은 애정을 배풀어서는 않된다고 치마 우에 벌서 죽은 듯이 누어 있는 누이를 그대로 남겨둔 채 돌아서 그 곳을 떠났다.[24]

'둘이 비슷하다'는 인식은 소년에게 두 가지 길을 제시해 준다. 기억에도 없는 어머니를 아름답다고 마냥 믿고 현실의 추한 누이를 상처내는 것과, 혹은 어머니와 누이가 똑같이 추하기에 이를 거부하게 위해 저항하는 것이다. 후자의 경우 일부러 누이를 거부하는 행동은 오히려 어머니와 누이를 일치시키려는 의도로 볼 수 있다. 추한 누이에 냉정한 태도를 보임은 누이의 추함을 무화시키고 어머니

---

24) 『인문평론』, 1941. 2, 147~154면.

또한 추해서는 안 된다는 소년의 간절한 바람일 수 있다. 그러나 문면으로 보아 소년은 어머니를 이상적이고 절대적인 대상으로 놓는다. 또한 그럴수록 현실은 부정되고 소외되기에 누이는 더욱 부정적인 상황에 처하게 된다. 어머니가 현실 거부의 원리로 작용하는 것이다. 그러면서도 자신과의 타협에서 여전히 갈등하고 있는 소년은 누이를 거듭 흠집내려 하나 자신을 향한 누이의 심정을 잘 알기에 번번이 그 상황을 회피한다.

아무리 예민한 소년일지라도 죽음이 갖는 현실적 의미는 모른다. 오히려 죽음의 '환상성, 절대성'만을 믿기에 현실의 누이의 위상은 죽은 어머니에 비해 급격히 하락하고 만다. 더욱이 어머니는 이미 '별'이 되어 있지 않은가.

> 하늘에 별이 별나게 많은 첫가을 밤이었다. 산애는 전에 따위의 이슬같이만 느껴지든 별이 오늘밤엔 그 어느 한나가 꼭 어머니일 것 같은 생각이 들며 수많은 별을 뒤지고 있었다.[25]

그러면 소년이 간직한 어머니의 이미지는 과연 어디에서 연유한 것인가. 본디 예민한 성격의 소년은 과수 노파의 선언과도 같은 말 한마디에 누이의 생김새와 어머니의 이미지에 대해 본격적으로 사고하게 된다. 소년은 훌륭한 대체재였던 누이 덕분에 어머니를 인식하지 못했던 자신을 발견하고 아름다움이 무엇인가에 대해 구체적으로 생각한다. 그리고 집요하게 노파를 추궁하다시피 하여 어머니와 누이의 차이를 인정하게 만든다.

---

25) 『인문평론』, 1941. 2, 152면.

　　산애는 곧 노파에게 아니 우리 어머니하구 우리 뉘하구 같이 생겼단 말
은 거짓말이죠? 하였다. 노파는 한칭 수상하다는 듯이 산애를 바라보다가
남의 일에는 흥미 없다는 듯이 왜 닮었지, 했다. 산애는 떨리는 입술로 다
시, 아니 우리 어머니 입하구 뉘 입하구 다르게 생기지 않어요? 하고 열심
히 물었다. 노파는 이번에는 그저 화로구 꽂았든 인두를 뽑아 자기 입술
가까이 갔다 대고 단 정도를 알고 반만큼 세운 왼쪽 무릎 치마에 문대 보
고는 일감을 잡으면서, 그러구 보면 다른튼것 같기두 하군, 했다.[26]

　노파의 한 마디는 그간 생각지도 않던 어머니의 존재를 상정하는
계기가 된다. 함께 생활해 온 누이는 너무나도 자연스러운 현실이기
에 무의식 속의 어머니에 비해 현실적 경험치만큼 덜 환상적이며 덜
이상적이다. 어머니가 죽음으로 인해 '현재 없음/멀리 있음/도달할 수
없음'의 수준에 있다면 누이는 '항상 가까이 있음'의 상징이다. 그런
누이가 이미지로 떠오른 어머니의 존재로 인해 새삼스럽게 거추장스
럽고 싫은 존재로 전락해야 할 위기가 닥친 것이다. 물론 실제와는 달
리 조장된 감정이다. 따라서 "인형인가 누이인가 분간 못할 서로 얽
힌 손들"을 쉽사리 뿌리침은 소년이 누이에게 가지고 있는 일종의 부
채의식에 기인한다. 무의식 속에서 모성으로 인식해 온 누이와 그 상
징물인 인형. 이것은 소년이 어머니의 이미지를 떠올리는 순간 순식
간에 추물이 되고 더 이상 자신의 소유로 해서는 안 된다고 생각하는
것이다. 그러면서도 한편으론 인형을 몰래 묻어 버리는 행위가 소년
에겐 자책감으로 남는다. 누이가 어머니처럼 죽을 수는 없기에 자신
은 누이의 모든 것과 최대한 멀리 떨어져 있어야 한다고 소년은 생각
한다. 인형을 묻고 옥수수를 뜨물 항아리에 던지면서 소년은 과거 누
이와 가졌던 일치감을 깨려고 애를 쓴다.

---

26) 『인문평론』, 1941. 2, 147면.

이러한 노력은 누이의 결혼을 통해 결실을 맺는 듯이 보인다. 연애 사건을 뒤로 하고 아버지가 정해 준 집으로 시집가던 날 소년은 가마에 오르기 전 자기를 찾는 누이를 모른 척 하며 몸을 숨기고 만다. 그리고 얼마 되지 않아 누이의 부고를 받는다. 누이의 얼굴도 파묻은 각시 인형도 찾지 못한 소년은 당나귀에 올랐다가 일부러 떨어져 본다. 누이가 달려올 것 같은 환상에 싸이는 순간 비로소 슬픔과 반성의 눈물이 흐른다.

> 그러나 산애의 눈에는 이제야 눈물이 고였다. 어느새 어두워지는 하늘에 별이 돋아났다가 고인 산애의 두 눈에 나려 왔다. 산애는 문득 자기의 오른켠 눈에 나려 온 별이 죽은 어머니라고 느끼면서 그럼 또 왼켠 눈에 나려 온 별은 죽은 누이가 어머니처럼 나려 온 게 아니냐는 생각에 미치자 아무래도 누이는 어머니와 같은 아름다운 별이 되여서는 않된다고 머리를 옆으로 저으며 눈을 감아 눈의 별을 내몰았다.[27]

소년의 눈에 고인 눈물은 하늘에서 내려 온 별과 일치를 이룬다. 죽어서 이미 별이 된 어머니와 이제 막 별로 승격한 누이는 비로소 죽음으로써 동일한 지위에 놓이게 된다.

어머니가 죽음으로써 소년의 의식 안에서 심미적 가치의 높은 지위를 점한 것과 마찬가지로 누이가 소년에게 심미적 가치의 대상으로 인식되기 위해서는 어머니와 동일한 수준에 도달하여야만 한다. 즉 죽음으로써 '현재 없음/멀리 있음/도달할 수 없음'의 수준에 이르러야만 어머니와 같은 하나의 이미지로 자리잡게 된다. 그리고 '별'이 되어 소년의 눈에 내려 앉아야 소년의 기대치에 상응하는 아름다움이 된다. 결국 누이는 죽어서야 소년의 의식 속에 존재하는 어머니의 이

---

27) 『인문평론』, 1941. 2, 154면.

미지와 대응하는, 대체재가 아닌 원재로 승격한 것이다.

5. 삶과 예술 합일의 미적 근대성

이 책에서는 작가의 미의식 추구에 주안점을 두어 인물의 죽음이 작가의 예술적 자의식과 어떤 영향 관계를 갖는가를 희생제의의 차원에서 규명하였다.

김동인은 「배따라기」를 통해 자신의 삶을 예술에 통합시킴으로써 스스로 낭만적 주체가 되려는 욕구를 드러냈다. 동경과 방랑이 지향하는 심미적 가치로서의 배따라기는 도달하고 싶은 이상과 돌아가고 싶은 고향, 둘 다를 의미한다. 또한 유랑의 과정은 자아와 세계 사이에 존재하는 모순을 발견하려는 근대성과도 통한다. 이 과정을 통해 꿈, 환상, 무의식을 지닌, 세계와 융합된 자아가 탄생된 것이다.

이태준은 식민지 지식인이 지닌 속물적 자본주의에 대한 저항의 태도로 미적 자의식을 선택하였다. 이는 더욱 공고히 자리잡은 식민지 상황에서 예술이 추구하는 본질적 가치에 의미를 두려는 작가정신의 표현이다. 그는 충만한 글쓰기 정신을 토대로 치밀한 언어 선택과 감정 표현으로 미적 근대성을 승인받으려 하였다. 비록 서구의 양식을 패러디한 결과를 낳았으나 그 정신까지 가져온 것은 아니었다. 포가 갈가마귀의 형상으로 찾아드는 레노어를 그리워하며 노래했다면 '그'는 빈한한 예술을 함께 논할 여인을 사랑한 것이 아니라 이를 계기로 예술가 정신의 실현을 꿈꾸었다. 그리고 완전한 실현을 위해 그녀는 죽었다. 여인은 이태준의 예술가 정신의 완성을 위해 사용된 희생물이었던 것이다.

황순원은 앞서 언급한 대로 어머니를 '잃어버린 조국'의 이미지로 상정하였다. 그리고 현실의 누이를 욕망의 결여태로 설정하여 그것이 만족의 상태로 나아가는 과정을 그렸다. 그는 자신이 식민지 조국에서 구현하고자 했던 가치를 미의식에 대응시켜 누이의 죽음을 어머니의 환상적 이미지와 일치시켰으니 누이의 죽음은 황순원의 미의식 확립에 유용한 수단으로 쓰였다고 할 수 있다. 식민지의 '현실'과 죽음의 '환상'은 서로 배치되면서 포용하는 관계이다. 그는 누이의 죽음을 통해 고유한 형식과 개성을 바탕으로 미적 근대성을 획득하는 수준으로 나아갔다. 이렇듯 현실태를 이상태로 전환시키기 위해 그가 사용한 수단은 죽음이다. 현실이 완전 배제된 죽음의 환상적 이미지는 온전한 미의식 구현에 필수적 요소이다. 예전에 이미 그 세계에 도달해 있는 어머니와 이제 막 별이 된 누이는 황순원이 지향한 미래요, 아름다움 그 자체이다.

제2장

혁명으로 수렴하는 주체의 죽음

－조명희의 「낙동강」, 강경애의 『인간문제』를 중심으로－

1. 서론

일찍이 1932년 모스크바에서 열린 소비에트 작가들의 제1회 확대 회의는 사회주의 리얼리즘의 본질적인 한 요소로 '혁명적 낭만주의'를 꼽고 있다.[1] 낭만주의는 예술가의 주관적 상상이 형상화된 결과물이다. 개인의 공상과 상상이 사회적 현실에 대한 올바른 인식하에서 미래의 발전을 선취한다면 이는 낭만주의가 리얼리즘의 필요한 일면

---

1) 후고 후버트(Hugo Huppert)가 『인터내셔널 문학(International literature)』(1933, 제1호)에 보고한 회의 내용을 요약하면 "사회주의 리얼리즘은 소비에트 문학 속에 존재하는 적색 낭만주의를 부정하는 것이 아니다. 이 낭만주의는 회고적, 현실 도피적이 아니라 다음 몇 가지를 표현하는데 이는 ①사회주의 작가가 표현한 제사건에 명백히 내면적으로 관여하고 있다는 점 ②사회주의를 위한 투쟁과 노동에서 보여지는 현실의 수백만 명의 영웅적 정신에 작가가 정당하게도 감동하고 있다는 점 ③현실적인 미래를 작가가 정확히 예측하고 있다는 점 ④환상적이거나 유토피아적이지 않고 현실적인 계급 없는 사회에 관해 작가가 몽상하고 있다는 점이다. 사회주의 리얼리즘은 작가에게 박진감을 요구하는데 혁명적 낭만주의는 이 박진감 속에 포함된다."이다. －이 회의 내용을 바탕으로 1934년 사회주의 리얼리즘을 창작 방법으로 하는 소비에트 작가동맹이 결성되었다.(이동면(伊東 勉), 이현석 역, 『리얼리즘이란 무엇인가』, 세계, 1987, 135~136면. " "내용은 재인용)

이 된다는 증거라 할 수 있다. 이 주관적 원망(願望)이 사회 현실의 올바른 인식에 기초를 두었는가 여부에 따라 낭만주의 운동은 혁명적이거나 반동적인 결과를 낳는다.2)

한국의 낭만주의가 식민지 상황에서 진행되었다는 사실은 작가들로 하여금 사회 현실에 대한 인식에 영향을 주어 낭만성의 방향을 결정하게 하였다. 번역된 유럽 낭만주의를 통해 식민지 작가들이 받아들인 낭만주의의 요체는 '자아'의 관념과, 주관적 원망을 사회 현실로 바꾸어 버린 매우 개인적인 차원의 것이었다. 이는 자기 확인을 위한 저항이나 열정과 이지의 싸움, 혹은 허무주의적 방기로 드러나기도 하였는데 이러한 반동적인 경향과는 달리 주관적 원망이 현실 인식에 기초를 둔 혁명적 차원의 것도 있었다. 그 대표적인 작품으로 조명희의 「낙동강」과 강경애의 『인간문제』를 들 수 있다.

「낙동강」의 박성운과 『인간문제』의 선비는 계급의식의 철저성에 있어 확연한 차이가 있으나 영웅적인 죽음을 맞이한다는 데 공통점이 있다. 그들의 죽음은 자아의 각성이나 세계에 대한 저항에 기인한 것이 아니라 로사와 첫째의 주체적 탄생에 연결되어 자신들이 못다 한 과제를 실현하게 만든다. 완성되지 못한 계급의식과 노동운동의 불꽃을 다음 주자들에게 넘기며 무한한 지지와 신뢰를 보내는 것이다.

이와 관련하여 본고는 박성운의 각성된 의식이 로사의 의식에 어떻게 심화하여 투영되며 선비의 미진한 각성이 첫째에게 어떻게 전이되는가를 고찰하고자 한다. 그들은 자신의 죽음을 개인의 소멸로 그치게 하지 않고 계승을 통해 더 큰 자아로서의 공동체 수립에 이

---

2) 이동면은 전자의 예로서 러시아 낭만주의가 짜리즘의 압제로부터 벗어나 새로운 민주적 사회를 창설하기를 원하는 주관적인 원망(願望)에 기초하여 1917년 혁명으로 실현되었고 폴란드의 낭만주의 역시 독립운동과 기존의 복고주의를 극복하려는 노력에 활동적이었음을 들고 있다.(이동면, 위의 책, 139면.)

바지하려 하였다. 따라서 그들의 죽음이 어떤 방식으로 또 다른 주
체에게 이행되어 혁명으로 수렴하는가를 살핀다면 안타까운 죽음의
의미를 적극적으로 읽을 수 있으리라 생각한다. 또한 이로써 두 인
물의 영웅적 죽음이 식민지하 사회공동체에 헌신하는 계기적 과정
을 밝혀 주는 데 작은 힘이 되기를 기대해 본다.

2. 새 생활 창조의 힘 – 「낙동강」[3]

「낙동강」은 흔히 자연발생적 신경향파 문학이 목적의식적 프로문
학으로 발전한 시기의 첫 작품으로 알려져 있다.[4] 조명희는 나름대로

---

3) 『조선지광』, 1927. 7, 13~27면.
4) 「낙동강」을 1차 방향 전환 이후의 결과물로 보는 긍정적인 견해이며 현재도 거
   의 정설로 인식되고 있다.
   "단순한개인의 생활기록이아니고 현재생장하는 일계단의인생을 기록코저한것
   임에도 불구하고 작자의 놀라울만한수완은작중의개개인물에 그에상응한성격
   과풍모를부여하야안전에방불케하얏다. 다시닑어도 눈물겨운 일편의시다. 그러
   타 정히우리가 이째까지가저보지못하든새로운 감격이다. (…중략…) 조명희군
   은 「저기압」에서 「낙동강」으로비약하얏다.제이기에선편을던진우리들의작가가
   나타난것가티생각된다."(김기진, 「시감이편」, 『조선지광』, 1927.8, 10~11면.)
   "우리 문학사상 한 모뉴멘트요 가장 아름다운 재산이다."(임화, 『낙동강』, 건설
   출판사, 1947, 重刊辭.)
   "그는 벌써 1926년에 창작한 단편 「R군에게」서 사회주의적 사실주의 특질을
   맹아적으로 체현시켰었다. 그 다음해에 발표된 「락동강」은 조선에서 사회주의
   적 사실주의가 뚜렷하게 형성되고 있다는 사실을 시위하는 훌륭한 작품들 중
   의 하나이다."(황동민, 「작가 조명희」, 『조명희 선집』, 소련과학원 동방도서출판
   사, 1959, 11면.)
   "초기 프로문학의 불철저한 자연발생적인 반항적요소를 의식적, 전투적인 계급
   문학으로 전환시킨 기점을 이룬 프로문학사상의 중요한 위치를 가진 작가다.
   (…중략…) 「낙동강」은 그의 대표적작품으로서 자연발생적인 프로문학이 의식
   적 목적주의적인 방향에로의 전환을 보여 준 그 당시의 프로문학의 대표적인
   작품이기도 하다."(조연현, 『한국현대문학사』, 성문각, 1969, 425면.)

의 유물사관에 입각한 계급의식, 목적의식을 분명히 하여 장차 도래
할 '새로운 세상'에의 꿈을 제시하였다. 다소 느슨한 이야기식의 '요
약'과 병적 낭만주의풍의 '장면 제시'가 작품의 박진감을 감소시키기
도 하나 이전의 빈궁 체험 문학이 보여 준 도식성은 분명 벗어났다고
할 수 있다. 또한 '선전, 조직, 투쟁'의 '프로그람'을 세워 '폭풍우'를
일으켜 '어떠한 날씨'를 기대함으로써 그가 소망하는 '사회주의 사회'
가 역사 발전에 필연적임을 강조하고 있다. 더불어 식민지 근대 기획
으로 발생되는 자본주의 사회의 모순을 드러내어 자작농이 종국에는
유민화에 이르게 되는 식민지 수탈상도 폭로하고 있다. 특히 청년회,
형평사, 여성동맹, 사회운동 단체와 결속하는 투쟁방식은 아지(agitation)
와 프로(propaganda)에 나서는 적극성을 보여 준다. 그러나 무엇보다도
조명희의 특이성은 1919년 결성된 코민테른의 '전세계의 공산화' 정신
에 충실하려는 세계주의적 면모에 있다. 「낙동강」 발표 이듬 해 소련
에 망명한 점이나 작품에서 박성운이 북행 이후 사상적으로 '민족주
의자에서 사회주의자'로 전환하였다는 서술은 이를 뒷받침하고 있다.

  앞의 내용을 종합해 보건대 「낙동강」은 신경향파문학이 1차 방향
전환 이후 제2기의 경향문학 즉 프로문학으로 전환한 대표작이라 볼
수 있다. 이전의 소설이 무산계급의 보복적인 살인과 방화로 천편일
률적 결말을 보인 것과 달리 영웅적인 주인공이 죽음을 맞이하는 것
은 독자로 하여금 숭고하고도 희생적인 종말을 통해 낙관적인 미래를

"이 시기에 있어 소위 제2기의 작품 여부에 대하여 문제를 던진 작품은 조명희
의 「낙동강」이다. 무엇보다도 이 연도 태반의 작품이 전기의 자연발생적인 반
항을 주제로 하고 있는 시기에 있어서 최초로 계급 투쟁을 주제에 올린 작품인
곳에 주목할 점이 있다."(백철(이병기 공저), 『국문학전사』, 신구문화사, 1973,
355면.)
이에 반해 박영희(「문예평론」, 『조선지광』, 1927.9, 82~83면.)와 조중곤(「'낙동
강'과 제2기 작품」, 『조선지광』, 1927.10, 9~13면.)의 부정적 견해도 있다.

상상케 한다. 따라서 그의 죽음은 '행복한 미래'를 위해 자신의 모든 것을 다 바쳐 투쟁하는 혁명 투사의 영웅성의 반영이라 할 수 있다. 자신의 죽음 안에 새로운 생활에 대한 원망을 담은 것이다. 그렇기에 혁명적 낭만주의는 사회주의 리얼리즘의 기본 개념인 "노동 대중의 현실을 진실하게 그리고 투쟁을 옳게 반영함"을 넘어 "더욱 행복한 미래를 향하여 앞으로 나아가기 위한 것"이 되어야만 할 것이다.[5]

그렇다면 과연 '행복한 미래'란 무엇이며 이를 투쟁하다 스러진 박성운의 원망은 어디를 향하고 있는 것인가? 그가 희구한 '미래'는 아마도 '환상적이거나 유토피아적이지 않고 현실적인, 계급 없는 사회'일 것이다. 그의 원망은 사회 현실에 대한 올바른 인식에 기초를 둔정당한 원망이며 그렇기 때문에 주관적 망상이 가져 오는 현실도피적이고 반동적이며 허무적인 병적 양상에 빠지진 않는다. 다만 그의 원망을 방해하는 것이 있다면 그것은 단연 식민지 상황이다. 식민지성은 한국 근대소설사의 질곡이며 요지부동의 요소로 당대 작가들에게 현실의 절대성을 일깨워 줌으로써 그들을 편내용적 경향에 빠지게도 하였다. 작가들에게 일종의 강박으로 작용한 식민지성은 각자 적절한 방법으로 민족 현실에 복무해야 한다는 명령을 내린 셈이다. 조명희를 위시한 일군의 작가들은 첫 단계로 민족의 비참한 현실을 발견하고 두 번째 단계에서 이른바 '현실의 변화'를 꾀하기 위해 문학 행동을 구체화하였다. 현실의 발견이나 변화 없이 미래를 기대하는 것은 불가능하기에 현실의 모순과 고통을 일소하는 작업은 매우 시급한 문제였다. 예술운동과 정치운동이 하나로 인식되던 당시에 그들이 할수 있었던 것은 예술을 통한 사회의 변혁이었다.

혁명적 낭만주의는 '행복한 미래'에 그 목표를 두고 있으며 '혁명적

---

5) 이명재 편, 『북한문학사전』, 국학자료원, 1995, 1155면.

낙관주의'를 통해 형상화된다고 할 수 있다. 조명희는 망명 이전 궁핍한 현실 속에서 세계관의 전환을 겪으며 '고르끼 류의 사실주의'적 현실 인식으로 초기 프로문학의 기반을 다졌다.[6] 그러면서도 그가 추구한 것은 식민지 조선의 민족 해방과 소비에트 사회에 대한 벅찬 기대였다. 이것이 그가 꿈꾸던 '행복한 미래'이다. 그가 망명 후 사회주의 리얼리즘 문학을 소련 한인 동포사회에 창시하고 발전에 힘씀은 단지 조국을 되찾는 데 그치지 않고 소비에트 사회 건설에 기여하려는 프롤레타리아 국제주의라는 이념이 그 추동력이 되었으리라 본다. 이러한 사상이 기초가 되어 그의 원망은 '행복한 미래'에 닿아 있었다. 그러나 그의 죽음으로 인해 이 원망은 일단 단절된 것처럼 보인다.

혁명적 낙관주의 정신은 혁명과 건설의 참된 주인공인 혁명투사, 공산주의자들의 불요불굴의 투쟁정신과 혁명 승리에 대한 굳은 신념에 기초한다. 승리에 대한 신념으로 튼튼히 무장하고 자기의 중대한 사명을 철저히 자각하여 보다 휘황한 공산주의의 미래를 위해 모든 것을 바쳐 투쟁하는 혁명투사, 공산주의자들의 고상한 사상과 정신적 풍모 등을 반영하는 것이야말로 혁명적 낭만성을 구현하는 매우 효과적인 방법인 것이다.[7] 「낙동강」에는 이러한 혁명적 낙관성이 군데군데 드러나 있다.

> 그는 먼저 일할 프로그람을 세웠다. 선전, 조직, 투쟁 – 이 세 가지로. 그리하여 그는먼저 농촌야학을 설시하여 가지고 농민 교양에 힘을 썼었다. 그네와 감정을 같이 할양으로 벗어부치고 들어 덤비여 그네들 틈에 끼여

---

6) "타고어류의 신낭만주의냐? 그러치 안으면 꼬르키류의 신현실주의냐? 현실주의다. 현실에 부닥치자. 뚫코 나가자."(조명희, 「생활기록의 단편」, 『조선지광』, 1927.3, 12면.)

7) 『문학예술사전』, 과학·백과 사전 출판사, 1972, 955면 참조.

생 일도 하고 농사 일터나 사랑구석에 모인 좌석에서나 야학 시간에서나 기회가 있는 대로 교화에 전력을 썼었다.

그 다음에는 소작조합을 맨들어 가지고 지주 더구나 대지주인 동척의 횡포와 착취에 대하여 대항운동을 일으켰었다.[8]

"당신은 최하층에서 터져나오는 폭발탄 가터야 합니다. 가정에 대하여, 사회에 대하여, 같은 녀성에 대하여, 남성에게 대하여, 모든 것에 대하여 반항하여야 합니다." (…중략…)

"당신은 또 당신 자신에 대하여서도 반항하여야 되오. 당신의 그 눈물 ─약한 것을 일부러 자랑하는 녀성들의 그 흔한 눈물도 거더치워야 되오.…우리는 다 같이 굳센 사람이 되여야 합니다"[9]

그런가 하면 소련 망명 후 발표한 산문시 「짓밟힌 고려」의 끝 부분에는 더욱 강한 어조로 승리에의 확신을 표현하였다.

그러나 우리는 락심치 않는다. 우리의 힘을 믿기 때문에─

우리의 뼈만 남은 주먹에는 원쑤를 쳐 꺼꾸러뜨리려는 거룩한 싸움의 힘이 숨어 있음을 믿기 때문에.

옳도다, 다만 이 싸움이 있을 뿐이다. ─

칼을 칼로 잡고 피를 피로 씻으려는 싸움이 ─힘세인 프로레타리아트의 새 기대를 높이 세우려는 거룩한 싸움이!

그리고 우리는 또 믿는다 ─

주림의 골짜기, 죽음의 산을 넘어 그러나 굳건한걸음으로 걸어 나아가는 온 세계프로레타리아트의 상하고 피묻힌 몇 억만의 손과 손들이.

저 ─동쪽 하늘에서 붉은 피로 물들인 태양을 떠받치여 올릴 것을 거룩한 프로레타리아트의 새 날이 올 것을 굳게 믿고 나아간다![10]

---

8) 황동민, 『조명희 선집』, 소련과학원 동방도서출판사, 1959, 311면. 최초발표지『조선지광』(1927.7.)에 실린 내용은 두 페이지가 누락되어 있고 복자로 처리된 부분이 많아 본고는 훗날 조명희가 다시 써 넣은 것을 토대로 한 『조명희 선집』을 저본으로 한다.

9) 『조명희 선집』, 1959, 316~317면.

  그런데 「낙동강」이 보여 준 혁명적 낙관주의가 결실을 맺지 못한 채 그의 죽음으로 끝을 맺을 수밖에 없는 것은 무슨 연유인가. 그리고 의식적이고도 목적적인 프로문학에 걸맞지 않게 반동적 낭만주의로 흐르는 작품의 분위기는 어떻게 설명되어야 하는가. 여기서 우린 로사에 대해 좀더 자세히 살필 필요가 있다. 그녀는 형평사원의 딸로 로사라는 이름도 박성운이 독일의 여성 사회주의 혁명가 로사 룩셈부르크를 본따 붙인 것이다.[11] 로사는 백정이라는 최하위 계층 여성이라는 상대성으로 인해 작품 내에서 특이성을 지닌다. 비천한 무산계급인 그녀가 신식 교육으로 신분 상승의 기회를 얻음에도 불구하고 혁명적 사회주의 투쟁에 투신함은 당연하기도 한 반면 불필요한 일이기도 하다. 그런 면에서 로사는 인물들 중 첫 번째 수혜자로 어떤 의미에서는 박성운보다도 더 혁명적 낭만성 실현에 적합한 인물이다. 조명희는 일찌감치 이러한 의중을 밝히고 있다.

> 경상도의 독특한 지방색을 띠인 민요 '닐리리조'에다가 약간 창가 조를 섞은 그 노래는 강개하고도 굳센 맛이 띠여 있다. 녀성의 음색으로서는 핏기가 과하고 음률로서는 선이 좀 굵다고 할만한 그러나 맑은 로사의 육성은 바람에 흔들리는 강물결의 소리를 누르고 밤하늘에 구슬프게 떠돌았다. 하늘의 별들도 무엇을 느낀 듯이 눈을 끔벅끔벅하는 것 같았다. (…중략…)
>
> "로사! 늬 팔 걸어라. 내 팔하고 같이 이 물에 정궈 보자, 의."
>
> 녀자의 손을 잡아다가 잡은채 그대로 물에다 잠구며 물을 저어본다. (…중략…)

---

10) 『조명희 선집』, 1959, 445~446면.

11) 폴란드 출신의 로사 룩셈부르크(Rosa Luxemburg : 1871~1919)는 사회주의 급진파의 이론적인 대변가로 폴란드 사회민주당 창당을 발기했고 1905년 바르샤바에서의 러시아 혁명운동에도 참가하였다. 1919년 독일의 극우 군인들에 의해 사살된 그녀는 흔히 사회주의 혁명의 꽃으로 불리고 있다.

　　한동안 물소리만 높았다. 로사는 뱃전에 늘어져 있던 바른손으로 사나
　이의 언손을꼭 잡아당기며
　　"인제 그만 둡시대, 의."
　　이 말끝 악센트의 감칠 맛이란 것은 경상도 여자의 쓰는 말 가운데에도
　가장 귀염성이 드는 말투였다. 그는 그의 손에 묻은 물을 손수건으로 씻어
　주며 걷었던 소매를내려준다.12)

　갈밭 사건의 선동자로 몰린 박성운이 병보석으로 풀려나 마을로 가
기 위해 배를 타고 낙동강을 건너는 장면이다. 로사가 불러 주는, 박
성운이 지었다는 '봄마다봄마다' 가락은 "핏기가 과한 음색과 선이
굵은 음률"의 로사의 음성으로 울려 퍼진다. 일반적 여성의 것으로
볼 수 없는 그녀의 음성은 그녀의 여성성보다는 만인에 앞장선 투사
로서의 면을 강조한다. 박성운 역시 함께 팔을 걷어 물에 담가 보자는
말로 동지애적 신망을 드러내고 로사도 언 손을 녹여주고 물을 닦아
소매를 내려주는 등 병인에 대한 배려와 개인적 친근감을 보인다.
　작품 전편을 통해 박성운의 투쟁사는 요약적 서술로써 간략하고도
건조한 설명으로 일관된다. 이에 반해 낙동강을 건너기 전후의 상황
이나 낙동강과 관련된 회상 대목은 구체적이며 서정적 낭만성이나 시
적 음악성까지 가미된 일종의 감상주의 경향을 보이고 있다. 의지는
혁명적 낭만주의 정신이나 분위기는 반동적 낭만주의인 셈이다. 이
부분이 로사와의 관련을 말해 준다.
　백정의 딸인 로사가 가장 비천한 하위주체로서 혁명적 계급 투쟁에
투신한다는 사실은 충격적이다. 그녀는 성운과 마찬가지로 신식교육
을 받아 계급 상승의 조건을 준비하였다. 그러나 부모의 애원을 뿌리
치고 성운과의 학습을 통해 봉건적 신분제에서 벗어나고 민족에 귀속

---

12) 『조명희 선집』, 1959, 303~306면.

되지 않는 새로운 주체로 탄생한다. 조명희는 일찌감치 그녀를 '계급과 민족을 넘어서는 존재'로 선택한 것이다. 최하위 계층의 여성을 영향력 있는 선봉장으로 맨 앞에 세운 조명희의 안목은 선언적이던 당시 문단에 일종의 반향을 일으켰을 것이다.

회고담처럼 전개된 박성운의 영웅적 투쟁사가 로사와의 대화나 회상에 비해 상대적으로 적은 분량인 것은 그것이 이미 과거이기 때문이다. 물론 낙동강에 얽힌 추억은 과거에서 현재로 이어지는 현재진행형이므로 예외이나 그들에게 과거는 일종의 청산 대상이다. 무엇보다 중요한 것은 '지금, 여기에서' 일어나는 현재의 장면이며 이를 토대로 건설할 '행복한 미래'인 것이다. 고문 후유증으로 초죽음에 달한 성운이 이 시점에서 할 일은 거의 없다. 그래서 그는 낙동강에 얽힌 이전의 추억과 투옥 전의 열성적인 활동만을 되새기며 병적 낭만주의의 허무감마저 주고 있다. 이렇게 본다면 그의 죽음은 필연적이다. 그는 과거의 인물이요 로사는 미래를 위한 인물이다. 그가 낙동강을 건너 마을로 들어갔다가 되나옴은 그의 마지막 안식을 위한 작가의 배려이다. 또한 그가 죽어야 로사가 새롭게 태어날 수 있기 때문이기도 하다.

그녀가 마음에 새겨 받들게 될 성운의 격려는 그를 위한 만장에 그대로 표현된다.

> "그대는 평시에 날더러 너는 최하층에서 터져나오는 폭발탄이 되라, 하였나이다. 옳소이다. 나는 폭발탄이 되겠나이다.
> 그대는 죽을 때에도 날더러 너는 참으로 폭발탄이 되라, 하였나이다. 옳소이다. 나는 폭발탄이 되겠나이다." 13)

---

13) 『조명희 선집』, 1959, 318~319면.

그럼에도 불구하고 이어 전개되는 로사의 북행 장면은 미진한 면이
없지 않다.

> 이해의 첫 눈이 푸뜩푸뜩 날리는 어느 날 늦은 아침, 구포역에서 차가
> 떠나서 북으로 움직여 나갈 때이다. 기차가 들녘을 다 지나 갈 때까지 객
> 차 안 들창으로 하염없이 바깥을 내여다 보고 앉은 녀성이 하나 있었다.
> 그는 로사이다. 아마 그는 돌아간 애인이 밟던 길을 자기도 한번 밟아보려
> 는 뜻인가 보다. 그러나 필경에는 그도 멀지않아서 다시 잊지 못할 이 땅
> 으로 돌아올 날이 있겠지.14)

소설의 마지막을 장식하는 이 부분은 작가 개입의 감상적인 문체로
인해 그녀의 투쟁의지가 강력하지 못하다는 느낌을 준다. 민족과 계
급 너머의 존재로 재탄생한 로사에게 독자가 혁명적 투쟁성을 기대해
도 좋을지에 대해서도 의문이 간다. 그러나 문면에 드러난 배경을 살
펴보면 어느 정도 그 정황을 알게 된다. 이 부분에는 박성운이 죽으면
서까지 그리워해마지 않았던 낙동강의 다른 이름—구포역, 들녘, 객
차, 잊지 못할 이 땅 등—이 집중적으로 등장한다. 이것들은 그가 고
향을 떠나 있거나 되돌아왔을 때 언제나 남다른 감회와 추억을 불러
일으켰던 대상들이다. 세계주의를 표방한 사회주의자일지라도 민족
을 떠날 수 없었던 박성운에게 아니, 조명희에게 '낙동강'은 '조국에
대한 강렬한 애정'의 표징으로 남아 있는 것이다.

이 표징은 '낙동강'과 관련되는 한 언제나 애상적이고 회고적인 정
서로서 그에게 다가 온다. 또한 그 안에는 '무산 계급의 승리'라는 당
위에 부응해야 할, 의지적인 로사의 미래도 포함되어 있다. 이렇게 상
충되는 두 이미지를 '낙동강' 안에 담는 것이 그에게는 벅찬 일이었

---

14) 『조명희 선집』, 1959, 319면.

을 것이다. 따라서 작품의 대단원을 장식하는 이 대목은 다소 허무적
인 병적 낭만성을 표출하고 있으나 실제의 문맥적 의미는 '행복한 미
래'에 대비한 로사의 새로운 행보로 봄이 마땅하다. 즉 박성운과 관련
된 간섭 작용으로 부적합한 구성을 보이고 있으나 서사적 진술은 로
사가 박성운의 뒤를 이어 혁명적 낙관주의에 입각한 투쟁으로 새 생
활을 창조할 것이라는 희망을 나타내고 있는 것이다.

정리해 본다면 박성운의 죽음은 로사의 주체적 탄생과 연결되어 있
다.15) '행복한 미래'를 위해 투쟁하던 그의 노력이 완성에 이르지 못
하자 조명희는 로사라는 매우 유의미한 인물을 등장시켜 박성운의 원
망을 그녀에게 넘겨 주었다. 박성운의 죽음이 '계급 운동의 실패'라면
이는 로사의 탄생을 통해 이어질 '계급 운동의 계승'을 위한 한시적
실패이다. 그는 죽음으로 인해 단절된 듯 보이던 박성운의 원망이 새
로운 주체에 이행되어 또 다른 혁명적 낙관주의의 형태로 이어지기를
갈망한 것이다. 그리하여 그의 죽음이 진정한 혁명의 꽃인 'Rosa'로
기필코 피어나기를 고대하고 있다.

3. 미래의 승리에 대한 희망 - 『인간문제』16)

강경애의 『인간문제』는 농촌을 이탈한 농민이 계급 투쟁을 통해 각
성된 도시 노동자로 탄생되는 과정을 그리고 있다. 전반적인 서사가

---

15) 「낙동강」을 박성운의 죽음과 로사의 재생으로 본 논의는 일찍이 김성수가 제기
    하였으며(「목적의식론과 '낙동강'」, 『성대문학』 25집, 성균관대 국문과, 1987,
    113~130면 참조.) 최근에 천정환은 초기 형평운동과 근대주체의 관점에서 이
    작품을 '로사의 서사'로 간주하였다.(「근대적 대중지성의 형성과 사회주의(1)」,
    『상허학보』 22집, 상허학회, 2008, 155~193면 참조.)
16) 『동아일보』, 1934. 8. 1.~12. 22. 120회에 걸쳐 연재됨.

지주 대 소작인, 자본가 대 노동자의 이원적 구도를 이루고 있으나 이 작품이 당대 사회주의 리얼리즘 작품과 구분되는 점은 이원적 도식성에 함몰되지 않고 애정서사의 틀과 더불어 짜여졌다는 점이다.17) 두 사람의 합작으로 이루어진 애정서사의 틀에 계급서사가 촘촘히 직조된 복합적인 이중서사인 것이다. 그러나 이 구조는 어느 하나가 다른

---

17) 『인간문제』에 관한 기존 연구는 단적으로 말해 강경애가 '작가'인가 '여류문인'인가에 대한 규정에 따라 크게 두 가지로 볼 수 있다.

   첫 번째로 최초의 본격 연구자 이상경은 "강경애가 여류문인이 아니고 작가라는 점을 강조하고 가장 사실적으로 훌륭하게 긍정적 주인공의 사고와 행동을 형상화함으로써 현실변혁적이고 미래를 지향하는 낙관적 전망을 드러냈다."고 리얼리즘적 성과를 극찬하였다.(이상경, 「만주 항일혁명운동의 문학적 수용 – 강경애론」, 『한국문학의 리얼리즘과 모더니즘』, 김윤식·정호웅 편, 민음사, 1989, 149~150면.) 최원식 역시 작품이 지닌 당대성을 높이 평가하였으며 몇 가지 한계에도 불구하고 작가가 노동계급의 여전사 선비의 주검을 봉헌하여 죽음과 부활의 드라마를 연출함으로써 즉자적 농촌 여성이 대자적 계급 의식을 획득하게 하였다고 했다.(최원식, 「'인간문제', 사회주의 리얼리즘의 성과와 한계」, 『인간문제』, 문학과지성사, 2006, 396~413면 참조.)

   두 번째는 1990년대 들어 여성주의적 관점에 힘입은 논의로 이는 다양한 편차를 보이는 가운데 계급문제에서 여성문제로 그 인식 방향의 전환을 보여 준다. 여기에는 여성적인 사랑의 서사가 계급담론의 도식성을 극복하는 양상을 보이기도 한다는 견해(나병철, 「식민지 시대의 사회주의 서사와 여성담론」, 『여성문학연구』 8집, 한국여성문학학회, 2002, 154~189면.)에서부터 작품의 표면에 드러나 있는 계급주의 이념이 작가의 남성의존적이거나 가부장적인 여성의식과 결합되어 있음을 밝히는 것(박혜경, 「강경애의 작품에 나타난 여성인식의 문제」, 『민족문학사연구』, 민족문학사학회, 2003, 250 ~276면.)과 글쓰기 방식에 있어 작품의 변혁주체가 구여성이며 애정서사 우선성, 비오이디푸스 플롯 모델에 기반을 두었다는 견해(김복순, 「강경애의 '프로 – 여성적 플롯'의 특징」, 『한국현대문학연구』 25집, 한국현대문학회, 2008, 311~343면.) 등 다양하다.

   이외에도 노동체험이나 욕망의 측면에서 고찰한 논의가 있으며 본고는 이 작품을 '혁명적 낭만주의'가 표방하는 낙관적 비극의 '희망'을 인물의 애정서사와 융합된 구조상에서 살피고자 한다. 유사한 기존연구로는 임진영의 「'인간문제'의 비극성과 낙관주의」(『연세어문학』 22집, 연세대 국어국문학과, 1990, 173~182면.)가 있으며 이는 서사의 중심을 첫째에 두고 현실적 난관에 기인한 비극성과 이에 대한 전망을 강조하는 점에서 본고와 차이가 있다.

하나를 전유한다는 개념이 아닌 둘의 접합으로서 새로운 이상태를 탄생시켰다. 둘의 사랑과 선비의 죽음, 그리고 '인간문제'의 해결 주체인 첫째의 탄생. 이 과정들은 순차적으로 발생한 듯 보이나 이전부터 상호작용을 통해 하나의 유기체로 연결되어 있다.

두 주인공이 고향을 떠나 노동자가 되고 첫째가 선비의 주검과 만나는 순간까지 그들의 애정서사는 사실상 실재가 없다. 구체적인 애정 심리나 표현이 생략되어 있기 때문이다. 단지 이전 용연 마을에서부터 싹튼 첫째의 선비를 향한 마음이 둘의 미래를 암시할 뿐이다. 그럼에도 불구하고 이 소설이 애정서사로 취급되어야 하는 이유는 선비와 첫째의 의식화 과정이 지적인 인식을 통해서가 아닌, 서로의 존재에 기대어 자각한 것이라는 데 있다. 간난과 신철이라는 중간자가 있었지만 그들은 자신의 사회주의적 전망을 선언적으로 표출하는 수준에 머물러 두 주인공에게 적극적인 영향을 주진 못한다. 더욱이 간난의 계급의식은 그 발생 근원이 불분명하며 지식인 신철은 작가의 의도대로 혁명의 주인공이 되지 못한 채 퇴각하고 만다. 결국 선비나 첫째의 계급 의식은 간난과 신철에게서가 아닌 노동 체험을 수단으로 내면에서 자발적으로 획득된 것이다. 이 자각은 처음에는 노동 현장에서 언뜻 스칠 때의 안타깝고 애틋한 감정에서 시작되어 죽음의 순간에 이르러서는 서로를 맡길 만큼 절대적인 것으로 심화된다. 그리하여 첫째는 고양된 정신력을 지닌, 가장 강력한 실천적 역사 주체로 남게 된다.

선비와 첫째의 탈향은 '두려움'에서 비롯되었다. 두려움의 근원은 물론 '가난'에 있다. 선비는 아버지가 정덕호에게 맞아 앓다가 죽고 어머니마저 여읜 후 그의 양녀로 맡겨져 순종의 삶을 산다. 본래 착하고 주인에 절대 복종하는 마음씨를 가진 선비는 가부장제가 길러낸

온순하고 어여쁜 여자이다. 그래서 덕호의 호의와 관심에 대해서도 겁나고 무서운 처음과는 달리 유린을 당한 이후에도 "이대로 덕호의 집에서 호의호식하며 살고 싶기도 하다"는 내심을 비추기도 한다. 이렇듯 약하고 수동적인 선비의 설정은 훗날 계급 착취의 부당함과 그로 인한 고통을 극대화시키는 장치로 작용한다. 결국 덕호가 자신을 버렸다는 것을 깨닫고는 같은 처지였던 간난이를 찾아 서울로 떠날 결심을 하게 된다. 결코 자발적일 수 없는 애정 앞에 무릎을 꿇고 고향을 등져야 하는 그녀가 번개 치는 신작로에서 또렷한 의식 안에 준비한 것은 "죽음으로써 모든 것을 당하리라는 최후의 결심"이었다. 그 결심의 순간에 떠오른 인물이 어머니와 첫째이다. 자신의 비극적 최후의 씨앗은 '어머니'로, 계급 투쟁의 실마리는 '첫째'로 형상화되어 그녀의 새로운 삶의 이정표가 된다.

「검둥아!」
선비는 검둥이의 목에다 볼을 대며 길에 펄석 주저안잣다. 멀리 마을에서 깜박여 오는 저 불빛! 붉은 실타래같이 갈갈이 찟기어 그의 눈에 비취어진다. 그 순간 그는 그 불빛이 그의 어머니를 숨지어노코 바라보든 그등불과 흡사함을 느꼇다.
「어머니!」
그는 무의식간에 이러케 부르짖엇다. 그리고 어머니가 묻친산편으로 얼굴을 돌렷다.그때 얼핏 떠오른것은 소태뿌리엿다. 뒤밋어 눈이 둥그러케 큰 첫재의 그 눈망울이 뚜렷이 쩌올랏다. 그는 머리를 푹수겻다. 그때의 일이 번개같이 그의 머리를 싸고도는것이다. 덕호가 주는 돈은 이불 속에너코 첫재가 캐 온 소태나무 뿌리는 웃방구석에내어던지고…… 그는 이러케 생각하엿다.
「검둥아! 너 나하고 가치 가련?」
번개불이 환하게 일어낫다꺼진다.[18]

---

18) 『동아일보』, 1934. 11. 2, 3면.

이에 반해 첫째의 탈향은 보다 구체적이고 목적적이다. 마을 농민들이 벼를 빼앗기는 상황에서 저항하던 첫째는 알 수 없는 벽에 부딪힌다. 평범한 일상에서 작은 소유욕에 연연하며 살아온 마을 사람들이 첫째의 저항에 동조하지 않는 것이다. 더욱 그의 행동을 가로막는 것은 식민지 자본주의의 '법'이었다. 전에는 알지도 못한 '법'에 대해 갖게 된 두렵고도 놀라운 의문은 그로 하여금 좌절과 허탈에 빠지게 한다. 게다가 선비마저 환영으로 멀어져 감을 느낀다. 밭도 떼이고 정들 피붙이도 없는 그는 돈벌이할 공장이 있다는 말을 믿고 미련없이 고향을 떠나고 만다. 굴욕적이고 곤궁한 현실은 그의 탈향을 부추기며 자신의 '적법하지 못한' 행동들이 두려움을 더욱 가속시킨 것이다.

바람이 불어도 순사가 오는것 같고, 이서방이 뒤쳐만 누워도 누가 문을 열고 들어오는 듯하야 첫재는 그큰눈을둥그러케 뜨고 흘금흘금 문편을 바라보군 하엿다.

이러케 가슴을 조리면서도 첫재는 또다시 이 노릇을 하지 안코는 견디지 못하엿다.그래서 밤마다 그는 나가군 하엿다. (…중략…)

「첫재야! 너 그만 이동네를 떠나라!」

첫재는 씩씩하며,

「웨?」

「웨는 웨! 떠나야하지. 여기만 사람 사는 데냐…… 말 들으니, 서울이나 평양에는 공장이라는 것이 잇어가지고, 우리같이 없는사람들이 그곳에 들어가 돈받고 일하며 살기 조타더라. 너두 그런 곳에나 가 보렴.」

오늘낮에 순사가 왓다간후로 이서방은 번쩍 더 겁이낫다. 그리고 첫재가 이밤으로라도 잡힐것만 같았든것이다. (…중략…)

「이서방, 난 그럼 이번 나가서는 평양이나 서울까지 가보겟수.」

이서방은 그가 불시에 잡힐 것 같아서 이런말을 하엿으나 금방 떠나겟다는 말을 들으니 앞이 아뜩해겻다.

「뭐 그러케 가?」

「가지! 그럼…… 몰라서 이런 곳에 있지.」

그는 밖으로 나가며,

　「이서방 잘 잇우. 내 돈만히 벌어가지고 올께……어머이보군 잠자꾸 잇
우…….」 (…중략…)

　첫재는 아무말없이 달아난다. 이서방은 기가나서 쫓아간다. 이제 떠나
면 다시 볼지말지 한 첫재! 그는 마즈막으로 손이라도 잡아보고 싶은 맘에
허둥지둥 동구 밖을 벗어낫다. 그러나 첫재는 보이지 안엇다. 그때 저산등
우으로 그믐달이 삐죽이 내밀엇다.[19]

　두 인물이 인천의 부두와 방적 공장에서 노동자로 탄생하기 위해서
는 일단 고향을 떠나야만 한다. 양순하고도 우직한 그들을 고향에서
밀어내자면 그것은 그들에게 크나큰 고통을 불러일으키는 것이 아니
면 안 된다. 따라서 전형적인 농민인 그들이 고향을 이탈하기 위해서
는 엄청난 좌절이 전제되어야 한다. 선비가 겪은 가난과 성적 유린,
그리고 모함 등은 첫째 앞에 불가항력으로 버티고 있는 가난과 이에
기인한 어머니의 부도덕, 자본주의적 법과 함께 그들을 탈향으로 내
모는 요인이 된다. 이들의 서사가 본격적인 애정물이 될 수 없는 이유
는 바로 여기에 있다. 선비와 첫째의 애정은 오로지 그들을 좌절에 빠
뜨리고 인천으로 이끌어내기 위해서 필요하며 훗날 두 사람을 얽기
위한 단단한 끈으로 작용한다. 가부장적인 정덕호 일가의 이야기 역
시 선비의 각성을 위한 사전 준비에 불과하다.

　이 작품이 씌어진 1930년대 초, 식민지 조선은 일본의 식량 및 공
업 원료의 공급지로 재편하기 위한 착취적 경제 정책이 한창이었다.
이로 인해 농가 경제의 파탄이 심화되고 도시에서는 공업화로 인한
노동자 계급의 성장이 급격하게 진행되었다. 농민이나 노동자를 막론
하고 민중들의 삶은 점차 열악해져 갔으며 식민 통치에 대한 저항과

---

19) 『동아일보』, 1934. 10. 4, 3면.

분노의 표출도 더욱 증가하였다. 농촌은 농촌대로 소작 쟁의와 혁명적 농민조합 운동이 활발히 전개되었고 노동자 계급의 성장을 기반으로 공장 파업도 조직화되는 양상을 보였다.

이러한 사회적 배경 하에서 선비는 간난이가 있는 서울을 거쳐 인천의 방적 공장에 몸담게 된다.[20] 온순하고 예쁘기만 한 선비는 간난이를 만나고 일종의 의식화 교육을 거친 후에도 별다른 각성을 보이지 않는다. 오히려 의도적인 교육보다는 잔혹한 노동 체험과 이 과정에 동반되는 첫째의 존재로 인해 의식화에 다가가게 된다. 첫째도 역시 부두노동자로 살면서 신철의 지도하에 계급 의식을 갖추어 나간다. 선비보다는 한층 구체적인 방식으로 의식화된 그는 적극적 참여로 부두 노동쟁의에 앞장선다. 그리고는 "벌겋게 타오르는 해를 보고 단결의 힘을 느끼며 무력한 자신들이 오늘 만큼은 우주를 지배하는 권리를 다 가졌다"는 계급 의식의 각성자로 도약한다. 그러나 작가는 이들의 각성 과정을 평면적으로 그리지는 않는다. 서로 비껴가던 두 사람의 시선을 공중의 한 지점에 모아 애정서사와 융합시킴으로써 그들의 원망을 입체적으로 묘사하고 있다.

---

20) 이 시기에 농촌에서 도시로 노동을 목적으로 출가한 여성이 남성보다 많은 것은 당시의 정세에 기인한다. "대전을치르고 난 여러나라의 재정적기초와 사회적기구는 극도로 혼란해져서 푸로레타리아트의 수효는 대량적으로 증가되고 생활난이라고 하는 공전의 중대한문제가 대중의아페 박도햇다. 대전에 의해서 그 가정적 항복과 리상과 히망을 일허버린 것은 물론 중산이하의계급이엿다. 일즉이는 해보지못하던일 ─ 그들은 경제적자립에까지 인도해주리라고해서 달게자진해서 가두로쮜여나오던 여성들은 다음에는 절박해오는 사회적정세와 물질적필요로부터 그당자야 원하든마든가에 부득이가두로 끌려나올수밧게업시되엿다. 그우에 자본가들은 사니히보다도 임금은싸고 로동시간은길고 순종잘하는 ─ 다시말하면 마우저열한 노동조건으로 고용할수잇는 여자들을 더요구하엿다." ─ 김기림, 「직업여성의 성문제」, 『신여성』, 1933.4, 31~32면 참조.

선비! 그는 자기도 모르게 이러케중얼거렸다. 선비가…… 참말 그선비
엿든가? 그러고 저안에서 지금 실을켜고잇는가? 혹은 잠을자고 잇는가?
그도 나를 확실히 본모양인데…… 나를 알아보앗을가?

선비도 자기가 넣어주는 그종이를 보고 똑똑한 선비가 되엇으면……하
엿다. 과거와같이 온순하고 옙뿌기만한 선비가 되지 말고 한보 나가서 씩
씩하고도 지독한 계집이되엇으면……하엿다. 그때에야말로 자기가 믿을
수잇고 가치 걸어갈수가 잇는 선비일것이라……하엿다.21)

그러나그눈 역시 세고에 부다끼어 전과같은 순진하고 맑은기운은 약간
보이고, 반면에 무서우리만큼 강하게 빛나는 그의 눈동자! 그러야만 덕호
에 대한 자기의 원을풀어줄것같앗다.

그때 그는 간난이가 일상 하던 말을얼핏깨다르며 세상에는 덕호와 같
은 우리들의 적이 만흔것이다. 그것을 대항하라면 우리들은 단결하지 안
흐면 안될것이라던그말을그는 다시 생각하엿다. 선비는 어떤 힘을 불숙
느꼇다. 그러고 간난이가 가르쳐주는 그대로 하는대서만이 선비는 첫재의
손목을 쥐어보리라 하엿다. 흙짐을져서 과라진 첫재의 등허리! 실을 켜기
에 부르튼 자기의 손끝! 그리고 수만흔 그 등허리와 그 손들이 모혀서 덕
호와 같은 수없는 인간과 싸우지 안으면 안될것이라……하엿다. 보다도
선비의 앞에 나타나는 길은 오직 그길뿐이다.22)

그러나 서서히 움직임을 보이던 선비의 계급 의식은 그녀의 죽음으
로 인해 단절되고 만다. 엄청난 소음과 손이 뻘겋게 익을 정도로 뜨거
운 물에 손을 담가야 하는 위험한 노동 현장. 하루 12시간이 넘는 중
노동이 강요되는 상황에서 피를 토하며 쓰러진 그녀는 온전한 각성에
도달하지도 못한 채 스러지고 만다. 고온다습한 환경과 먼지, 오히려
수면 시간을 빼앗는 야학 등이 결핵이라는 노동재해를 불러일으킨 것
이다. 어려서부터 그렇게 사모하여 아내로 맞아 아들딸 낳고 살아보
려던 선비가 첫째의 앞에 주검으로 던져진다. 그리고는 이내 시커먼

---

21) 『동아일보』, 1934. 12. 1, 3면.
22) 『동아일보』, 1934. 12. 2, 3면.

뭉치가 되어 그의 앞길을 가로막는다.

　　이시컴한뭉치! 이뭉치는 점점 크게확대되어가지고 그의 앞을 캄캄하게
하엿다. 아 니, 인간이 걸어가는 앞길에 가루질리는 이뭉치……시컴한 뭉
치, 이뭉치야말로 인간문제가 아니고 무엇일까?
　　이 인간 문제! 무엇보다도 이 문제를 해결하지 안흐면 안될것이다. 인
간은 이 문제를 위하야 몇천만년을두고 싸워왔다. 그러나 아직 이문제는
풀리지 안코 있지 안는가!그러면 앞으로 이당면한 큰문제를 풀어나갈 인
간이 누굴까?23)

　싸늘한 선비의 시체를 안고 울부짖으며 눈을 부릅뜬 첫째. 그리워
하며 한번 제대로 만나 보지도 못한 선비에 대한 안타까움과, '길이
많은' 신철과는 달리 '아무러한 여유도 없는' 자신이기에 연이은 절망
속에서도 그의 눈엔 불덩이가 펄펄 난다. 시커먼 뭉치가 되어 그의 앞
에 칵 가로질리는 선비의 시체를 뚫어지게 응시하는 그는 자신에게
부과된 문제를 분명히 인식하게 된다. 몇 천만 년을 두고도 해결되지
못한 인간문제. 해방과 희망만이 존재하는 행복한 미래. 첫째는 이 엄
청난 과제를 선비로부터 부여받은 자신의 문제로 받아들이기에 이른
다. 좌절과 비극 속에서도 역사의 진보에 대한 첫째의 열정과 낙관은
살아 움직이는 감동을 불러일으키는 것이다.

　이 작품의 가치는 막바지에 이르러 본격적으로 발견된다. 극도로
궁핍한 인물의 비참한 죽음이 낙관적 전망을 통해 긍정되는 것이다.
그들은 억압과 착취를 당하면서도 자신의 희생이 결국은 승리로 귀결
될 것임을 확신하고 있다. 『인간문제』는 혁명적 낭만주의가 표방하는
덕목 중 낙관성에 큰 무게를 두고 있다. 혁명의 승리에 대한 굳은 신

---

23) 『동아일보』, 1934. 12. 22, 3면.

념에 기초한 혁명적 낙관주의는 선비의 죽음과 이에 대응하는 첫째의 의지로써 표면화된다. 선비의 죽음은 일차적으로 현실 세계에 대항하다 실패한 인간의 운명을 보여 준다. 그 힘이 너무도 위력적이기에 승복할 수밖에 없는 비극적 상황에 압도당하나 좀더 확장해 보면 선비는 죽음을 통해 첫째와 만났다고 할 수 있다. 그리고 자신이 꽃 피우고 싶었던 행복한 미래에의 희망을 첫째에게 건네 준 것이다. 첫째에 대한 애정과 함께 '싹 틔우기'에만 겨우 도달한 선비의 계급 의식은 그 과정이나 속도에 있어 첫째의 그것에 미치지 못한 상태이다. 이는 그녀의 성품이나 당시의 도덕관에 의해 형성된 것이라 볼 수 있으나 서사적 단절을 유발하는, 불충분한 면이 있다.

이에 반해 첫째의 그것은 '법'에 대한 의문 안에서 자신에게 씌워진 굴레를 벗어 낸, 스스로의 각성에 의한 결과물이었다. 따라서 파업의 실패와 신철의 배신에 이어 그에게 찾아 온 선비의 죽음은 더욱 철저하고도 확고한 불굴의 의지를 심어 주게 된다. 현실의 고통을 이겨낼 힘이 없는 나약한 선비였지만 죽음의 순간에 첫째에게 '인간문제'를 해결할 주체가 노동자 자신임을 일깨워 준 것이다. 가장 순수하게 선비를 사랑한 첫째는 노동자 계급의 도덕성과 운명을 각성시키는 긍정적인 존재이다. 그렇기에 연이은 좌절과 절망에 맞닥뜨리나 그러면 그럴수록 그가 벌여야 할 투쟁의 의미는 더욱 분명하고 절실한 것이 된다. 이것이 바로 이것이 비극이 갖는 낙관성이라 하겠다.

비극의 개념이 '대상'이 아닌 '과정'이 지니는 가치 특질을 규정한다고 할 때 비극의 요소가 되는 것은 어떤 '행위'임을 알 수 있다. 이 행위는 이상과 실재의 충돌로 촉발되며 이상 자체가 패배할 때 이는 비관주의로 흐르게 된다. 그러므로 '비극'이란 실재 세계 속에서 이상적인 것의 몰락이나 패배를 뜻한다. 따라서 죽음이 비극적이 되는 경우는 삶이 이상의 중심점에 놓일 때 이외에는 없게 된다. 이상을 구현하고 그것을 위해 투쟁하는 사람의 몰락(죽음)은 이상 자체의 몰락으로 볼 수 없다는 것이 낙관주의적 비극의 요체이다.[24]

『인간문제』의 비극성은 이상과 실재의 차이에서 비롯된 것으로 '이상을 향하고 있는 실재'의 '미약함'이 비극의 정도를 말해 준다. '이상을 의식하고 있는 실재'의 힘이 약하면 약할수록 비극성은 더욱 강해진다. 이때 중요한 것은 실재가 지닌 정향성이다. 사회적 역사적 이상에 방향을 두고 있는 실재라면 이것은 힘의 강약에 관계 없이 투쟁의 핵심이 된다. 또한 이 실재를 발전 가능한 것으로 볼 때 이상은 비록 실재 안에서 패배할지라도 더욱 강력한 힘으로 살아남아 훗날 승리의 씨앗으로 작용하게 된다.

사회 발전에 대한 낙관주의적 견해와 비극적 충돌의 낙관주의적 해결은 사회주의 예술의 본질적 특성이다. 따라서 실재에서 일어난 주인공의 몰락이 결코 대의의 몰락이나 이상의 몰락이 되지 않는다. 오히려 주인공의 죽음은 그의 도덕적 승리와 정신적 불멸성을 의미하여 장차 다가올 승리의 암시가 된다. 이와 같이 사회주의 예술에서 낙관적 비극이 중요한 이유는 그것이 '이상의 궁극적 승리에 대한 믿음'과 '승리의 불가피성에 대한 인식'을 바탕으로 창작되기 때문이다. 일찍이 아리스토텔레스의 언급에서도 알 수 있듯, 낙관주의적 비극은 인간을 정화시키며 투쟁의지와 행동의욕을 고취시켜 이상의 실현을 방해하는 모든 것에 대한 용감하고 희생적인 투쟁으로 이끌어 간다.[25]

선비의 죽음은 발전된 미래를 확신하는 낙관주의적 세계관 없이는

---

24) M.S.까간, 『미학강의 I』, 진중권 옮김, 새길, 1989, 191~205면 참조.
25) 앞의 책, 205면에서 재인용.

해석될 수 없다. 그가 죽은 뒤 첫째로 이어질 것이 분명한 계급 투쟁의 의지는 마치 부활 신앙을 통해 절대자에 대한 믿음을 확고히 하는 신자의 그것과 같다. 앞서 밝혀진 선비와 첫째의 비극적 서사는 식민지하의 지난한 삶을 표현하는 동시에 그로부터 벗어나기 위한 인물의 투쟁을 담고 있다. 큰 틀로서의 애정 서사를 유지하며 그 안에서 새로운 것과 낡은 것, 이상과 실재의 모순을 형상화하였다. 비록 낡은 것과 실재의 미약함으로 인해 결국 선비가 죽음에 이르기는 하나 그녀의 시체를 부둥켜안고 울부짖는 첫째의 의지는 그들이 지닌, 미래의 승리에 대한 희망을 보여 준다. 그럼으로써 선비의 죽음은 결코 비관적 비극이 아닌, 첫째의 완전한 각성을 불러일으키는 희망의 전령사로 남는 것이다.

4. 결론

본고에서는 조명희의 「낙동강」과 강경애의 『인간문제』에 나타난 주체의 죽음을 혁명적 낙관주의에 근거하여 살펴보았다. 두 주인공 박성운과 선비의 죽음은 개인의 죽음으로 그치는 것이 아니라 공동체의 미래를 위해 헌사된 한시적 죽음이다. 그들의 원망(願望)이 후계자인 로사와 첫째에 의해 이루어지기를 기대하며 자신의 부활을 꿈꾸는 것이다. 이 때 그들의 내면을 채우고 있는 것은 철저한 낙관주의이다. 「낙동강」에 드러난 승리에 대한 굳은 신념과 『인간문제』의 첫째가 보여 주는 강철같은 의지가 그 증거가 된다.

「낙동강」은 '행복한 미래'를 위해 헌신하는 사람들의 투쟁과 열정을 통해 미래 지향의 자기 확신을 보여 준다. 『인간문제』역시 식민지하에서 발생한 농민운동과 노동쟁의를 표면화하여 구체적이고도 실제적인 저항을 젠더의 문제와 더불어 펼친다. 그 과정에서 보여 주는 두 인물의 비극적이고도 영웅적인 죽음은 이전의 죽음과는 달리 개인을 초월한, 질곡의 식민지 공동체를 위한 희생이기에 더욱 값지다고 할 만하다.

1. 서론

　김동리의 「무녀도」, 「황토기」는 그 전달방식이 설화형식이라는 공통점이 있다. 한 소녀가 그린 그림의 내력에 대해 그 아버지가 이야기꾼으로 나선 「무녀도」와, 초월적 공간과 시간의 설정으로 애초부터 사실성을 약화시킨 「황토기」는 증거물 중시의 설화적인 이야기 형식과 더불어 독자로 하여금 낭만주의 문학이 추구하는 영원, 이상을 동경하게 만든다. 이른바 액자식 구성을 취한 「무녀도」는 화자가 이야기의 신빙성을 더하고 중심 사건을 보여 주기 위해 여러 겹을 덧씌워 관심과 흥미를 유발하는 구성을 사용함으로써 구비문학과 유사한 전달방식을 취한다. 그런가 하면 명백히 배경설화를 제시하고 금기－위반의 전통적 설화의 모티프를 원용한 「황토기」는 전대 설화와의 비교를 통해 이야기 형식이 갖는 전통적이고 보편적인 특성을 드러내고 있다.

　본고는 생에 대한 구경(究竟)적 의식이 강한 김동리가 이야기형식을 통해 설화적 요소를 전경화한 데 주목하여 작품이 지닌 제의적 성격을 표면으로 끌어내 보고자 한다. 그럼으로써 희생양으로 지목된 인물이 죽음을 통해 새로운 질서 확립의 수단으로 사용됨을 해명할 것이다.

2. 경쟁해소와 속죄의 의식(儀式) – 「무녀도」[1]

인류 문화와 제의의 기원에 폭력이 자리잡고 있음은 프로이트 이래 르네 지라르에 이르러 확고히 정의되었다.[2] 그는 희생제의가 집단 내부의 상호 폭력을 견제하고 질서 붕괴 위험을 막는다고 주장한다. 희생위기는 이러한 문화사회적 질서의 붕괴 위험을 말하며 '차이의 위기'가 뒤따르고 사회 구성원을 정위시키는 '차별화'를 위협한다. 이러한 '차이의 소멸'은 상호 폭력의 범람을 유발하기에, 합의된 '좋은 폭력'이 필요하고 이 '좋은 폭력'이 개인에게 집중되는 것이 희생양의 탄생이다. 희생위기와 희생양의 등장은 대부분의 신화에 전제되어 있다.

김동리의 「무녀도」와 「황토기」는 희생위기의 징후를 골고루 내포하고 있다. 그 중 이를 직접적으로 보여주는 것은 「무녀도」이다.

> (가) 우리집 살림을 전혀 파방처 버린것은 아버지 때였으니 지금부터 십여년 전이다. 그때까지 아버지께서는 민족주의요 사회주의요 하시고 만주에서 상해로 침이 마르게 도라다니시는 통에 가산이 모두 은행으로 넘어가버리고 이어 아버지의 옥사와 함께 완전히 탁방나버린것이었다. 한 스무나문 해 전만 해도 살림 사리가 옛날과 다름 없이 할아버지께서는 사

---

1) 『중앙』, 1936. 5, 118~133면.
2) 이후, 관련 이론은 르네 지라르의 저서 중 김진식·박무호 역, 『폭력과 성스러움』(민음사, 1993.)과 김진식 역 『희생양』(민음사, 1998.)에서 참조함을 미리 밝혀 둔다.

랑에서 나그네를 치르셨고 그러자니 서화운객들이 끊일새없이 드나들었었고 따라서 탐스러운 물건에는 값을 아끼지 않았었다 한다. 그 즈음이라 한다.3)

   (나) 모화에게 딸이 하나 있었다. 이름을 낭이라 했다. 그는 누구에게 낭이를 말할때 그를 「따님」 혹은 「낭이따님」이라 했다. 어떤때는 「김씨따님」이라고도 했다. 그는 낭이 사랑하기를 제몸같이 했을가 더 했을가 했다. 산에는 신령님이 있고 집에는따님이 있다고도 했다.4)

   (다) 모화가 가장 두려워 한 것은 욱이였었다. 천상 천하 어떠한 귀신보다도 욱이 귀신이 가장 두려웁노라 하였다. 그는 욱이를 땅 밑에 사는 머리 검은 귀신의 화신이라 하엿다. 이 귀신은 본대 거만한 귀신이라 신령님이라도 저이 이복 형제쯤밖에 생각하지 않는 것이라 하였다.5)

   (라) 드디어 그는 미쳤다. 그것은 낭이가 의외로 속히 유산을 해 버린 것과 어미가열리리라 이적을 약속한 그의 입이 여전히 굳게 닫혀저 있은 것과 가장 긴장해서 그의이적을 기둘르던 마을 사람들이 그를 비웃게 된 것과 동시에 그들의 무자비한 눈짓들이 일제히 그의 아들에게 쏟아지게 된 것이었다. 그는 전날 달ㅅ밤으로 산에 가 기도를 올릴적처럼 고요하고 정숙한 얼굴로 그의 아들을 향해 두 손을 부비며 「신령님, 신령님 우리 신령님, 모화를 모릅나이까 모화를 어이 모릅나이까」하고 서서 빌다가갑자기 그의 굵은 두눈의 힌자위 거믄자위가 태극도 같이 돌아가며 하늘을 처다보고징, 깽과리를 울리고 하였다.6)

   (가)는 본 내용에 들어가기 전 화자의 서술이다. 이야기를 이끌어내기 위한 과정이긴 하나 식민지의 사회적 상황이 전통과 근대의 교직으로 얽혀 있음을 보여 준다. 또 내부 액자의 시간적 배경이 1910년대

---

3) 『중앙』, 1936. 5, 119면.
4) 『중앙』, 1936. 5, 122~123면.
5) 『중앙』, 1936. 5, 126면.
6) 『중앙』, 1936. 5, 131~132면.

중후반임을 예고하고 있으니 이는 기독교가 전국적으로 활발히 전파되던 시기이다. 그런 점에서 「무녀도」의 희생위기는 일단 '예수교'가 전통 안으로 들어오는 과정에서 싹텄다고 볼 수 있다.

그러나 근본적으로는 모화와 욱이 사이의 생래적 갈등이 그 원인이라 할 수 있다. (다)에서 보듯 모화에게 욱이는 "세상에서 가장 두려운, 땅 밑의 검은 귀신"이다. 이는 욱이가 모화와 화랑이의 자식이라는 점을 생각하면 수긍이 가는 대목으로 적어도 욱이를 근거로 무속과 기독교의 대립을 거론할 수는 없다.[7] 모화에게 있어 욱이는 욕망 대상을 향한 중개자인 동시에 경쟁자이다. 그녀는 신령님과의 교통에 자신보다 우월한 인자를 지닌 욱이를 모방하며 이기고 싶어 한다. 욱이는 신령님도 '이복 형제'쯤으로 여기는 신령님과 동급인 인물이요, 누구보다도 모화를 이해하고 낭이를 불쌍히 여기는 '무척 윤리적인' 위인이다. 그러기에 군중이 이적 실패의 책임을 모자에게 돌리는 (라) 상황에서 모화는 오히려 욱이를 신령님으로 격상시켜 이적 실현에 협력할 것을 강력히 요구한다. 신의 세계를 희구하는 신인적(神人的) 존재인 모화가 태생적으로 우월한 욱이와 대결하는 모방 욕구가 그녀의 광적인 절규에 스며 있는 것이다. 그녀가 욱이에게 이렇게 집요한 이유는 무엇인가. 둘은 일종의 동업자요 지라르가 말하는 짝패이기 때문이다. 흔히 짝패는 질서 유지를 위해 둘 중 하나는 제거되어야 하는 폭력 상태를 유발한다.[8] 차이의 부재로 인한 짝패갈등은 동일한 욕망에 휩싸인 군중을 획일화시켜 대립을 야기한다. 그런 가운데 상호 적대감은 증가하며 폭력 역시 빠르게 상호 교환되는 것으로 「무녀도」에

---

7) 이는 본 논문이 식민지시대 작품을 대상으로 한다는 점에서 1947년 이후 개작본에서 보여준 두 사상의 대립적 양상과는 달리 취급하여야 할 문제이다.

8) 르네 지라르, 김진식 · 박무호 역, 『폭력과 성스러움』, 민음사, 1993, 87면 참조.

서는 부흥회 목사의 이적이나 낭이의 유산, 마을사람들의 반목 등을 유발한다. 동시에 비현실적이고도 원형적 인물인 모화가 '특별하지 않은' 사람으로 격하되며 생긴 '차이의 소멸'도 군중으로 하여금 갈등 해소의 욕구를 갖게 한다.

그러면 낭이는 어떠한가. (나)에서 보듯 낭이 역시 신령님과 동급이다. 탄생이나 외양, 행동묘사를 볼 때 그녀도 욱이와 마찬가지로 일상적 인물이 아닌 원죄형 인간에 가깝다. 모화와 낭이의 관계는 부자연스런 모녀지간으로 신이 매개되어 있는 부차적 관계에 불과하며 이에 늘 갈증을 느끼는 낭이이기에 모녀의 관계는 앞의 모자 관계에 비해 덜 경쟁적이다. 그러나 낭이가 훗날 짝패갈등의 당사자가 되리라는 예측은 여러 군데에서 발견된다.

> 그러나 그것은 낭이에게 조곰도 행복스럽지 않았다. 어머니가 아무리 그를 사랑한다 해도 그것은 그가 그의 신령님에게 모두 받히고 남은 껍데기뿐이었다. 언제나 굳게 닫혀 있는 낭이의 입이 열리었던들 그는 꼭 누구에게 적고 싶은 말이 있었을 것이었다. 그는 가끔 꿈을 꾸었다. 그것은 늘 그에게 어머니가 없다는 것이었다. (…) 또꿈은 자주 이렇기도 했다. 어머니라고 가슴에 안은 것이 금시 어머니가 아니고 차고끗끗한 어머니의 송장이기도 하고 어머니는 어머니면서 사람 아닌 어머니기도 하였다. 그럴 적마다 그는 느껴 울다 소스라쳐 깨이면 그의 곁에는 언제나 얼굴이 시퍼런모화 무당이 누어 있고 하였다.[9]

> 「오늘 낮에 너 그림을 그리드구나?」이런 뜻을 물었다. 「……」. 낭이는 집잃은 새처럼 발발거리느라고 아무것도 보지 않았다. 「엄마 얼굴을 그리드구나?」 욱이가 다시 물을 때 낭이는 대뜸 「무당」이라고 표정하였다. 그날 낭이가 그린 모화의 얼굴은분명히 사람 허울을 쓴 신령(귀신)이었다. 그것은 사람의 어머니로보다는 더 많이 신령의 딸에 기우러져 있었다.[10]

---

9) 『중앙』, 1936. 5, 124면.

낭이가 모화를 어머니가 아닌 "신령님에게 바치고 난 남은 껍데기"로 느끼는 것은 "산에는 신령님이 있고 집에는 낭이따님이 있다"는 모화의 말과 연관지어 볼 때 모화의 욕망대상이 신령님임이 분명함을 알게 해 준다. 또한 신령님이라는 거대한 방해물로 인해 좌절한 낭이가 모화를 신령님의 형상으로 그려 낸 사실은 이미 자신도 모화와 더불어 모방욕망의 한 가운데 있다는 증거가 된다. 지라르가 오이디푸스 신화를 '아버지가 아이에게 어머니를 욕망할 것을 가르쳐 주는' 것으로 해석하고, 나아가 '모방욕망은 대상에서 경쟁자로 쉽게 이전된다'는 모방기원론을 편 것을 통해 모화에 대한 낭이의 태도를 읽을 수 있다. 그것은 어머니에 대한 애착과 갈증이 채워지지 않은 낭이가 신령님만을 향한 모화의 욕망을 자연스레 의식하고 모방하게 된다는 사실이다. 더욱이 신화적 탄생을 부여받은 낭이이고 보면 이는 당연히 모화와 낭이가 경쟁상태에 놓일 수 있음을 말해 준다. 여기에 어머니에 대한 갈증과 그리움이 개입되어 낭이의 모방욕망은 대상인 신령님을 희구하는 데로 나아갔다가 차츰 경쟁자인 모화에게로 이전되어 감을 예측할 수 있다. 즉 모방충동은 경쟁심리를 낳고 그것은 모방충동을 강화한다는 법칙이 모화 모녀 사이에 적용된 것이다. 따라서 낭이는 작품 안에 구현되지는 않았더라도 모화 사후에 모화의 신딸로서, 경쟁자로서, 그리고 짝패로 기능할 가능성이 매우 크다.

이렇듯 모화와 욱이, 낭이는 무당과 화랑이, 신령님과 용신의 교합에 관계된 만큼 태생적인 특이함으로 인해 시초부터 상대방에게 상당한 긴장감을 유발시키는 인물들이다. 신령님을 정점으로 대결과 경쟁 양상을 보이는 모화와 욱이. 모화를 초월하여 이성형제 욱이와 근친상간에 이르며 모화에게 이적 실현의 욕구를 불러일으키는 낭이. 도

---

10) 『중앙』, 1936. 5, 127면.

달할 수 없는 신의 세계를 목표로 신인적 존재인 세 인물이 벌인 경쟁은 당시 또 하나의 '구원'을 들고 나타난 예수교의 도발로 인해 더욱 가속화되어 군중을 혼란에 빠뜨렸으며 희생위기에 처하게 만들었다. 결국 모화와 욱이는 실재적인 짝패로, 모화와 낭이는 잠재적인 짝패로서 갈등과 폭력을 일으키는 요인이 되었으며 예수교는 구체적인 짝패로 모화를 압박한 것이다.

「무녀도」에서 모화가 사는 곳은 경주 바깥 평민촌(잡성촌)으로 두 가지 위협요소를 갖추고 있다. 하나는 식민지 근대의 기운이 농촌에까지 영향을 미치게 되는 정치적 혼란이요 또 하나는 그로 인해 구원과 치유를 담당하는 전통 무속이 쇠퇴의 길로 접어든다는 사실이다. 재난은 사회를 혼란에 빠뜨리게 만들고 이 혼란 속에서 군중은 위기를 책임지고 일소할 희생양을 요구한다. 식민지의 한 농촌인 잡성촌이 직면한 희생위기 속에서 모화가 희생양으로 지목되는 것이다.

모화가 지닌 희생양의 표지는 여럿이다. 희생양 여부는 그 자신의 특성이 아닌 그가 소속된 집단의 특성에 의해 결정되는 것으로 모화는 당시 소수 계층의 특성을 대변하는 인물이다. 무당이고 여자이며 이성받이 두 자식이 있고 타관에서 흘러들어 온 이방인이다. 그녀의 이러한 희생양 표지는 신령님의 딸이라는 특이성과 더불어 여러 군데 드러나 있다.

　　　마을 사람들은 누구나 이 집에 오기를 꺼리었다. 어떤 사람은 가까이 지나가기도 싫어했다. 그들은 집만 아니라 이 집의 사람들까지도 가까이 하지 않았다. 그들은 스스로 백정이나 무당의 족속과는 잘 분별하야 그 웃 지위에 처할 것을 잊지 않았다. (…중략…)
　　　모화는 얼굴이 푸른 여자였다. 그의 입술은 거멓고 두 눈엔 정렬이 흘렀으나 사람이 얼핏 가까워지지 않는 성긋한 무엇이 있다. 그는 키대가 좀 크고 후리후리하였었다. 말을 할 때면 몸을 부들부들 떨었다. 나무래면 울

듯이 때로는 무척 단순해 보이기도 하였다. 그는 미친 개처럼 끼니를 잘 잊어 버리고 돌아다녔다. 대체로 먹기를 즐기지 않는 성미였다. 아무리 맛 좋은 음식을 보아도 과히 대수럽게 여기지 않았다. 하로 이틀 예사로 굶고 허대어도 그것으로 그다지 상해 뵈는 법도 없었다. (…중략…)

　　그의 음성은 술 같은 향기를 풍기며 피부에 숨여 드는 것이었다. 아무리 많은 사람들 중에서라도 그의 소리는 유달리 듣는 사람의 귀를 찔러주었다. 음색은 가장 개성적이었다. 사람들은 그 목에 신령이 붙은 게라 했다. 모화는 사람을 보면 늘 수집어했다. 어린애를 보고도 두려워 했다. 때로는 개나 도야지에게도 아양을 부렸다.[11)]

　　모화가 희생양으로 지목되는 데에는 두 가지 이유가 있다. 첫째는 욱이와 낭이가 저지른 근친상간으로 이는 우주적 질서를 더럽히는 범죄로 인식되어 당사자들의 속죄가 필요하다. 그러나 모화는 욱이와 낭이의 '범죄'를 신령님의 기운으로 인한 잉태요, 물신세계와는 상관없는 일종의 '자신의 고유한 본질과의 결합'으로 간주한다. 그런 가운데 군중은 그들을 대신할 희생양으로 그 뿌리인 모화를 지목한다. 둘째는 이적 실현에 실패한 대가이다. 옛것과 새것이 불안하게 공존하던 때에 기존의 것을 버리지 못하면서도 한편으론 새로움을 추구하는 군중의 심리는 모화가 자발적으로 행한 이적에 실패한 것을 계기로 마을의 질서를 재편하는 쪽으로 쏠리게 된다. 르네 지라르의 '희생양 박해의 전형'을 보면 희생양으로 선택되는 인물이 비난받는 범죄로 근친상간과 같은 성적 범죄와 재물 모독과 같은 종교적 범죄가 있는데 이들은 엄격한 금기를 위반하였다는 점에서 근본적인 문화 질서를 가장 위협하는 범죄로 인정되고 있다.[12)]

　　이런 모화가 집단을 위해 희생제의의 제물로 결정되면 희생되기 직

---

11) 『중앙』, 1936. 5, 121~122면.
12) 르네 지라르, 김진식 역, 『희생양』, 민음사, 1998, 30~31면 참조.

전에는 극진한 대우와 숭배의 대상으로 격상된다. 상호 폭력 방지를 위해 '좋은 폭력'의 명분으로 덧씌워 뛰어난 능력과 영험을 지닌 추앙의 대상이 되는 것이다. 그리고 희생양으로 바쳐진 이후에는 새 질서 확립의 공로자로 인정받기에 이른다. 훗날 낭이가 아비와 함께 방랑을 하며 무녀도를 그려 모화를 전하고 이야기를 퍼뜨림은 바로 이러한 새 질서 확립의 공을 인정하는 행위로 볼 수 있다.

3. 복지(福地) 회복과 해방을 위한 힘겨루기
-「황토기」[13]

「황토기」는 무차별화 현상이 상징적으로 설정된 작품이다. 이 작품에는 희생위기의 징후가 「무녀도」와 같이 가시적으로 노출되지 않는다. 다만 설화적 구성이 이러한 특성을 강화시켜 인물의 분출되지 못한 좌절된 욕망이 비합리적이고 무목적적 방향으로 나아가게 한다. 또 엄청난 힘과 생명력을 향한 욕구로 인해 그들은 신과 인간의 양면성을 지닌 현실 초월적 존재로 묘사된다. 그러나 차이의 소멸로 인한 짝패갈등은 「무녀도」보다 훨씬 강렬하게 드러나며 그 길항작용으로 인해 희생제의 자체도 연기되는 양상을 보인다.

> 그가 열두살 때 동내장골들이 겨우 다루는 들ㅅ돌 하나를 성큼 들어 배를 편 것으로 왼마을에 말성을 이르켰다. 「장사 낫군!」 「황토ㅅ골 장사 났다!」 사람들은 숙덕거리기 시작하야 이튿날 늙은이들은 이관들을 하고 모여 앉어, 「예로부터 우리 황토ㅅ골에 장사가 나면 부모한테 불효가 않이면 역적이 난 댓것다」 (…중략…) 「네 나이 열두살이다. 몸 하나라도 성히

---

13) 『문장』, 1939. 5, 78~112면.

가지라든 그래 알어서 아무데나 함부로 나서지 마러라……네 일신 조지고
온 집안 문 닫게 할라 모도가 네 맘 먹기다」 억쇠는 아버지의 이 말을 가
슴에 색여 들었다. 그리하야 씨름판이고 줄목이고 들ㅅ돌들을 다루는 데
고 혹은무슨 짐내기를 하는데고 사람들이 많이 모인 곳이나 힘 겨룸을 하
는 곳에는 일체 나가지를 않었다. 그러나 그것은 쉬운 일이 않이었다. 제
기운을 세상에 자랑하구 싶어서가 안이라 여러 사람이 보는 데서 그것을
제 스스로 시험해 보구 싶은 충동 그것이었다. 그가 스무 살 넘짓 했을 때
는 과연 저이 기운을 제 스스로 감당할 바를 몰랐다.밤으로는 매양 산에
가 혼자서 돌을 들지만 그것만으로는 그 미칠 듯한 혈기가 잽히지 않었고
낮이 되면 또 무엇이던 눈에 뵈는 대로 때려 부시구 싶고 드러메치구 싶
고온갖 몸부림이 다 나는 것이었다. (…중략…) 그의 하라버지가 세상을
떠날 때 그에게 남긴유언도 역시 그에게 힘을 삼가라는 것 뿐이었고 그의
아버지가 임종에 이르러 그에게특별히 부탁한 말도 또한 「네가 어려서 누
구에게 사주를 뵀었드니 너이 팔짜에는 살이 세다구 젊어서 혈기를 삼가
지 않으면 큰 화를 당할께라드라. 그렇지만 사람에겐힘이 보배니 네만 알
아 조처 하량이면 뒤에 한 번 쓸 날이 있을게다. 언제라도 턱없이 나서지
말고 가만히 그때가 오기를 기둘르고 있어라」하였다.[14]

황토골 전설의 예언적 기능은 억쇠로 하여금 폐쇄적이고 억압적인
규범하에 금기 위반의 욕구를 참게 만든다. 이러한 그의 위기를 해방
시킨 인물이 득보이다. 출생 이래 금기의 틀에 갇혀 살던 억쇠가 그나
마 세상살이에 재미를 붙이고 살게 된 것이 그를 만난 후부터이기 때
문이다. 가문의 억압 속에서 자신을 드러내지 못하고 평생을 지내다
분이를 계기로 만나게 된 득보는 억쇠 자신이 평생을 감추고 억제해
온 충일한 생명력의 욕구를 슬며시 흔들어 놓은 인물이다. 첫 대면에
이미 주고받게 된 원시적인 친밀감과 '거룩한 향연'으로서의 싸움 직
감은 억쇠와 득보를 중심으로 한 희생위기의 조짐과 짝패갈등을 예감

---

14) 『문장』, 1939. 5, 90~93면.

케 한다.

> 보매 골격도 범상히는 생긴 놈이 안이되 그래도 처음에 억쇠는 그저 힘
> ㅅ개나 쓰는데다 싸홈에나 익은 놈이려니 하는 것쯤으로밖에 더 생각하질
> 않었든 것인데 먹살을잡고 체력을 한 번 다루어 보니 결코 그저 이만저만
> 힘센 놈이나 부량한 놈이 안이란것을 깨달었다. 그러자 그는 문득 자기의
> 몸이 공중으로 스르르 떠오르는 듯한 즐거움이 가슴에 솟아 오름을 깨닷
> 고 저도 모르게 먹살 잡었든 손을 노아 버리고 먹살 대신 그의 손을 꾹 잡
> 었다.15)

「황토기」에 내재된 희생위기 징후는 극대화된 가학성과 피학성으로 드러난다. 쌍룡설화에도 언급되었다시피 과잉 성욕이 동반한 시련과 이에 따른 속죄의 피흘림은 작품 전체를 원형적 신화의 세계로 몰아넣는다. 맹목적으로 줄기차게 이어지는 둘의 싸움은 그것이 비록 강렬하고 본능적인 생명력을 욕망대상으로 한 데서 연유한 것일지라도 자기파괴적이고 소모적인 것만은 분명하다. 변화의 가능성이 차단된 폐쇄적 공간에서 본능적인 힘이 분출된다. 이렇게 싸움의 빌미를 찾고 즐기는 그들에게 있어 상존폭력의 원인을 제공하는 대상은 분이, 이설이다. 분이의 관능적이고 도발적인 행동거지나 이설의 순종적이고도 강직한 성품은 두 장사가 치르는 거룩한 향연의 이유이자 목표이다. 그러나 이것이 두 장사의 원초적인 싸움의 근원이 되지는 못한다.

그들이 벌이는 소모적인 싸움은 목적이 없다. 단지 충만한 타나토스 충동을 실현하는 과정에서 얻는 충일한 생명력이 그들이 욕망하는 대상일 뿐이다. 억쇠에게 있어 싸움은 좌절된 힘의 재생 기회요 득보

---

15) 『문장』, 1939. 5, 95면.

에게도 야수적 잔혹성의 시험 무대가 된다. 어렸을 적 단 한 번의 금기 위반으로 시련을 겪은 억쇠에겐 싸움이 불가능의 속박으로부터 벗어나 마음껏 분출해도 되는 가능성의 세계이며 득보 역시 여러 가지 범죄의 징표를 털고 오로지 힘을 추앙하고 숭배하는 계기로 작용한다. 그렇기에 그들의 싸움 속에는 항상 춤과 노래가 있으며 술과 함께 하는 풍류가 존재한다.

> 흐르는 내물에서 저녁 바람이 일고 높은 소나무 가지에서 매아미 소리가 다시 상냥해질 무렵이 되면 그들은 마치 미리 약속이나 했던 것처럼 털고 이러나 아침에 먹다남은 술을 마시고 고기를 뜯는다. 「너 이놈 아즉 멀었나?」 이것이 그들이 두 번째 술잔을 논을 때 억쇠가 득보에게 던지는 인사요 「흥, 이놈 어디 보자」하는 것은 득보가 억쇠에게 술잔을 건너는 말이다. 두 사람의 눈에서는 또 다시 야릇한 광채가 난다. 이리하야 저녁때의 싸흠이 다시 어우러진다. 이번에는 억쇠가 처음부터 주먹질을 시작하였다. 허나 몇 번 모질게 부딋고 할 새도 없이 두 사람의 몸둥이는 이내 피투성이가 되어 버린다. 득보는 억쇠가 그의 어깨 쭉지를 서너 번 훌친 때까지는 그 시뻘언 입을 벌리고 먼저 판에 부르든 「수격삼천리」란 둥 「내 한 주먹 번득하면」이란 둥 하는 노래를 부르고 하드니 억쇠의 주먹이 그 입을 한 번 내리 덮치자 노래는 금시 쑥 드러가 버리고 오른쪽 팔로 억쇠의 목을 후려않고 뒤로 툭덕 자빠저 버렸다. 쓰러져 엎칠가 뒤치락 구을기를 한 시간 넘어 하였을 때 갑작히 억쇠는 왼 골작이 울리도록 소리를 질러 껄껄껄 웃었다. 그의 왼쪽 귀가부터 있을 자리엔 다 찢기인 살과 피가 있을 따름이요 귀는 아주 득보의 입 속에 들어 가 있고 득보는 아끼는 듯 그것을 얼른 뱉어 내지를 않었다.[16]

「황토기」에서도 억쇠와 득보의 능동적이고 적극적인 욕망이 공격적 폭력으로 귀결될 수밖에 없는 상황은 상징적으로나마 질서 붕괴의

---

16) 『문장』, 1939. 5, 88~89면.

표징으로 볼 수 있다. 이러한 상황은 으레 희생양 메커니즘을 가동시켜 군중에게 위기의식을 심어 준다. 위기의식을 단적으로 보여 주는 것이 분이의 살인이다. 득보를 사이에 둔 분이와 이설의 암투(사실은 분이 혼자만의 질투였으나)는 충일한 생명력을 욕망하는 억쇠와 득보의 짝패갈등을 은폐하는 역할을 한다. 그런 면에서 분이와 이설은 득보 이전에 희생양으로 전제된 인물이라 볼 수 있다.

억쇠와 득보, 두 인물 가운데 희생양으로 선택될 확률이 많은 이는 득보이다. 본고가 「황토기」를 억쇠 중심의 서사로 보지 않고 그 추를 득보에 두는 이유는 그가 억쇠보다 더 강한 욕망분출의 욕구를 지닌 점 이외에도 희생양으로서의 표지를 많이 가지고 있다는 데 있다. 그가 저지른 악행 중 가장 심각한 것은 비정상적인 성적 교합이다. 이는 그가 농촌이 아닌 바닷가 마을에서 이복형제와 살았다는 점을 염두에 둔다면 그다지 놀랄 일이 아닐지 모른다. 이복형제들은 이미 서로 다른 탄생 배경을 지녀 태생적으로 싸움을 전제한 인물들이며 후에는 반드시 결렬되는 관계이다. 득보 역시 본래부터 경쟁관계인 이복형제를 죽이고 객지를 떠돌다 다시 귀향한다. 그리고는 먼 친척―득보가 외삼촌의 이복형제라 설정되었으나 사실 여부는 알 수 없음―뻘인 분이와의 근친상간으로 치달리게 되는데 이러한 극단적 상황은 그가 억쇠와 달리 무한한 자유인임과 동시에 그만큼 희생양으로 지목될 가능성이 크다는 것을 암시한다. 후에 득보는 다시 나그네 길을 떠나게 된다.

나그네길―사실은 분이를 찾아다님―에서 만나게 된 억쇠가 득보에겐 마치 거울과도 같은 존재이다. 정해진 공간에서 힘이 센 장사 둘이서 할 수 있는 일이라고는 좌절당한 자신의 힘을 회복하는 것, 그것뿐이었다. 그런 면에서 억쇠와 득보는 쌍둥이이다. 단지 그 표현욕구에 있어 억쇠가 금지된 욕망을 내면화한 규범적 인물인 데 비해 득보

는 이를 겉으로 드러내어 위반하는 범죄적 인물이라는 점이 다를 뿐
이다.

신화적 세계의 쌍둥이는 하나가 제거되어야 하는 필연성을 지니는
데 새로운 질서를 세우려는 희생제의의 목적으로 본다면 억쇠보다는
득보가 적격이다. 억쇠가 가문과 아버지의 당부에 따라 열세 살 이후
로 절대로 힘겨룸에 나서지 않고 늘그막에도 어머니에게 혈육을 안겨
드리려는 마음에 이설과 합친 것은 그가 체제유지형의 보수적 인물임
을 알게 한다. 이에 반해 득보가 보여 준 비윤리적 행위는 수없이 많
다. 확실한 촌수를 알 수 없는 분이와의 근친상간적 행위와 대가댁 부
인과 관계한 하극상, 이복형제의 살인, 그리고 일상적인 성적 유희 등
은 그가 억쇠와 대적할 만한 힘 센 장사라는 특이성 이외에 지극히
반동적 인물이라는 표지를 나타낸다. 이것이 안정을 위해 규범 안에
서 자신을 희생한 억쇠 대신 득보가 희생양이 될 수밖에 없는 이유이
다. 그러나 득보를 희생양으로 하는 제의는 향연으로 마감할 뿐 번번
이 연기된다.

그들은 안냇벌에서 싸운다. 황토골이 금기가 작동되는 선험적 공간
임에 비해 안냇벌은 그들의 욕구를 어떤 억압도 없이 발산할 수 있는
욕망의 공간이다. 이 공간에서 둘은 일상적 안정성을 해치지 않는 범
위에서 향연으로서의 싸움을 즐긴다. 그리고 싸움의 종료와 함께 둘
의 관계는 다시금 초기화된다.

억쇠와 득보의 금기 위반은 동일하면서도 다르다. 규범을 내면화하
여 견뎌 온 억쇠와 스스로 사회적으로 배제시키며 소외된 득보. 금기
위반의 울타리에 갇힌 이들의 욕망은 시종일관 폭력적이고 소비적 유
희에 그치며 더 이상 역동적 방향으로 나아가지 못하고 파괴와 죽음
을 전제로 펼쳐진다. 시간성이 거세된 구성방식은 싸움의 의미를 현

실적 개념이 아닌 낭만적 개념으로 이해하게 만들어 작품을 설화의 비극성과도 연관짓게 한다. 그렇기에 지난하게 이어지는 싸움은 어느 한 쪽으로 귀결되어야 할 희생제의의 필요성을 느끼게 한다.

「황토기」가 보여 주는 희생제의는 분이가 득보를 죽이려는 시도로 일단 표면화된다. 그녀가 짝패갈등의 요인이 되지 못함은 이미 말했거니와 그녀가 득보를 죽이는 데 실패했다는 점 역시 그녀가 주도한 살인 사건이 희생양 혐의가 짙은 득보를 강조하기 위한 장치임을 알게 한다.

작품의 결말은 득보의 사건 이후 죽음 충동에 사로잡힌 억쇠가 또 한 번의 향연을 위해 용냇가로 향하는 대목으로 이루어진다. 그들의 마지막 싸움 장소는 용냇가이다. 용내는 이 작품이 지향하는 공간으로서 이 곳엔 생명력 넘치는 태초의 자연으로 회귀하고픈 인물의 신화적 욕망이 드러나 있다. 누차 연기되어 온 희생제의는 더 이상 지연될 수 없는 마지막 순간에도 '강렬한 생명력의 희구'라는 대전제 앞에, 알맹이는 소거된 모습으로 그 엄중한 의식을 거행하게 된다.

> 술을 다 마쳐갈 무렵에 그는 돌연히 억쇠를 보고 「너 이놈 네 죄알지?」 하며 바지춤에서 날이 퍼렇게 선 단도를 내놓는다. 그러나 억쇠는 마치 자기 자신도 모르게 그러한 것을 예기하고나 있었든 것처럼 조고만치도 당황하거나 겁을 먹는 빛이 없이 오히려 그러는 득보가 딱하고 민망한 듯이 그 단도를 바라보았다. (…중략…) 「넷놈이 인제사 그런 게집같은 소릴 한다구 그리 쉽게 넘어 떠러질 득보는 아니다……허지만 넷놈이 끝까지 방 안에서 자빠지기가 어굴커던 나서거라」하며 칼을 도루 싸서 속옷에 감추고 자리에서 이러났다. 억쇠는 혼자 짐작되는 바가 있어 득보를 먼저 안내 스벌로 드러보내고 나서 자기는 주막에 말을 하야 다시 소주 한 두르미를 받어 메고 그의 뒤를 좇았다. 해는 벌서 황토재 우에 설핏한데 한 마장 가령 앞서 득보는 룡내ㅅ가로 내려가고 있었다.[17]

4. 근대와 반근대가 공존하는 '새 질서'

본고는 작품의 제의적 성격에 초점을 두어 인물의 죽음이 새 질서 확립에 어떤 영향을 주는가를 희생제의의 차원에서 규명하였다. 그 결과 짝패갈등에 휘둘리던 인물이 희생양으로 지목되고 죽음(위기)에 처함으로써 새로운 질서를 세우는 데 밑거름이 됨을 알 수 있었다.

「무녀도」의 주인공들은 인간이 아니다. 신적 존재이다. 희생양 모화의 죽음은 완전한 신이 되고 싶은 그녀의 욕망을 표현하고 있다. 더불어 모화의 희생제의를 통해 기존의 질서를 넘어 새로운 질서를 확립하려는 의도도 담고 있다. 이는 식민지하에서 새로운 것을 받아들이려는 욕구와 동시에 이루어진 것으로 근대성과 근대비판성의 두 측면이 드러난다고 볼 수 있다. 근친상간 금기를 징벌하고 전통 무속의 쇠퇴를 말하는 '근대'와, 인간을 신으로 되돌리려는 '반근대'가 모화의 죽음 속에 그대로 용해되어 있다. 이는 김동리가 지닌 구경적 생에 대한 관심과도 크게 연관이 있는 것으로 억압적인 식민지 상황에 적응하려는 그의 방식이기도 하다. 이런 면에서 역사 발전을 지향하는 근대적 인간을 반근대주의로 이끄는 모화의 희생제의는 의미하는 바가 크다고 할 수 있다.

「황토기」의 죽음 충동은 금기에서 해방으로 향한 욕망을 실현하기 위해 상존폭력으로 드러난다. 변화가 원천적으로 봉쇄된 공간에서 파괴와 죽음을 전제로 펼쳐지는 그들의 싸움은 '시간'이 거세된 채 충일한 생명력만을 목표로 벌어진다. 자아각성의 낭만성이 식민통치로 인해 저항적 에너지로 집약된 이 시기에 작가는 원초적이고도 반근대

---

17) 『문장』, 1939. 5, 112면.

적 방향으로 눈을 돌려 근원적 자연과 생명 복귀에 집중한 것이다. 따라서 그와 억쇠의 죽음 충동은 아득한 신화의 세계로 복귀하여 원초적 질서를 확립하려는 복고적 낭만성을 담고 있다고 볼 수 있다.

참고문헌

기본자료

『개벽』, 1921. 3. (김동인, 「전제자」)

『개벽』, 1922. 2.~6. (염상섭, 「제야」)

『개벽』, 1923. 7.~11. (김동인, 「눈을 겨우 뜰 때」)

『동아일보』, 1922. 11. 21.~1923. 3. 21. (나도향, 『환희』)

『동아일보』, 1934. 8. 1.~12. 22. (강경애, 『인간문제』)

『문장』, 1939. 4. (채만식, 「패배자의 무덤」)

『문장』, 1939. 5. (김동리, 「황토기」)

『배재학보』, 1921. 4. (나도향, 「출학」)

『백조』, 1922. 5. (나도향, 「별을안거든 우지나말걸」)

『삼천리』, 1933. 9. (「이광수씨와 교담록」)

『인문평론』, 1941. 2. (황순원, 「별」)

『조광』, 1936. 1. (이태준, 「가마귀」)

『조광』, 1936. 10.~12. (채만식, 「명일」)

『조광』, 1938. 10. (채만식, 「소망」)

『조명희 선집』, 황동민, 소련과학원 동방도서출판사, 1959.

『조선』, 1930. 2.~12. (이상, 「12월 12일」)

『조선문단』, 1925. 9. (나도향, 「물레방아」)

『조선일보』, 1933. 10. 1.~12. 31. (이광수, 『유정』)

『조선지광』, 1927. 7. (조명희, 「낙동강」)

『중앙』, 1936. 5. (김동리, 「무녀도」)

『창조』, 1921. 6. (김동인, 「배따라기」)

『현대평론』, 1927. 8. (나도향, 「벙어리 삼룡이」)

학위논문

권녕대, 「김동인 소설에 나타난 의식과 구조 연구」, 건국대 석사, 1991.

김부식, 「아더 밀러의 극작품에 나타난 자살의 의미」, 부산외대 석사, 1993.

김영석, 「포석 조명희 소설 연구」, 건국대 석사, 1999.

김영옥, 「이태준 단편소설연구」, 단국대 석사, 1996.

김용희, 「현대소설에 나타난 '길'의 상징성」, 이화여대 박사, 1985.

김춘기, 「동인 소설에 나타난 죽음의 의미」, 고려대 석사, 1983.

김혜정, 「김동인의 유미주의 연구」, 건국대 석사, 2003.

도복선, 「베르테르의 자살의 의미」, 중앙대 석사, 1987.

명형대, 「김동인 소설에 나타난 죽음에 대한 고찰」, 부산대 석사, 1977.

박덕규, 「이태준의 단편소설에 나타난 죽음의식 연구」, 배재대 석사, 1998.

박진희, 「소설 속 죽음 연구」, 창원대 석사, 2003.

박현주, 「1920년대 초기 소설의 근대성 연구」, 성균관대 박사, 1999.

방영이, 「한국 근대소설에 나타난 여성의식 연구」, 전북대 박사, 1992.

방용호, 「이태준 단편소설 연구」, 인하대 석사, 1998.

배효진, 「1920년대 전기 소설에 나타난 신여성상 연구」, 세종대 박사, 2007.

송인화, 「이태준 소설 연구」, 연세대 박사, 1999.

엄미옥, 「한국 근대 여학생 담론과 그 소설적 재현 연구」, 서강대 박사, 2006.

유금호, 「한국 현대소설에 나타난 죽음의 연구」, 경희대 박사, 1988.

유인경, 「희생양 모티프를 통한 1970년대 희곡 연구」, 고려대 석사, 2000.

이래수, 「채만식 소설 연구」, 동국대 박사, 1985.

이병렬, 「이태준소설 창작기법 연구」, 숭실대 박사, 1993.

이유식, 「1920년대 한국소설의 죽음의 종말 연구」, 한양대 석사, 1983.

이인복, 「한국문학에 나타난 죽음의식 연구 – 소월과 만해를 중심으로」, 숙명여대 박사, 1978.

이해진, 「한국현대소설에 나타난 재난의 상상력」, 서강대 석사, 1988.

임진영, 「황순원 소설의 변모양상 연구」, 연세대 박사, 1998.

조성민, 「김동인 소설의 낙원회귀 구조 연구」, 한남대 석사, 2007.

조성진, 「芥川龍之介 작품을 통해 본 자살의 동기」, 전남대 석사, 2002.

한상규, 「1930년대 모더니즘 문학에 나타난 미적 자의식 연구」, 서울대
　　　석사, 1989.

한용환, 「한국소설에 나타난 죽음의 문제」, 동국대 석사, 1972.

홍현희, 「1920년대 한국단편소설에 나타난 죽음과 그 현실의식」, 영남대
　　　석사, 1977.

황수진, 「한국 근대 소설에 나타난 신여성상 연구」, 건국대 박사, 1998.

■ 일반논문 및 평론

강용운, 「이상문학 생성의 기원」, 『한국학연구』 18집, 2003.

구수경, 「이상소설 시론 – 장편 '12월 12일'을 중심으로」, 『한국언어문학』
　　　26집, 1988.

구인모, 「'학지광' 문학론의 미학주의」, 『한국근대문학연구』, 2000.

권순대, 「폭력과 희생제의」, 『어문연구』 31집, 2003.

극　웅, 「문예에 대한 잡감」, 『창조』 4호, 1920.

김기림, 「직업여성의 성문제」, 『신여성』, 1933. 4.

김기진, 「떨어지는 조각 조각 – 붓은 마음을 딸하 – 」, 『백조』 3호, 1923.

　　　, 「시감이편」, 『조선지광』, 1927.

김동식, 「'가마귀'에 관한 몇 개의 주석:계몽의 변증법과 관련해서」, 『상
　　　허학보』 11, 2003.

　　　, 「낭만적 사랑의 의미론」, 『문학과사회』, 2001.

김동인, 「조선근대소설고」, 『조선일보』, 1929. 8. 1.

김명인, 「비극적자아의 형성과 소멸, 그 이후」, 『민족문학사연구』 28호,
　　　2005.

　　　, 「한국 근대 문학개념의 형성과정」, 『과학과 역사로서의 '미'의
　　　발견』, 인하대 한국학연구소, 2005.

김복순, 「강경애의 '프로 – 여성적 플롯'의 특징」, 『한국현대문학연구』 25

집, 2008.

김성수, 「목적의식론과 ‘낙동강’」, 『성대문학』 25집, 1987.

김성수, 「이상문학의 기원과 글쓰기의 정신」, 『연세어문학』, 1997.

김　억, 「근대문예1 – 8」, 『개벽』 12~21호, 1921~1922.

______, 「문학 니야기」, 『학생계』 5호, 1920.

______, 「쏘로굽의 인생관」, 『태서문예신보』 9호~14호, 1918~1919.

______, 「영길리 문인 오스카와일드」, 『근대사조』 창간호, 1916.

______, 「예술적생활」, 『학지광』 9호, 1915.

______, 「요구와 회한」, 『학지광』 10호, 1916.

______, 「쯔랑스 시단」, 『태서문예신보』 10호, 1918.

김영복, 「문학작품 속의 자살」, 『매지논총』 10집, 1993.

김우창, 「리얼리즘에의 길」, 『염상섭전집 9』, 민음사, 1987.

김종균, 「김동리의 ‘무녀도’와 무격사상의 문학 형상화 연구」, 『한국사상
　　　과문화』, 1999.

______, 「초기작품 – 울분의 문학」, 『염상섭연구』, 고려대출판부, 1974.

김종두, 「자살에 대한 이론적 접근」, 『서원대 교육논총』, 1998.

김종은, 「李想의 理想과 異常」, 『문학사상』, 1973.

김주현, 「‘무녀도’ 개작에 나타난 작가의식 고찰」, 『어문논총』 35호,
　　　2001.

______, 「이상 소설에 나타난 패러디에 관한 연구」, 『한국학보』, 일지사,
　　　1993.

______, 「이상소설에 나타난 죽음의 문제」, 『한국현대문학연구』, 1994.

______, 「이상소설의 미학적 접근」, 『경주대학교 논문집』 12, 1999.

김진수, 「유럽 낭만주의 문학의 한국적 수용」, 『미학예술학 연구』, 2005.

김진욱, 「근대문학의 연원」, 『매일신보』, 1923.

김　철, 「김동리와 파시즘」, 『현대문학의 연구』, 1999.

김홍규, 「1920년대 초기시의 낭만적 상상력과 그 역사적 성격」, 『한국학
　　　논집』 6집, 1978.

나병철, 「식민지 시대의 사회주의 서사와 여성담론」, 『여성문학연구』 8
　　　집, 2002.

류종렬, 「김동리 소설의 개작고」, 『국어국문학』 18·19합집, 1982.

문종혁, 「몇 가지 이의」, 『문학사상』, 1974.

박상준, 「환멸에서 풍속으로 이르는 길」, 『민족문학사연구』 24호, 2004.

박영희, 「문예평론」, 『조선지광』, 1927.

박종홍, 「염상섭 초기소설, 개성의 자각과 생활의 발견」, 『염상섭문학의 재조명』, 새미, 1998.

박진숙, 「이태준의 '까마귀'와 인공적인 글쓰기」, 『현대소설연구』 16, 2002.

박태근, 「20년대 한국 현대소설에 나타난 자살 연구」, 『도솔어문』 7, 1991.

박태상, 「1920년대 소설문학에 나타난 죽음의 제양상 연구」, 『한국문학과 죽음』 문학과지성사, 1993.

박헌호, 「나도향과 욕망의 문제」, 『상허학보』 6집, 상허학회, 2000.

박혜경, 「강경애의 작품에 나타난 여성인식의 문제」, 『민족문학사연구』 23호, 2003.

_____, 「이광수 소설에 나타난 사랑과 계몽의 기획」, 『한국문학연구』 33집, 2007.

배개화, 「이광수 초기 글쓰기에 나타난 '감정'의 의미」, 『어문학』, 어문학회, 2007.

백대진, 「二十世紀初頭 歐洲諸大文學家를 追憶홈」, 『신문계』 4권 5호, 1916.

서영채, 「사랑의 리얼리즘과 장인적 주체 : 염상섭」, 『사랑의 문법』, 민음사, 2004.

서재원, 「나도향 소설에 나타나는 열정의 의미 연구」, 『현대문학이론연구』, 2003.

서종택, 「초기작 '제야'에 대하여」, 『염상섭연구』, 김열규 공편, 새문사, 1992.

소영현, 「'욕망'에서 '현실'까지, 주체화의 도정」, 『한국근대문학연구』, 2001.

_____, 「근대소설과 낭만주의」, 『상허학보』, 2003.

손정수, 「자율적 문학관의 기원」, 『민족문학사연구』 20호, 2002.

송영준, 「일본낭만주의문학이 한국낭만주의문학에 미친 영향연구」, 『대전산업대 논문집』 10권, 1993.

송하춘, 「1920년대 한국 소설 연구」, 고려대 민족문화연구소, 1985.

신동욱, 「시점과 소설미학」, 『대동문화연구』 18집, 1984.

안남연, 「나도향 문학의 사실성과 낭만성 고찰」, 『한국문예비평연구』, 2001.

양선규, 「어린 외디푸스의 고뇌」, 『문학과언어』, 1988.

염상섭, 「개성과 예술」, 『개벽』 22호, 1922.

오문석, 「1920년대 초반 동인지에 나타난 예술 이론 연구」, 『1920년대 동인지 문학과 근대성 연구』, 깊은물, 2000.

오양진, 「낭만적 주체성의 형성과 전개」, 『우리어문연구』 19집, 2002.

오유미, 「이상문학의 외래적 요소 연구」, 『관악어문연구』 1집, 1976.

유기룡, 「심미적 추적과정의 작품구조」, 『국어국문학』 79 · 80집, 1979.

＿＿＿, 「예술작품으로 승화하는 죽음과 재생」, 『여성문제연구』, 1981.

유남옥, 「김동인 소설의 페미니즘적 분석 시고」, 『국어국문학』 113, 1995.

유문선, 「데몬에 맞선 영혼의 굴절과 좌절 – 나도향의 '환희'론」, 『장편소설로 보는 새로운 민족문학사』, 열음사, 1993.

유병석, 「현실과 이념의 갈등양상」, 『염상섭 전반기소설 연구』, 아세아문화사, 1985.

윤정헌, 「1920년 전후 한국소설에 나타난 죽음 양상고」, 『영남어문학』 13집, 1986.

윤홍로, 「이광수의 치따에서의 체험과 그의 작품배경」, 『어문연구』 105집, 2000.

이경훈, 「인체 실험과 성전」, 『동방학지』 117집, 연세대학교 국학연구원, 2002.

＿＿＿, 「한국근대문학의 형성과 김동인」, 『동방학지』, 연세대 국학연구원, 2006.

이광수, 「혼인에 대한 관견」, 『학지광』 12호, 1917.

이동재, 「이광수의 '정'과 한국 근대문학」, 『현대문학이론연구』, 2005.

이문구, 「김동인의 미의식 연구」, 『어문연구』 14집, 1985.

이미경, 「한국 근대 시문학에서의 낭만주의 문학 담론의 미적 근대성 연구」, 『한국문화』, 2003.

이상경, 「만주 항일혁명운동의 문학적 수용 – 강경애론」, 『한국문학의 리얼리즘과 모더니즘』, 김윤식·정호웅 편, 민음사, 1989.

이수영, 「1920년대 초반 소설과 근대적 인간학의 기획」, 『민족문학사연구』 32호, 2006.

이어령, 「이상문학의 출발점」, 『문학사상』, 1975.

이영아, 「나도향 소설에 나타난 '참사랑'의 모색 과정 고찰」, 『한국현대문학연구』 18집, 2005.

이유식, 「1920년대 작품군과 죽음의 종말고」, 『현대문학』, 1981.

이인복, 「한국문학에 나타난 여성자살의식 연구」, 『아세아여성연구』 24, 1985.

이주라, 「나도향 소설에 나타난 충동과 향유」, 『우리어문연구』 29집, 2007.

이 찬, 「김동리의 단편소설 '황토기' 연구」, 『한국언어문학』 57집, 2006.

이철호, 「영혼의 순례 : 한일 근대문학의 형성과 서학」, 『동아시아 서학 : 유통, 인쇄, 분기』, 인하대 한국학연구소 동아시아한국학 학술회의 자료집, 2009.

이형기, 「춘원연구의 재검토」, 『문학사상』, 1972.

이혜령, 「성적 욕망의 서사와 그 명암」, 『비교어문학회』 10집, 1999.

임규찬, 「3·1운동 전후의 작가와 문학적 근대성」, 『민족문학사연구』 24호, 2004.

임진영, 「'인간문제'의 비극성과 낙관주의」, 『연세어문학』 22집, 1990.

장백일, 「김동인문학의 갈등과 죽음의 문제」, 『어문학논총』 1집, 1981.

장수익, 「나도향 소설과 낭만적 사랑의 문제」, 『한국문화』 23, 서울대학교 규장각 한국학연구원, 1999.

장양수, 「이태준 단편 '가마귀'의 탐미주의적 성격」, 『한국문학논총』 13, 1992.

______, 「조명희 단편 ‘낙동강’의 프로문학적 성격」, 『한국문학논총』 14
집, 1993.

장유정, 「20세기초 기생제도 연구」, 『한국고전여성문학연구』 8, 2004.

전광용, 「이광수연구서설」, 『동양학』 4권, 단국대학교출판부, 1974.

전규태, 「낭만주의문학의 한국적 수용 연구」, 『인문과학』, 연세대학교 인
문과학 연구소, 1978.

정명환, 「염상섭과 졸라」, 『염상섭』, 문학과지성사, 1977.

정해성, 「한국 현대소설에 나타난 자살 연구」, 『현대문학이론연구』32,
2007.

정혜경, 「근대적 자아의 희생제의」, 『어문논집』 50집, 2004.

정혜영, 「나도향 ‘환희’ 연구」, 『한국문학논총』 32집, 2002.

조두영, 「이상의 인간사와 정신분석 – 초기작품을 중심으로 하여」, 『문
학사상』, 1986.

조명희, 「생활기록의 단편」, 『조선지광』, 1927. 3.

조석래, 「출학과 도향문학의 징후」, 『어문학』 39집, 1980.

조영복, 「동인지시대의 담론과 ‘내면 – 예술’의 계단」, 『한국문학과 계몽
담론』, 새미, 1999.

조중곤, 「‘낙동강’과 제2기 작품」, 『조선지광』, 1927.

조진기, 「1920년대 소설에 나타난 여인상」, 『여성문제연구』 10집, 효성여
대 한국여성문제연구소, 1981.

주요한, 「일본근대시초 1」, 『창조』 창간호, 1919.

______, 「일본근대시초 2」, 『창조』 2호, 1919.

진정석, 「나도향의 ‘환희’ 연구」, 『한국학보』 76집, 1994.

차승기, 「폐허의 시간」, 『1920년대 동인지 문학과 근대성 연구』, 깊은물,
2000.

천정환, 「근대적 대중지성의 형성과 사회주의(1)」, 『상허학보』 22집,
2008.

최승구, 「정감적 생활의 요구」, 『학지광』 3호, 1914.

최원식, 「‘인간문제’, 사회주의 리얼리즘의 성과와 한계」, 『인간문제』, 문
학과지성사, 2006.

______, 「장한몽과 위안으로서의 문학」, 『민족문학의 논리』, 창작과비평
　　　사, 1982.
최혜실, 「1920년대 신여성의 사랑과 고백」, 『신여성들은 무엇을 꿈꾸었
　　　는가』, 생각의나무, 2000.
하정일, 「보편주의의 극복과 복수의 근대」, 『염상섭문학의 재인식』, 깊은
　　　샘, 1998.
한명환, 「김동리 초기소설의 재고찰」, 『우리어문연구』 11집, 1997.
한승옥, 「이광수소설 공간에 투영된 작가의식 연구」, 『한중인문학연구』
　　　12집, 2004.
한용환, 「유정연구」, 『국어국문학논문집』 제13집, 1986.
______, 「이광수소설 연구 방향의 새로운 모색」, 『동악어문논집』 17집,
　　　1983.
______, 「한국소설에 표현된 죽음의 사상」, 『한국소설론의 반성』, 이우출
　　　판사, 1984.
홍기삼, 「풍자와 간접화법」, 『문학사상』 15호, 1973.
황　경, 「나도향 소설의 사랑에 대한 고찰」, 『작가연구』, 새미, 2000.
황수진, 「김동인의 소설에 나타난 여성인물의 유형연구」, 『건국대학교
　　　대학원논문집』 32, 1991.
황종연, 「낭만적 주체성의 소설」, 『김동인문학의 재조명』, 새미, 2001.

■단행본

▌국내서

『두산세계대백과사전』 15권, 두산동아, 2002.

『이광수전집』 8권, 삼중당, 1962.

『이광수전집』 13권, 삼중당, 1962.

『이태준 문학전집』 15, 서음출판사, 1988.

『황순원전집』 1, 문학과지성사, 1980.

권영민, 『이상전집 3』, 뿔, 2009.

김 현, 『폭력의 구조 / 시칠리아의 암소』, 문학과지성사, 1992.

김병철, 『한국 근대서양문학 이입사연구 1』, 을유문화사, 1980.

김복순, 『페미니즘 미학과 보편성의 문제』, 소명출판, 2005.

김상선, 『채만식연구』, 약업신문사, 1989.

김우종, 『한국현대소설사』, 성문각, 1980.

김윤식, 『이상연구』, 문학사상사, 1987.

_____, 『한국근대작가론고』, 일지사, 1974.

김윤식·김현, 『한국문학사』, 민음사, 1973.

김주현, 『정본이상문학전집 2』, 소명출판, 2005.

_____, 『한국문학과 모더니즘』, 한양출판, 1994.

김진수, 『우리는 왜 지금 낭만주의를 이야기하는가』, 책세상, 2006.

노길명, 『한국신흥종교연구』, 경세원, 1996.

민경배, 『한국의 기독교』, 세종대왕기념사업회, 1999.

민충환, 『이태준 소설의 이해』, 백산출판사, 1992.

백 철, 『신문학사조사』, 신구문화사, 1982.

염무웅 편, 『한국대표명작 채만식』, 지학사, 1985.

오세영, 『한국낭만주의연구』, 일지사, 1980.

우한용, 『채만식 소설 담론의 시학』, 개문사, 1992.

유금호, 『한국현대소설에 나타난 죽음의 연구』, 동천사, 1988.

유종호 외, 『한국인과 문학사상』, 일조각, 1964.

이명재 편, 『북한문학사전』, 국학자료원, 1995,

이병기·백철, 『국문학전사』, 신구문화사, 1957.

이선영 엮음, 『문예사조사』, 민음사, 1997.

이영일, 『라이너 마리아 릴케, 죽음의 미학』, 전예원, 1988.

이인복, 『한국문학에 나타난 죽음의식의 사적 연구』, 열화당, 1979.

이재선, 『한국단편소설 연구』, 일조각, 1975.

______, 『한국현대소설사』, 홍성사, 1979.

이창재, 『프로이트와의 대화』, 학지사, 2006.

임 화, 『낙동강』, 건설출판사, 1947.

장영우, 『이태준 소설 연구』, 태학사, 1996.

정재홍, 『한국종교문화의 전개』, 집문당, 1988.

조남현, 『한국현대소설연구』, 민음사, 1987.

조연현, 『한국현대문학사』, 성문각, 1969.

______, 『한국현대작가론』, 어문각, 1977.

지명렬, 『독일 낭만주의 총설』, 서울대학교출판부, 2000.

채 훈, 『1920년대 한국작가 연구』, 일지사, 1976.

천이두, 『한국현대소설론』, 형설출판사, 1969.

최재서, 『최재서평론집』, 청운출판사, 1961.

최혜실, 『한국모더니즘소설 연구』, 민지사, 1992.

홍일출, 『에드거 알란 포우』, 건국대 출판부, 1996.

❙번역서 및 국외서

A. 알바레즈, 최승자 옮김, 『자살의 연구』, 청하, 1982.

A. Giddens, 배은미·황정미 역, 『현대사회의 성·사랑·에로티시즘』, 새
　　　　　물결, 1999.

Albert Beguin, 이상해 역, 『낭만적 영혼과 꿈』, 문학동네, 2001.

E. 뒤르켐, 임희섭 역, 『자살론·사회분업론』, 삼성출판사, 1982.

______, 황보종우 역, 『자살론』, 청어출판사, 2008.

G. 미슐러, 유혜자 옮김, 『자살의 문화사』, 시공사, 2002.

I. 스텡겔, 전종숙 역, 『인간은 왜 자살하는가』, 조선일보사, 1986.

Lilian R. Furst, 이상옥 역, 『낭만주의』, 서울대학교 출판부, 1987.

Lovejoy, 「낭만주의의 분별력에 관하여」, 최상규 편역, 『낭만주의 문학의

재조명』, 예림기획, 1998.

M.S.까간, 진중권 옮김, 『미학강의 Ⅰ』, 새길, 1989.

O. F. Ballnow, 최동희 역, 『실존철학』, 서문당, 1975.

P. 아리에스, 이종민 역, 『죽음의 역사』, 동문선, 1998.

Praz Mario, 『The Romantic Agony』, Oxford, secnnd edition, 1950.

『일본근대문학 대사전』 제4권, 일본근대문학관, 東京, 講談社, 1977.

게오르그 루카치, 반성완 역, 『소설의 이론』, 심설당, 1998.

고드스블롬, 천형균 역, 『니힐리즘과 문화』, 문학과지성사, 1988.

구리야가와 하쿠손(廚川白村), 『近代文學十講』, 大日本圖書株式會社 刊, 1920.

吉田精一, 『浪漫主義 硏究』(著作集 9), 東京, 櫻楓社, 1980.

나카무라 미쓰오(中村光夫), 고재석·김환기 공역, 『일본 메이지 문학사』, 동국대학교출판부, 2001.

니체, 강수남 역, 『권력에의 의지』, 청하, 1991.

르나르, 손석린 역, 『박물지 외』, 을유문화사, 1972.

르네 지라르, 김진식 역, 『희생양』, 민음사, 1998.

__________, 김진식·박무호 역, 『폭력과 성스러움』, 민음사, 1993.

__________, 김치수·송의경 역, 『낭만적 거짓과 소설적 진실』, 한길사, 2001.

메슈 게일, 오진경 옮김, 『다다와 초현실주의』, 한길아트, 2001.

수잔 손택, 이재원 역, 『은유로서의 질병』, 도서출판 이후, 2002.

아르놀트 하우저, 염무웅·반성완 옮김, 『문학과 예술의 사회사』 3·4, 창작과비평사, 1999.

우스이 요시미(臼井吉見), 고재석·김환기 공역, 『일본 다이쇼 문학사』, 동국대학교출판부, 2001.

이동면(伊東 勉), 이현석 역, 『리얼리즘이란 무엇인가』, 세계, 1987.

이사야 벌린, 강유원·나현영 역, 『낭만주의의 뿌리』, 이제이북스, 2005.

죠르쥬 바따이유, 조한경 옮김, 『에로티즘』, 민음사, 1989.

칼 A. 메닝거, 이용호 역, 『자살론 상, 하』, 백조출판사, 1986.

타카쿠와 코마키치(高桑駒吉) 편찬, 『中等西洋史』, 大日本圖書株式會社

刊, 1898.

_______________________, 兪承兼 번역, 『中等萬國史』, 유일서관,
  1907.

트리스탕 쟈라·앙드레 브르통, 송재영 역, 『다다/쉬르레알리슴 선언』,
  문학과지성사, 1987.

프로이트, 김석희 옮김, 『문명 속의 불만』, 도서출판 열린책들, 1997.

히라노 겐(平野謙), 고재석·김환기 공역, 『일본 쇼와 문학사』, 동국대학
  교 출판부, 2001.

찾아보기

■ 신영미

1959년 인천 출생
숙명여자대학교 국어국문학과 졸업
인하대학교 대학원 국어국문학과 졸업
문학박사
현재 인하대학교 강사

주요논문

「근원찾기를 통한 본성적 삶의 지향」(2007)
「바다를 향수하는 냉동어의 허무의식」(2007)
「카타르시스로서의 '이야기하기'」(2008)
「주체의 자기확인을 위한 죽음순례」(2009)
「저항과 모색을 통한 자아의 완성」(2009)
「'중국인 거리'에 나타난 서사적 공간 연구」(2010)
「희생체의를 통한 심미적 가치의 획득」(2010)

한국 근대소설의 낭만성과 '죽음'

초판 인쇄 2010년 7월 05일 | 초판 발행 2010년 7월 20일
지은이 신영미
펴낸이 이대현 | 편집 박선주
펴낸곳 도서출판 역락 | 등록 제303-2002-000014호(등록일 1999년 4월 19일)
주소 서울시 서초구 반포 4동 577-25 문창빌딩 2층
전화 02-3409-2058(영업부), 2060(편집부) | 팩시밀리 02-3409-2059
전자우편 youkrack@hanmail.net
ISBN 978-89-5556-839-4   93810

정가 18,000원
▪ 잘못된 책은 교환해 드립니다.